食全食美 4

風 文創 095

尋找失落的愛情 著

文創風 095

目錄

095

風 文創 095

第一百六十三章　歡喜出嫁

易求無價寶難得有情郎！哪個懷春少女不曾夢想過這樣的相守？只不過，越是出色優秀的男子，越不可能只屬於某一個女子。左擁右抱享齊人之福的，比比皆是、大有人在。別說那些貴族公子哥兒了，就連稍微有些家產的男子，也都卯足了勁的想納妾呢！

寧雅即將出嫁，對這樣的話題特別的敏感，忍不住嘆道：「是啊，我也不求什麼榮華富貴，只要真心對我好，比什麼都重要。」

寧敏立刻笑道：「姊姊，未來姊夫長得俊俏，又溫柔又體貼，一定會對妳好的。」

寧汐心裡一動，忙追問道：「二姊，未來姊夫來找過妳嗎？」

寧雅紅著臉輕輕點頭。

寧敏立刻補充。「來過好幾次呢！每次都是到我們家的包子鋪去，買幾個包子，然後乘機和姊姊說兩句話才肯走。」那副情意綿綿的樣子，讓人想著都臉紅。

寧汐思忖了片刻，才笑著說道：「恭喜二姊嫁得如意郎君。」前世的李君寶給她的印象很惡劣，可這一世看來，似乎有了些微妙的變化。至少，此刻的李君寶是真心的喜歡寧雅，只要寧雅不再那麼軟弱可欺，以後的日子也會好多了吧！

寧雅羞紅了臉，眼角眉梢卻都是歡喜。

接下來，話題卻一直圍繞著三日後的喜事打轉了。

對寧汐來說，只要不提到容瑾就好。她口中說得雲淡風輕，一切都撇得遠遠的，可只有她自己知道，只要一提容瑾這個名字，就像一顆石子投進湖心，層層的漣漪不停的漾開，心裡一片紛亂。遠離容瑾的這些天，她要好好地想一想……

寧雅出嫁，對寧家來說，自然是樁大喜事。寧有方一拍胸脯，將酒席的事情承攬了過來，寧汐是當仁不讓的助手。至於打下手做雜事，自然有寧曜、寧暉和寧皓他們幾個。

寧汐正在廚房裡低頭忙活，忽然聽到寧敏紅著臉跑了進來，湊在她的耳邊低聲說道：「七妹，外面有個年輕俊朗的男子來敲門，說是姓張。」

寧汐眨眨眼，立刻猜出了來人是誰，笑呵呵地跑了出去。

門外站著的那個年輕男子，高大沈穩，嘴角噙著淡淡的笑容。不是張展瑜還有誰？

寧汐高興地迎了上去。「張大哥，你什麼時候回來的？」

張展瑜笑道：「比你們遲了一天，昨天晚上剛到家，我估摸著辦喜事需要人手，所以今天就不請自來了。」

「歡迎歡迎，你來得實在太好了！」寧汐喜孜孜地讓張展瑜進了院子，順口嚷道：「爹，快些看看是誰來了！」

寧有方應聲而出，見了張展瑜，也有些驚喜，一把拉起張展瑜的手。「你來得正好，我正愁人手不夠忙不過來。」有張展瑜在，一個可以頂寧曜他們三個用啊！

這樣親熱隨意的熱情，讓張展瑜分外的舒心，爽朗地笑了笑，立刻捲起袖子進了廚房。他做事利索得很，一條活蹦亂跳的魚到了他手中，三下兩下便處理得乾乾淨淨。

寧有財自然是內行，立刻笑著誇道：「三弟，你自己的手藝好倒也不算什麼，可帶出的徒弟一個比一個好，這可不得不佩服你了。」

寧有方哈哈笑了起來，笑聲裡滿是自得。

寧汐可不服氣了，皺著鼻子抗議。「二伯，您說這話是什麼意思？什麼叫一個比一個好？難道我不如張大哥手藝好嗎？」

廚房裡的人都哄笑起來。

寧有財立刻陪笑。「剛才是我一時口誤說錯了，當然是我侄女手藝最好了。」

寧汐洋洋得意地笑開了，露出兩排潔白的貝齒，頰邊笑渦隱現，如一朵迎風盛放的鮮花，綻放出璀璨奪目的光華。

張展瑜看得心蕩神馳，唯恐眼中流露出太多的情意，忙低下頭。

等食材準備得差不多了，天色也晚了，寧有方特地留了張展瑜一起吃晚飯，順便叮囑道：「明天你早些過來。按著老規矩，冷盤和主食由汐兒負責，燒菜我來，炒菜留給你。」

張展瑜點點頭應了。

等張展瑜走了之後，寧大山才笑著讚了句。「這個小夥子做事穩重不急不躁，是個好苗子。」

寧有方咧嘴一笑，毫不客氣地吹噓。「那是當然，我收的徒弟能差哪兒去。」

寧汐噗哧一聲笑了起來。好久沒聽寧有方這麼自吹自擂了，還真是懷念啊！

寧敏今兒個也一反常態，一直默默地坐在一邊，低頭不知在想些什麼。不過，眾人的注意力都放在寧雅的身上，一時也沒人留意她。

王氏嘮嘮叨叨地叮嚱個不停。「明天妳得早點起，我特地請了個有名氣的喜娘來給妳梳妝，不管外面有什麼動靜，妳都別亂管……」

寧雅羞澀地點了點頭，眼裡滿是嬌羞和期待。

第二天一大早，喜娘果然早早的便來了，折騰了半天，才算拾掇好。穿著大紅嫁衣的寧雅，比平日裡更多了一分嬌豔。

寧汐笑咪咪的拿出準備好的賀禮，塞到了寧雅的手裡。「二姊，這是我的一點心意，妳就收下吧！」

寧雅低頭一看，頓時被嚇了一跳。「七妹，這太貴重了，我可不能要……」平日裡見過的最好的飾物便是髮簪、銀鐲、指環之類的，手裡的這個髮釵雖然也是銀質的，做工卻分外的精美，一看就知道價格不菲。

寧汐抿唇一笑。「好二姊，妳就收下吧！我雖然只是學徒，沒拿過什麼工錢，可打賞倒是不少，積攢了不少的私房呢！」

寧慧故意笑著嘆氣。「我可沒七妹這麼有錢，這是我自己繡的鴛鴦枕巾，二姊可別嫌棄。」那鴛鴦枕巾繡得活靈活現，看得出頗下了一番功夫。

寧雅接過枕巾，很是歡喜，連連道謝。

寧敏咳嗽一聲，扭扭捏捏地拿了個荷包出來。「姊姊，這可是我全部的家當了。」

看著那癟癟的裝不了多少銅錢的荷包，寧汐總算厚道地忍住了笑意。

過了片刻，外面響起了鞭炮聲，迎親的人已經來了！寧汐忙將紅蓋頭拿了過來，端端正正的蓋在寧雅的頭上，低聲說道：「二姊，我得去廚房了，就不陪妳了。」

寧雅輕輕地點頭。

事實上，房間裡擁擠熱鬧得很，王氏等人都在，再加上來湊熱鬧的街坊，簡直快把房頂都給吵翻了。相形之下，廚房裡反而安靜多了。

寧汐靈巧的鑽過人群去了廚房，額上早已冒出了汗珠，忍不住嘟囔道：「比我做菜還累。」

張展瑜忍俊不禁地笑了起來，善解人意地遞了條乾淨的毛巾過來。寧汐隨手接過了毛巾，胡亂擦了幾把，就精神抖擻地忙活起來。這樣重要的喜宴，當然要好好露一手才行。

有這樣想法的，不止寧汐一個，寧有方和張展瑜也都拿出了壓箱底的本事。所以，當天中午的酒席，讓前來吃喜酒的街坊們大飽了一番口福，一個個誇讚不已。

等忙完了一切之後，寧汐總算有機會親眼見一見姊夫李君寶了。

第一百六十四章　暗生好感

穿著大紅喜袍的新郎官李君寶，一臉的喜氣洋洋春風得意，倒也稱得上英俊小生。

寧汐冷眼旁觀，只覺得他的笑容稍顯輕浮，目光總不自覺地往女子的臉上瞟，對他實在生不出多少好感來。只可惜，木已成舟，這個人已經是板上釘釘的姊夫了。

寧汐忍不住嘆口氣。

寧敏倒是挺興奮，湊在寧汐的耳邊低語。「怎麼樣？怎麼樣？姊夫長得不錯吧！」

寧汐含糊地應了一聲，見過容瑾那樣的絕世風華之後，這樣的面孔實在只能用「普通」兩個字來形容。

等喜娘攙扶著寧雅上了花轎，隨著一串長長的鞭炮聲響起，迎親的隊伍敲敲打打熱熱鬧鬧的出了巷子，王氏早已躲到屋子裡抹眼淚去了。

嫁女兒的心情大都如此，又是歡喜又是心酸，一想到嬌寵著養大的女兒今後就是人家的兒媳，心裡的酸楚就爭先恐後的往外冒。

徐氏和阮氏感同身受，各自唏噓著去勸慰王氏了。

寧汐也覺得鼻子有些酸酸的，半晌都沒說話。寧敏卻少了這根敏感的神經，嘰嘰喳喳地說個不停。

寧汐聽了半天耳朵嗡嗡直響，些許傷感都不翼而飛，索性打起精神來幫著收拾做事去了。善後的功夫實在瑣碎，不到半個時辰，寧汐就累得額頭直冒汗。

張展瑜湊了過來，關切地低語。「妳忙了一天也累了，坐著歇會兒吧，剩下的事情有我呢！」

「沒關係，我還能撐得住。」寧汐隨意地用袖子擦了擦額頭的汗珠。

張展瑜知道她性子倔強，多勸也沒用，無奈的點點頭，卻有意無意的待在寧汐身邊，見她有什麼舉動，便搶著將事情做了。

這麼一來，寧汐果然輕鬆了不少，可張展瑜卻無形中多做了不少事，等一切收拾妥當，早累得渾身痠軟沒力氣了，還硬撐著說笑了幾句，才去向寧有方道別。

雖然他竭力掩飾，可那抹倦怠卻是怎麼也遮不住。寧有方看了也覺得心疼，忙說道：「你今晚別回去了，就在這兒睡下吧！你睡暉兒的屋子，讓暉兒去和皓兒他們擠一擠。」

張展瑜心裡別提多樂意了，口中卻連連推辭。「這太麻煩了，我還是回去吧！」

寧有方正色說道：「你忙了一整天，現在天都黑了，要回去得走大半個時辰，你哪能吃得消？還是留下來住一晚吧！」然後，又笑著補了一句。「和我還這麼客氣，也太見外了。」此時的師徒關係都很密切，和半個兒子差不多，張展瑜又特別的踏實勤快，寧有方對他一直很滿意。

寧汐也嬌嗔地笑道：「張大哥，你就別再磨嘰了，我這就去和大哥說一聲。」不等張展瑜有什麼反應，就一溜煙地跑了。

張展瑜順水推舟地留了下來，心裡別提多舒暢了。雖然在寧家住一晚代表不了什麼，可無形中又靠近了寧汐一大步。

以寧汐善解人意的性子，晚上肯定會陪他說說話的。

張展瑜所料不錯，吃了晚飯之後，寧汐特地領著他在寧家的院子裡轉了一圈。寧家雖然地方不大，可卻充滿了家的溫馨。張展瑜不知想起了什麼，一臉的悵然。

寧汐敏感的察覺到了張展瑜的情緒變化，忍不住低聲問道：「張大哥，你這是怎麼了？」

張展瑜嘆口氣。「沒什麼，就是想到我死去的爹娘了。」闔家團圓的時候，這樣的孤獨淒清更令人難受。

寧汐和張展瑜相識這麼久，雖然知道他父母雙亡，卻從沒細問過其中的詳情。見他神情鬱鬱，心裡也有些不好受，柔聲安撫道：「張大哥，人死不能復生，只要你能過得好好的，你爹你娘在天上看著你也會安心的。」

張展瑜苦笑一聲。「汐妹子，師傅師娘都寵妳愛妳，妳還有哥哥，哪裡知道這種失去親人的苦楚？」

寧汐靜默了片刻。這種感覺她怎麼會不懂？她所承受的苦痛，比張展瑜要多得多了。正因為如此，她才更珍惜現在的生活，不惜一切也要守護所有的親人。

「張大哥，」寧汐直直的看著張展瑜，眼裡滿是真摯和溫柔。「誰說你沒有親人，我爹和我都是你的親人！」

那雙黑白分明的眼眸，閃爍著的光芒比天上的繁星更加耀目。

張展瑜心裡一暖，似有股清泉汩汩的流入心田，聲音越發的溫柔低沈。「好，以後你們就是我的親人。」

兩人對視一笑，一股溫情脈脈流淌在兩人之間。只可惜，這樣靜謐美好的氣氛沒能維持多久，一個聲音莽撞地闖了進來——

「七妹，這麼晚了，妳怎麼還沒去睡？」

這聲音熟悉得不能再熟悉，寧汐頓時笑了。「六姊，妳怎麼也沒睡？」

寧敏唉聲嘆氣。「這些天我都是和姊姊一起睡的，現在陡然變成了一個人，我哪裡能睡得著。」果然一副愁眉不展的樣子。

寧汐噗哧一聲笑了起來，調侃道：「不習慣也得習慣。二姊嫁了人，以後想回娘家可不容易。」嫁出門的女兒潑出去的水，若是遇到那些個刁蠻的婆婆，想回趟娘家確實不容易。

寧敏不知想到了什麼，促狹地笑了。「對啊，不知道姊姊現在怎麼樣了？」

現在還能怎麼樣，這個時辰當然是在洞房花燭……

寧汐臉頰微熱，咳嗽一聲。這個寧敏，說話一向口無遮攔的，也不看看場合。

寧敏這才留意到張展瑜也在，臉騰地紅了，結結巴巴地說道：「那個，我是說，這是姊姊嫁過去的第一天，肯定很累……不不不，我不是那個意思，我的意思是……」

話音未落，寧汐早已格格的笑了起來，清脆的笑聲在晚風中悠揚，異常的悅耳動聽。

「我的好六姊，妳就別說了。」越說越離譜了，讓人不想歪都不行。

寧敏紅著臉住了嘴，心裡暗暗懊惱不已。唉，這次可出醜了！忍不住偷偷瞄了張展瑜一眼。

張展瑜卻沈浸在剛才親暱隨意的氣氛裡，眼眸裡滿是溫柔的笑意，見寧敏侷促不安，溫和地笑了笑。「妳姊姊出嫁，妳心裡一定很捨不得她。」

寧敏拚命點頭。「是啊，白天倒是挺熱鬧，可現在，我真的好想她……」說著，聲音已經哽咽了，眼裡依稀閃動著水光。

寧汐心裡也頗不是個滋味，親暱的攬住寧敏的肩膀安撫道：「過兩天姊姊回門，我們就能見到她了。再說了，李家離這兒也不遠，以後來往也很方便的。」

寧敏抽噎著點頭，順便要求。「七妹，妳今晚陪我睡好不好？我一個人睡不著。」

寧汐不假思索地點頭應了，朝張展瑜歉意地笑了笑。「張大哥，時候也不早了，你也回去洗洗睡吧，我就不陪你說話了。」

張展瑜嗯了一聲，依依不捨的看了寧汐一眼，才走了。

寧汐陪著寧敏一起回屋，姊妹兩個洗漱睡下之後，一直聊到了半夜才算睡了。

兩天之後，李君寶陪著寧雅回門。初為人婦的寧雅，多了分往日沒有的嬌豔和嫵媚，穿著紅色的緞襖，分外的喜氣。

寧汐淘氣地湊上前去，盯著寧雅左看右看。寧雅被鬧了個大紅臉，嬌嗔不已地推了推寧汐。「又不是沒見過我，這麼看我做什麼？」渾身的雞皮疙瘩都冒出來了。

寧汐眨眨眼，一本正經地說道：「以前是以前，現在可不一樣了，我想看看，做了新娘子和以前有什麼不一樣。」

寧雅羞得別過臉去。

寧汐樂得格格直笑，寧敏和寧慧也一起湊了過來，扯著寧雅的手唧唧喳喳地問個不停。

小夫妻新婚燕爾情意正濃，李君寶時不時的看過來一眼，一副含情脈脈的樣子。寧汐雖然對李君寶沒有半絲好感，可現在木已成舟，只得上前叫了聲姊夫。

李君寶應了一聲，眼裡閃過一絲驚豔。寧家的幾個女兒姿色都不俗，尤其是這個最小的寧汐，秀美動人，水盈盈的大眼裡滿是靈氣，一顰一笑都嬌俏鮮活。比起寧雅的溫柔端莊，又是截然不同的美麗。

寧汐笑吟吟地說道：「姊夫，二姊在家的時候可從未受過半點氣，你以後可要好好待她。要是有半點不好，我和幾位哥哥姊姊可都饒不了你。」

這話說得半分不客氣，偏偏又出自這樣一個美麗可愛的少女之口，李君寶哭笑不得，只好笑道：「七妹放心好了，我疼惜雅兒還來不及，怎麼可能對她不好。」雖然語氣依舊稍顯輕浮，倒也還有幾分真心。

寧汐心裡暗暗掂量片刻，不太情願地想道——前世的李君寶劣跡斑斑，不過，看現在這樣子，總比前世要強些，關鍵還是在寧雅身上，只要堅強精明能幹些，別任由李家拿捏就好。這麼想著，寧汐又特地拉了寧雅到背地裡嘀咕了幾句。

寧雅抿唇輕笑。「七妹，我知道妳是為了我好，才會叮囑我這麼多回。妳放心吧，我不會任由人欺負的。」語氣多了幾分堅決和果斷。

寧汐欣慰地點點頭。

第一百六十五章 她的心意

過了一個年頭，寧汐十四了。

這個新年分外的熱鬧。寧家上上下下十幾口團聚不說，張展瑜幾乎隔天就過來，很快的和寧家人都熟絡了起來，倒是多了幾分親暱。

寧汐和張展瑜本就熟悉，自然比較親近。寧敏也不知存了什麼心思，經常厚了臉皮湊上去說話，和張展瑜也漸漸熟悉起來。

別人雖然沒察覺出異樣，可寧汐卻開始覺得不對勁了。每次張展瑜一來，寧敏的眼裡就開始放光，女孩子該有的矜持更是不知丟到哪兒去了，總是眼巴巴的看著張展瑜，偶爾張展瑜朝她笑了笑，她就樂顛顛的十分歡喜。寧敏該不會是……

寧汐也不知心裡那股怪異的感覺從何而來，總之，心裡悶悶的，不算愉快。

按著她的性子，本該追著寧敏拷問一番，可偏是張不了口，只好在心裡寬慰自己——別多心了。寧敏平時很少接觸年輕男子，也難怪會有些異常的表現了，絕不是她想的那個樣子！

初五的晚上，一家子吃過了晚飯之後，寧家兄妹一塊兒放爆竹，噼哩啪啦的鬧騰了半天。寧暉探頭探腦地看了左右一眼，然後扯了寧汐到一邊說起了悄悄話。

「妹妹，妳有沒有覺得寧敏最近有點怪怪的？」

寧汐不動聲色地笑道：「六姊好好的，哪有什麼怪的地方，你別胡扯了。」

寧暉嘿嘿一笑，壓低了聲音。「得了，我就不相信妳一點都沒看出來。每次張展瑜一來，寧敏那丫頭的眼就直了，也不知二伯他們看出來沒有。要說起來，張展瑜倒是不錯的人選。雖然父母雙亡家裡窮點，可他本人踏實勤奮，廚藝又好，以後做了大廚養家餬口總是沒問題的，寧敏的眼光倒是不錯……」

絮絮叨叨說了半天，寧汐卻一反常態的沒有吭聲，冷不防冒出了一句。「哥哥，八字沒一撇的事，你倒是說得有板有眼的。」

寧暉摸摸後腦勺，笑了起來。「我就是隨便說說，說不定，我們寧家很快就要添一樁喜事了。」

寧汐隨意地嗯了一聲，就走開了。

寧暉只覺得莫名其妙，喃喃自語道：「說得好好的，怎麼繃著臉不高興了？」

若是寧汐在場，肯定會瞪圓了眼睛反駁。她哪裡生氣了？她只是……有一點點的鬱悶而已。

張展瑜和寧敏？寧汐邊走邊下意識地搖頭，他們兩個根本是八竿子打不著的一對，寧暉怎麼會有這樣的想法，真是可笑極了！

第二天，張展瑜又來了。他每次都不肯空手過來，有時候帶些糕點，有時候拎點茶葉什麼的，今天帶的是親手做的雲片糕。

那雲片糕甜甜糯糯的，很是美味。寧汐嚐了一口，連連誇道：「張大哥，這雲片糕真是好吃極了。」

寧敏也笑道：「是啊，張大哥的手真巧。」不知什麼時候開始，寧敏也換了稱呼，叫起來比寧汐可要甜多了。

張展瑜謙遜地笑了笑。「妳們別再誇我了，我這點手藝比起師傅來可差遠了。就算是汐妹子，也比我強得多。」

寧有方朗聲一笑。「展瑜，這兒最有資格評判的，是我大哥，他可是珍味齋裡的糕點師傅。有這樣的機會，你別忘了多討教幾句。」

寧有德調侃道：「三弟，你的徒弟你自己教就是了，怎麼把主意打到我頭上來了。」

寧有方笑道：「反正你也沒徒弟，我暫時把徒弟借給你。等你教完了，再還給我也不遲。」眾人聽了一起哄笑起來。

寧汐調皮地湊趣。「大伯，一個、兩個都是一樣的教。要不，把我也帶上好了。」

寧有德被說得來了興致，居然點點頭同意了，捲起袖子就去了廚房。張展瑜和寧汐對視一笑，一起跟了上去。

寧有德的手很大，手指粗粗的，可卻分外的靈活。隨手捏起一個麵團，揉搓過後，再用現成的模子一壓，就變成了一朵梅花。

寧汐頓時被勾起了興趣，不肯用模子，自己捏了朵半開的梅花。

寧有德看了一眼，稱讚不已。「汐丫頭真是心靈手巧，捏出來的形狀比模子壓的好看多了。」

「那是當然。」寧汐得意地扮了個鬼臉。

正說笑得熱鬧，寧敏不知從哪兒又冒出來了，厚著臉皮嚷道：「你們在忙什麼？我也要學。」

寧汐樂得直笑。「六姊，妳連個包子都包不好，還學做什麼糕點。」寧敏手拙也不是一天、兩天的事情了，在包子鋪裡只能打下手。

平時都取笑慣了，沒想到寧敏今天竟然有些羞惱了。「知道妳頭腦聰明手又巧，我就是個笨丫頭行了吧！」

寧汐一愣，連忙安撫幾句。「六姊，妳別生氣嘛，我隨口說著玩的。來來來，我這個位置讓給妳。」說著就讓了過來。

寧敏一見靠張展瑜這麼近，也不生氣了，喜孜孜的湊了過去。別管有沒有聽懂寧有德的話，反正唇角高高的翹起，眼眸亮晶晶的。

寧汐第一次發現，寧敏其實長得也算清秀，只是平時被寧家其他的姊妹遮掩了光芒，不惹眼而已。和沈穩俊朗的張展瑜站在一起，竟然很般配……

張展瑜卻有些心不在焉的，時不時地瞄寧汐一眼。

寧敏的全部心思都放在了張展瑜身上，偶爾張展瑜看她一眼，或是禮貌的笑笑，她的心便怦怦的亂跳。

這副懷春少女的模樣，哪裡能瞞得過長輩們的眼。當著張展瑜的面，誰都不好意思多問，可等張展瑜一走，王氏立刻就迫不及待地將寧敏拉到背地裡問了起來。「敏兒，妳告訴娘，妳是不是看中那個張展瑜了？」

寧敏忸怩的不肯明說。王氏追問得急了，她才鼓起勇氣點點頭。

王氏問明了寧敏的心意，立刻盤算起來。張展瑜雖然無父無母，可相貌人品都沒得挑，又有一手好廚藝，將來養家餬口總是不成問題的。寧敏的年齡也不小了，若是這樁喜事能成，也是件好事。

王氏悄悄和寧有財商議了一晚，第二天就來找寧有方和阮氏。

寧有方一開始沒咂摸過勁來，聽著聽著才覺得不對勁。王氏絮絮叨叨說了半天，怎麼一直圍著張展瑜打轉？又是問年齡又是問家底的，怎麼看都像相女婿……

寧有方咳嗽一聲，笑著說道：「二嫂，妳有什麼話直說，別總拐彎抹角的，我們一家人打開天窗說亮話就是了。」

王氏頓了頓，笑道：「好，那我就直說了。敏丫頭年齡也不小了，也到了該說親的時候，我看這個張展瑜倒是不錯。」

寧有方和阮氏都是一愣，面面相覷，一時也不知該怎麼回應。

寧有方想了想，才笑道：「二嫂，這事我哪能替他作主，總得問問他本人的心意。」

王氏不以為然地說道：「他沒爹沒娘的，你這個做師傅的怎麼不能當這個家？這麼著吧，你替我探問探問他的心意，要是中意敏丫頭的話，就找個媒婆來提親好了。」小戶人家也不用講究那麼多規矩，你情我願就行。

這樣的要求，寧有方實在沒法推辭，只好點頭應了再說：「好，那我找機會問問。不過，他是什麼心意我可沒法擔保。」醜話說在先，免得到時候事情不成王氏再來怪他。

王氏頓時眉開眼笑，連連點頭。「好好好，那我就等你的好消息了。」說著，就一扭一扭的走了。

等王氏出了屋子，寧有方的眉頭頓時皺了起來，來回地踱步。

阮氏好奇地問道：「你這是怎麼了？好好的一樁喜事，你怎麼皺起眉頭來了？」

寧有方嘆口氣，一時不知從何說起，想了半天，才低聲說道：「這事十有八、九不會成。」至於原因嘛，暫且就不必細說了。

阮氏一愣，滿臉疑惑。「為什麼不會成？」還沒張口說，怎麼就斷定這事不可能成了？

寧有方卻不肯再說了，心裡不斷的盤算著怎麼張口。寧汐進來的時候，被寧有方皺眉苦思的樣子嚇了一跳，笑著問道：「爹，有什麼為難的事情了？」

寧有方意味深長地看了寧汐一眼。「這事情確實有點為難，剛才妳二嬸娘來找我了，是為了敏丫頭的事情。」

寧汐的心漏跳了一拍，忽然有了不妙的預感。

果然，寧有方接著說道：「敏丫頭看中展瑜了，妳二嬸娘想讓我探聽探聽展瑜的口風，最好是早些上門來提親。」

這怎麼可以！寧汐反射性的蹙眉，卻又說不出任何反對的話來。男大當婚女大當嫁，過了年，張展瑜就二十了，已經是大齡青年，也該說親了……

「汐兒，妳覺得展瑜會同意這樁親事嗎？」寧有方忽然問了句。

了。」

寧汐回過神來，若無其事地一笑。「這我可說不好，等張大哥來了，您問問他不就知道了。」

寧有方笑了笑，說道：「這事我還真不好意思張口問。要是同意還好，如果展瑜不樂意，以後再到我們家來，可就尷尬了。」話裡有話，大有深意。

寧汐只當作什麼也沒聽懂，別過了臉。

第一百六十六章　誤會

知道了此事，寧汐再見到寧敏，總有點莫名的尷尬。

寧敏自然不知道寧汐心裡的彎彎繞繞，羞答答地拖了寧汐到屋子裡說悄悄話。「七妹，妳認識張大哥這麼久，覺得他為人怎麼樣？」

寧汐老實地答道：「他很勤奮，又上進，不出幾年，肯定會是個好廚子，將來成就不會在我爹之下。」除了一開始那件讓人不愉快的插曲，張展瑜一直表現很好。

寧敏聽得心裡美滋滋的。「我也覺得他很好呢！」眼睛裡都快冒出星星了。

寧汐心裡五味雜陳，一時也說不清是個什麼滋味，也不算拈酸吃醋，就是心裡有點不舒坦。

寧敏不知想到了什麼，面孔紅紅的，低頭擺弄著衣襟，半天才低低地冒了一句。「我娘已經去找過三叔了吧！」

寧汐也不好裝傻，點了點頭。「嗯，我爹說了，等張大哥來了，就探問探問他的心意。」

寧敏忐忑不安地喃喃自語。「就怕張大哥看不中我……」

這個時候，寧汐本該好言安慰幾句，可那些話到了嘴邊卻怎麼也吐不出來。寧汐憋了半天，才擠出了一句。「妳就別擔心了，妳這麼活潑爽朗，張大哥怎麼會看不中。」

這麼言不由衷的話，寧敏居然也信了，唇角浮起甜甜的笑意。

又隔了一天，對這一切一無所知的張展瑜又到寧家來了。這一次，寧敏可不好意思出來了，一直躲在自己的屋子裡，王氏和寧有財也避不見面。寧汐心裡也亂糟糟的，索性也在屋子裡待著不出來。

張展瑜等了半天也沒見寧汐出來，有些坐不住了，忍不住問道：「師傅，汐妹子今天沒在嗎？」

寧有方心裡一動，意味深長地笑道：「先不說這個，展瑜，我有話問你，你想好了再回答我。」

他的口氣異常的慎重，張展瑜不敢怠慢，連忙收斂了笑容，正色應道：「有什麼事，師傅只管吩咐。只要我能做到的，絕不會推辭。」

寧有方笑了笑。「你不用這麼緊張，說起來倒是好事一樁。過了年你也二十了吧！這個年齡可不算小了，我當年二十歲的時候已經當爹了。」

聽著這個話意，張展瑜的心立刻怦怦亂跳起來，師傅怎麼忽然說起這個了？該不會是想……

果然，寧有方接著說道：「你父母死得早，也沒人為你操持這些，我這個做師傅的，總得把這事放在心上。今天只有我們兩個，你跟我說句實話，你心裡有中意的姑娘嗎？」

張展瑜的臉孔早已脹紅了，憋了半天才擠出一句。「沒、沒有。」心裡迅速閃過一張宜喜宜嗔的嬌俏面孔。

對這樣的答案，寧有方絲毫不覺得意外，微笑著問道：「如果沒有，我今天倒想為你說一個。如果你願意的話，我們以後可就是親上加親了……」

張展瑜的手早已顫抖個不停，只覺得渾身的血液都往頭頂湧去，腦子裡不停地迴旋著那四個字——親上加親！師傅果然是這個心意！他一直深埋在心底的情意，師傅一定看出來了！

「……這個姑娘你也很熟悉，就是我二哥家的敏丫頭……」

張展瑜臉色一白，無禮地打斷寧有方。「師傅，您說的是寧、寧敏？」

寧有方點點頭。「嗯，她過了年就十五歲，和你很般配，現在就看你的心意了。」

這句話就像一盆冷水，澆得張展瑜渾身冰涼。原來這只是一場誤會，師傅說的不是寧汐，居然是寧敏……

寧有方的聲音忽然變得飄渺不定起來。「展瑜，我這個做三叔的不是自誇，敏丫頭是我從小看著長大的，性子爽朗活潑，愛說愛笑，是個好姑娘。要是你也覺得她不錯，回去就和你二叔二嬸商議一聲，找個媒婆上門來提親就行了。我們小戶人家也沒那麼多規矩，一切從簡。」

絮絮叨叨說了半天，張展瑜卻是一聲不吭，坐在椅子上呆呆的發愣。

寧有方咳嗽一聲。「我也知道這事來得有點突然，你一點心理準備都沒有。這樣吧，你先回去考慮考慮，等想好了，再給我個回話……」

「師傅！」張展瑜陡然回過神來，咬咬牙應道：「這事不用考慮了，我現在就給回話。」

寧有方一臉期待地看了過來。

張展瑜困難地嚥了口口水，狠狠心說道：「對不起，師傅，這事我不能答應。」

寧有方的反應很奇怪，不見生氣，反而像鬆了口氣似的，口中卻問道：「為什麼？敏丫頭有什麼不好嗎？」

張展瑜垂下頭，低低地答道：「不是，寧敏是個好姑娘，只是我現在還沒有成家的打算。等再過幾年，我混出個人模狗樣了，再想成家的事情也不遲。」

這話很明顯是託詞，寧有方豈能聽不出來，卻也不好揭穿張展瑜的心思，只好順著他的話說道：「既然你沒這個心思，就算了，待會兒我去跟二哥二嫂說一聲。不過，接下來這幾天，你最好就別露面了，免得見面尷尬。」以王氏的脾氣，幾句難聽話總是少不了的。

寧有方說得很含蓄，張展瑜卻是一聽就懂，歉然地一笑。「真是對不住師傅，要讓您為難了。」

寧有方苦笑一聲。「這也沒什麼為難的，男婚女嫁本就要講究你情我願，喜事不成，總不至於成冤家。」

兩人對坐半晌無語，張展瑜索性起身告辭了。

寧有方送張展瑜出去之後，眉頭就皺了起來。一切都在意料中，張展瑜果然是這個反應，接下來該怎麼跟王氏張口才好？

還沒等他想好，王氏就笑咪咪的來找他了，寧有財也一起跟了過來。當然，有王氏在場的時候，寧有財是沒有發言權的。就聽王氏竹筒倒豆子似地問個不停。「怎麼樣？和張展瑜說過了沒有？他是什麼反應？」

寧有方一臉的為難。「說是說了，不過，展瑜說暫時還不想考慮成家的事，所以……」

王氏一愣，旋即反應過來，立刻變了臉色，忿忿地罵道：「真是個不識好歹的東西，我家敏丫頭有哪點配不上他，竟然還推三阻四的不願意。我呸！真以為自己是什麼了不得的人物了。以後再敢進我們寧家的門，我立刻用掃帚趕他出去！」

寧有財反應沒那麼激烈，可也是一臉的不痛快，悶悶地說道：「算了算了，人家既然不樂意，我們也別一頭熱了。這事就此不提，以後請人替我們敏兒另尋個好人家。」

一邊是自己的哥哥嫂子，一邊卻是自己的徒弟。寧有方說什麼都不合適，索性閉上嘴，任由王氏和寧有財發了一通怒氣。

這麼大的動靜，自然把寧汐驚動了，連忙出了屋子過來張望，只聽兩句就知道是怎麼回事了，心裡掠過一絲不該有的竊喜。

寧敏聽到動靜也急急地跑了出來，沒聽兩句就哇啦一聲哭了起來，眼淚像斷了線的珠子，嘩嘩地往下掉。不到片刻，眼睛就哭得又紅又腫。

王氏又是生氣又是心疼，按捺著性子哄道：「好閨女，別哭了，過幾天娘請媒婆給妳去說個更好的。這樣的窮小子，我還不稀罕呢！」

寧敏聽了這話，卻哭得更凶了。美夢作了還沒幾天，就這麼快的破滅了……

寧汐湊上前來，低聲哄道：「六姊，妳別哭了，這要是讓外人聽見可就不好了。先回屋再說吧！」

寧敏哭得上氣不接下氣，任由寧汐攙扶著自己回了屋子。寧汐勸了幾句，她壓根兒聽不進去，一直哭到天黑，都不肯出來見人。

這個時候，寧家上上下下也都知道了此事，反應不一。

寧大山最是護短，聽到這樣的事情自然不痛快，難得的繃著臉數落了寧有方幾句。「瞧瞧你帶出來的好徒弟，敏丫頭有哪兒配不上他？想也不想就一口回絕了，我倒要看看，以後他能找個什麼樣的媳婦。」

寧有方無辜挨罵，卻一點火氣都不敢有，一個勁兒地陪笑。「爹，您別生氣，回頭我一定好好說說展瑜。」

王氏陰陽怪氣地接了句。「算了，我們家閨女又不是嫁不出去了，也沒巴著他一定要嫁。你們的師徒情分可不能受半分影響，照樣來往就是了。」

這話說得實在尖酸刻薄，寧有方苦笑不已，只好默默地照單全收。

寧暉嘟囔了一句。「這事也不能怪我爹，怎麼都衝我爹來了。」明明是張展瑜自己不情願好吧！

王氏被噎了一下，臉都黑了。

寧有方連連朝寧暉使眼色。「別胡說，快些回屋看書去。」

寧暉悻悻地點頭應了，轉身就回了自己的屋子。

寧汐只覺得屋子裡氣氛異常的凝重，實在待不下去了，也悄悄溜出來去找寧暉了。

第一百六十七章 拜訪

寧暉見寧汐來了，立刻發起了牢騷。「他們也真是的，這事又不是爹的主意，怎麼都怪到他身上了？」

寧汐有些心虛地附和。「就是，他們兩個沒緣分，不該怪咱爹。」

寧暉挑了挑眉毛，忽然定定地看著寧汐不說話。

「哥哥，你這麼看著我做什麼？」寧汐被看得渾身不自在。

寧暉摸了摸下巴，若有所指地問道：「妹妹，妳和張展瑜天天待在一起做事，應該很熟了。妳說，他為什麼不肯答應這門親事？」張展瑜已經不小了，又沒爹娘幫著操持婚事，遇到這樣的好事，怎麼拒絕得這麼乾脆？

寧汐鎮定地應道：「這事該去問他本人，我哪知道為什麼。」

寧暉忽地笑了。「該不會是他心裡已經有中意的姑娘了吧？」

說就說，一直盯著她看幹麼？寧汐心裡嘀咕著，口中卻笑道：「這事我可不清楚。要不，以後見了面你問問他好了。」

寧暉笑著瞄了寧汐一眼，故意嘆了口氣。「我才不操那個閒心。反正，這事過後，以後他想來我們家可不容易了。」

寧汐不接這個話茬兒，顧左右而言他。「對了，我們回洛陽也有半個多月了，爹前兩天跟我說要去陸府看看，也不知道什麼時候去。」

一提陸府，寧暉便沒了精神說笑，隨口應了兩句就閉了嘴，愣愣地看著窗戶，魂不知飛哪兒去了。

寧汐剛才急著扯開話題，現在一看寧暉這副沒精打采的樣子，不由得暗暗後悔。說什麼不好，非說這個，一下子就戳中了寧暉的傷心事。

自從陸子言被陸老爺帶回洛陽之後，寧汐或多或少的從孫掌櫃那裡聽了一些陸子言的消息。比如說，孫冬雪如願以償的做了陸子言的通房丫鬟。再比如說，陸老爺已經為陸子言訂好了親事，今年五月就會娶新婦過門等等。

寧有方在年前去過一回陸府，不過陸老爺事情繁忙，沒時間見面，只收了寧有方送去的禮物。現在已經過了年，怎麼著也該再拜訪一趟。

寧汐本來不想去，免得見了陸子言彼此尷尬。寧有方卻很坦蕩，理直氣壯地說道：「陸老爺對我們父女都這麼關照，當然得一起去拜會。再說了，妳要做大廚的事，也該告訴東家老爺一聲才是。」

至於那點顧慮，也不算什麼。陸子言已經訂了親，總不會再來糾纏不休的吧！

寧汐只好應了，為了見客不失禮，特地穿了阮氏為她縫製的新衣，質地雖然一般，可勝在粉色嬌豔，映襯著寧汐的小臉如白玉般細膩無瑕。

正要出發的時候，寧暉悶不吭聲地過來了，低低地央求道：「爹，我在家裡悶死了，也想去湊湊熱鬧。」

寧有方不假思索地點頭同意了。

步行了小半個時辰，便到了陸府。寧有方笑著和門房說了一聲，那門房很客氣的請三人稍等片刻，自己卻飛快地跑去稟報通傳。

過了一盞茶時分，那門房回來了，分外客氣地開了門。「老爺有請，寧大廚一直往裡走就是了。」

寧有方笑著點點頭，領著寧暉、寧汐進了陸府。

這是寧汐第一次到陸府來，忍不住四下張望起來。陸家不愧是洛陽首富，府裡雕欄畫棟十分氣派，不過，比起容府的景致，陸府不免相形失色了。

沿路一直往裡走去，路上不時的遇到一些年輕嬌俏的丫鬟。寧暉總忍不住凝神看過去，只可惜一直沒看到孫冬雪。

陸老爺正在正廳等著，見了寧有方一行三人，朗聲笑著迎了上來。孫掌櫃居然也在，倒是一個驚喜了。

寧有方笑著寒暄了幾句，然後分主次坐下。

陸老爺笑道：「這半年都虧了孫掌櫃和寧大廚，鼎香樓開業順利，生意紅火。照這樣下去，不出兩年，就能回本了。」

孫掌櫃聽得渾身舒暢，忙笑道：「老爺說這話小的可不敢當，這都是小的分內的事情。」

寧有方也忙著謙虛了幾句，順便提起了寧汐出師的事情。「……再過兩天，我就打算啟程去京城。等到了那邊，我打算讓汐兒出師，正式做大廚，負責三樓的雅間，招待女客。東家老爺您看……」

陸老爺不假思索地笑著點頭。「好好好，這主意再好不過。」

寧有方又補充一句。「展瑜的廚藝也練得不錯了，我打算讓他也一起出師。」

孫掌櫃打趣道：「教會徒弟，師傅可就要餓死了。今後客人上門，要是奔著汐丫頭和展瑜兩個來，看你這臉往哪兒放。」

寧有方咧嘴一笑。「那我也不怕，大不了以後跟著閨女和徒弟打下手。」

此言一出，眾人都笑了起來。正說得熱鬧，門口忽然閃進了一個身影，目光灼灼的向寧汐看了過來。自然是陸子言來了！

寧汐不動聲色地垂下眼瞼，心裡暗暗皺眉。這個陸子言，也不知道避嫌點，已經是訂了親的人了，這樣的舉動近乎輕浮了。

陸老爺此時倒也不擔心了，笑著吩咐陸子言坐下，丫鬟們忙著上茶上點心好一陣忙活。

寧有方咳嗽一聲，笑著說道：「還沒來得及恭喜東家少爺，聽說東家少爺已經訂了親事，今年五月就要娶親了。恭喜恭喜！」

陸子言笑得有些勉強。「要是有空，到時候回來喝杯喜酒。」

寧有方笑道：「只要孫掌櫃肯點頭放人，我一定回來。」

孫掌櫃立刻表明態度。「一來一回得半個月，這可萬萬使不得，鼎香樓的生意肯定會大受影響的。」

眾人都被逗樂了。尤其是陸老爺，邊笑邊說道：「鼎香樓交給你打理，我可是一點不用煩心了。」

陸子言陪著笑臉，目光忍不住又看了過來。隔了這麼久沒見，寧汐長高了一些，身段已然有了窈窕的曲線，一顰一笑多了少女的風姿。唇邊小小的笑渦令人如沐春風，沈醉不已。

寧汐卻不肯與他對視，淡淡地移開了視線。

陸子言心裡一痛，卻怎麼也捨不得挪開目光。

寧暉也是解情事的人了，一看就知道是怎麼回事，眉頭微微皺了起來。陸子言一腔心思都在妹妹寧汐身上，那孫冬雪……

正想著，穿著水紅襖子的孫冬雪便俏生生的走了進來。她還是少女打扮，梳著雙丫髻，穿著也和其他的丫鬟差不多，可眉宇間卻多了分楚楚動人的風韻。

寧暉看了一眼，心裡忍不住一顫，旋即黯然的自嘲，她的美麗都是因為另外一個男子，他在這兒千迴百轉又有誰知道。

孫冬雪先是規規矩矩的給陸老爺及陸子言行了禮，然後才親暱的喊了孫掌櫃一聲。

看著孫掌櫃的面子，陸老爺對孫冬雪也算和氣，笑著吩咐道：「冬雪，妳來得正好，下去吩咐一聲，讓廚房準備酒菜，今天中午我要和寧大廚、孫掌櫃喝兩杯。」

孫冬雪笑咪咪的應了，一時也來不及和寧汐、寧暉打招呼，只能歉意的笑著點點頭，便俐落地退了下去。

寧汐不無擔憂的看了面色蒼白的寧暉一眼，低聲問道：「哥哥，你還好嗎？」

寧暉打起精神笑了笑，低低地回道：「沒事，我能撐得住。」他只是想來看她一眼而已。其實，什麼都改變不了。

寧汐悄然嘆口氣，嘴角浮起一絲自嘲的苦笑。情之一字，真是害人不淺！偏偏兄妹兩個都是多情種子……

接下來，寧汐也沒時間和寧暉說悄悄話了，吃了午飯之後，寧有方便打算告辭。陸老爺每天要忙的事情很多，也沒時間陪寧有方走動，隨口吩咐。「子言，寧大廚難得到陸府來一趟，你領著他多轉轉吧！」

這可正中了陸子言下懷，高興地點頭應了，很盡心的領著寧有方等人四處轉悠。趁著寧有方和孫掌櫃說話之際，窺了個空湊到寧汐的身邊，輕輕喊了聲。「寧汐妹妹，好久不見了。」

寧汐回以有禮的微笑。「是啊，別後可還安好？」

陸子言的臉上浮起一絲羞愧。這半年，他在父親的安排下，先納了孫冬雪為通房，又訂了親事。這實在不能算不好……可是，他卻從未曾忘懷過寧汐，一刻也沒有！

陸子言的目光柔柔的，壓低了聲音說道：「寧汐妹妹，這一切都是我爹安排的，我沒辦法拒絕……」

寧汐不動聲色地接過了話頭。「恭喜陸少爺了，只可惜我不見得有空回來喝喜酒，等到了年底，再補上賀禮。」

陸子言的話被堵了回去，眼睜睜的看著寧汐若無其事的走到了寧暉的身邊，心裡無比的懊惱卻又無可奈何。事情已經到了這一步，他還有什麼資格和她說話？

寧暉將這一幕收入眼底，皺了皺眉頭，低聲說道：「妹妹，以後離他遠點。」都是訂了親的人了，還妄想來招惹寧汐，真是過分！

寧汐倒是很淡定，笑著點了點頭。

她對陸子言從沒生出過任何心思，不然，當時也不會那麼俐落乾脆地拒絕了他。現在，他訂了親，正好徹底的斷了他不該有的念想。

此刻的她，對未來共度一生的良人沒什麼太高的奢望，只求一點，至少要一心一意的對她好。陸子言性子如此懦弱，任由陸老爺擺布終身大事，連一點爭取反抗的舉動都沒有，實在沒什麼值得留戀惋惜的。

第一百六十八章　好久不見

正月十一的這一天，寧有方領著妻兒坐上馬車回了京城。坐著豪華舒適的馬車，路途的勞頓也似乎少了許多。

徐氏眉開眼笑的誇道：「容少爺可真是太有心了，竟然真的派馬車來接我們。」

寧慧若有所指地笑了，瞄了寧汐一眼。寧汐佯裝沒留意，探頭看起了車窗外的景致，卻一直豎著耳朵聽車內眾人說話。話題從馬車，一直繞到了寧敏的身上。

自從張展瑜明確的拒絕了親事之後，再也沒踏足過寧家一步。寧敏哭了幾天，情緒低落極了，王氏心疼女兒之餘，不免又對張展瑜添了幾分怨氣，連帶著寧有方的耳朵也受了不少閒氣。

阮氏自然心疼自己的丈夫，忍不住發了幾句牢騷。「二嫂心疼敏丫頭，這我們都諒解，可也不能總把這事怪到汐兒她爹的身上吧！之前可就跟她說過的，從中說合可以，可人家不情願，也是沒法子的事情。」

徐氏附和了幾句，又壓低了聲音問道：「說起這個，我倒是想問問。這個張展瑜怎麼就沒看中敏丫頭？是不是他已經有中意的姑娘了？」寧敏相貌也算清秀，又正值青春妙齡，張展瑜卻乾脆俐落地拒絕了這門親事，擺明有些別的原因。

阮氏無奈地笑了。「大嫂，妳問這個可就問錯人了。展瑜雖然稱呼我一聲師娘，可我平時和他幾乎沒什麼接觸，這些事情我哪知道。」
徐氏從善如流地看向寧有方。
寧有方咳嗽一聲。「這個我也不清楚，等到了京城再私下裡問問他。」
徐氏的八卦之心沒得到滿足，又笑著問寧汐。「汐丫頭，妳和張展瑜也很熟悉，他到底有沒有中意的姑娘？」
寧汐敷衍地笑了笑。「雖然天天在一起做事，不過，男女有別，我哪好意思探問這個。」
寧慧忽地輕笑出聲，顯然猜到了什麼，當著大人的面卻是一個字沒說。少女對這樣的事情都很敏感，前些天冷眼旁觀下來，其實有些事情還是有跡可循的……
等到了晚上，姊妹兩個單獨在一間屋子裡的時候，寧慧才閒閒地問道：「七妹，妳在我面前說句實話，張展瑜是不是對妳有點心思？」
一直竭力視而不見的窗紗就這麼被寧慧捅破了。
寧汐的臉上熱熱的，力持鎮定。「五姊，這話可別亂說。」好在燈已經被吹滅了，都躺在被窩裡，誰也看不清彼此的表情。
寧慧卻自顧自地說了下去。「正所謂日久生情，你們兩個天天在一起做事，他對妳生出愛慕之情也是理所當然的事情。說起來，張展瑜也算不錯，以後若是你們兩個成了一對，倒是件好事……」
越說越離譜了！寧汐連忙打斷寧慧。「妳別自說自話好不好？影子都沒有的事情，妳倒是說得有鼻子有眼的。」

寧慧嗔怪地笑了。「好好好，妳的嘴比河蚌還緊，我不問行了吧！」說著，便轉過身去睡覺了。

屋子裡靜靜的，只能聽到自己的呼吸聲。

寧汐瞪著眼睛看著屋頂，一點睡意也沒有。張展瑜對她真的有那樣的心意嗎？

回想起往日相處的點點滴滴，張展瑜確實待她很好，處處都照顧她，就像一個可靠又穩重的兄長。雖然沈默少言，可時時刻刻不忘照應她。她也是信賴他喜歡他的，可那種喜歡就像喜歡自己的哥哥寧暉一樣，沒有男女之情的曖昧和心動。

可他畢竟不是她真正的哥哥，他是一個成熟的男人。

在他的心裡，到底是怎麼看她的？是一個可愛伶俐的妹妹，還是……

越想越混亂，寧汐忍不住輕嘆口氣。好在這次回鼎香樓以後，兩人就要分開做事了。不然，這麼天天面對著面，真是件挺尷尬的事情。

不管他心裡怎麼想，總之，她暫時沒心情考慮終身大事。如果真的有這個心意，自然會等她長大。如果沒這個心意，以後他有了中意的姑娘，她會獻上妹妹的祝福。所以，不用再多想了。就這樣好了！

寧汐想通了之後，心裡總算舒坦多了，迷迷糊糊地睡著了。

馬車在官道上奔波了三天，終於到了京城，車伕先將寧有德一家人送了回去。寧有方笑著叮囑道：「大哥，我託你的事情，你可別忘了。」

寧有德朗聲笑道：「放心，等尋到了合適的，我就去鼎香樓找你。」

寧有方笑著點頭。買院子可不是件小事，總得多走走多看看才行，可是他來京城時日尚短，對這裡都不熟悉，這樣的事情託付給寧有德是最好不過了。

馬車又緩緩地向容府駛去。

阮氏笑著嘆道：「希望大哥大嫂早點幫我們尋個住處。」總借住在容府，實在說不過去。

寧有方笑道：「最好是離他們近些，以後來往也方便。我們在這兒人生地不熟的，住得近也能相互照應。」

寧汐早盼著搬出容府了，聽了這話比誰都高興，迫不及待地說道：「對對對，早點搬出去最好。」

寧暉揶揄地抵了抵寧汐的胳膊。「妳就這麼急著走啊！容少爺對我們一家四口百般照顧，妳就不念點人家的好？」果然是個小沒良心的。

寧汐瞪了寧暉一眼，狠狠地擰了他一把。寧暉噯噯的喊叫起來，舉手投降。「我多嘴，我不說行了吧！」

這還差不多！寧汐笑嘻嘻地縮回手。容瑾此人是高危人物，還是離得遠點比較好。

被寧暉這麼一提醒，寧有方也覺得這麼一聲不吭的搬走不妥當，想了想說道：「等到了容府，我去和容少爺說一聲。住了這麼久，總得謝謝人家。」

寧汐嘟囔一句。「反正我不去。」

寧暉悶笑不已。若不是心虛，幹麼這麼避著容瑾？妹妹啊妹妹，妳也太口是心非了！

寧汐羞惱地白了寧暉一眼。

寧暉識趣的收斂了笑容，繃著臉一本正經地說道：「妹妹也不小了，確實得避嫌。不然，容府的下人又要說些不三不四的話了。」

這還像做哥哥該說的話！寧汐滿意地點點頭。

馬車在容府的後門停了，守門的許嬤嬤忙不迭的開了門，臉笑得像朵花似的。「哎喲，寧姑娘，你們可算回來了。」

小安子早就交代過了，只要寧有方一家四口回來，立刻就得派人去稟報一聲。因此，許嬤嬤連連朝身邊的小丫鬟使眼色。那小丫鬟倒也機靈，悶不吭聲地溜走跑著去報信了。

行李雖然不多，可從馬車上盡數搬下來再搬到院子裡去，也著實費了番功夫。許嬤嬤異常的熱情，硬是幫忙拿了個包袱。

「麻煩許嬤嬤了。」阮氏過意不去，連連道謝。

許嬤嬤咧嘴一笑。「舉手之勞，這算什麼麻煩。」她的心思可活絡得很，府裡的三少爺對寧汐可是異常的上心，不管將來寧汐有什麼造化，現在搞好關係總是沒錯的。

隔了月餘沒回來，屋子裡卻十分整潔乾淨，連絲浮灰都沒有，顯然每天都有人來打掃收拾。阮氏邊規整東西，邊嘆道：「容少爺真是有心。」不用想也知道，這肯定是容瑾吩咐的。

寧汐不肯接茬兒，繼續低頭忙活。

正忙著，外面忽然傳來了說話聲。那聲音明明不算大，可卻異常的清晰，直直的傳進了寧汐的耳中。

寧汐的動作頓了一頓，莫名地嘆了口氣。她迫不及待的想躲開他，可他卻步步緊逼，不肯放過任何一個見面的機會。前腳剛回容府，後腳居然就來了！

寧暉促狹地敲敲門。「妹妹，容少爺來了，妳不去打個招呼嗎？」

人都來了，再避開也太矯情了。寧汐無奈地笑了笑。「我這就過去。」說著，放下手中的包裹，抬腳便走。

寧暉上下打量寧汐一眼，忽地笑道：「妳就這麼出去？」怎麼著也該拾掇拾掇吧！

寧汐不以為意的笑了。「這樣就行了。」若是打扮得花枝招展的去見容瑾，他不誤會才是怪事。

寧暉很快的反應過來，哭笑不得的瞄了寧汐一眼。瞧她這副如臨大敵的樣子，也太過刻意了吧！

走出內室，容瑾說話的聲音越發的清晰。一抬頭，便見到那個熟悉的身影懶懶的坐在椅子上，臉上掛著淡淡的笑意。說不上怎麼熱情，可熟悉容瑾脾氣的人都知道，這對容瑾來說，已經是很罕見的禮貌客套了。

寧汐深呼吸口氣，擠出笑容上前打招呼。「容少爺怎麼來了？」

「聽這話意，似乎不怎麼歡迎我。」容瑾挑眉，那雙狹長的鳳眸裡閃過一絲笑意。

寧汐假笑道：「這說的是哪兒的話？這裡是容府，容少爺想什麼時候來就什麼時候來，我們哪有不歡迎的道理。」
這話聽著客氣，細細一品味，卻不怎麼中聽。果然還是這麼伶牙俐齒。容瑾非但沒生氣，反而笑了。
過年的時候忙忙碌碌，其實沒有多少閒暇的時候，可在這樣的忙碌中，他卻總覺得生活中少了些什麼。直至見到她的這一刻，他才幡然醒悟——原來是少了她……

第一百六十九章　人情債

寧有方唯恐寧汐再說出什麼不合適的話來，連連朝寧汐使眼色。「汐兒，去給容少爺上壺茶來。」

寧汐剛要點頭，就聽容瑾說道：「不用了，我今天已經喝了很多茶了，再喝晚飯都吃不下了。你們路途勞頓，一定也累了，我就不多打擾了。」說著便站了起來。

寧有方忙笑道：「容少爺請慢走，我還有件事想跟您說一說。」

容瑾挑了挑眉，又慢悠悠的坐了回去。

寧有方咳了一咳。「我們一家四口一直借住在這兒，實在太麻煩貴府了。我已經託我大哥大嫂替我尋個住處，等安頓好了之後，就搬出去……」

容瑾的笑意漸漸淡了，沈聲說道：「是不是有人在你們面前說閒話了？」

寧有方忙笑道：「沒有沒有，絕對沒有，府裡上上下下的人都很好，我就是覺得總住在這兒不太好。」

「有什麼不好？」容瑾淡淡地反問。

寧有方為之語塞了。當著人家的面，總不能說容府裡的謠言沸沸揚揚，再住下去我閨女的閨譽就徹底沒了吧！

這到底是誰的主意？該不會是那個丫頭吧！容瑾眯起眼眸，定定地看向寧汐。

寧汐被容瑾的目光看得有些心虛，旋即打起精神，理直氣壯地應道：「非親非故的，我們一直住在容府當然不好。我們一家四口既然都來京城，就該置辦房產落了戶籍。不然，以後我哥哥想參加會試都沒資格。」

這理由倒是冠冕堂皇。大燕王朝律法規定，有秀才功名在身的想參加鄉試，必須是在戶籍地。為了寧暉，這戶籍也得落在京城。

容瑾也不好再出言反對，隨口嗯了一聲。「你們已經找好住處了嗎？」

寧有方搖搖頭。「我託大哥大嫂替我打聽了，估計沒個把月辦不好。」

置辦房產可不是件小事，瑣碎的手續事情不必細說，最重要的是得有合適的房子才行。地段太好了買不起，離得太遠了去鼎香樓不方便，最好是離寧有德的住處近一些。這麼林林總總算起來，想找個合適的真不容易。

容瑾沈吟片刻，說道：「這樣吧，我找人替你們尋一處合適的。到時候辦齊了手續，你們直接搬過去就行。」

寧有方連連推辭。「這太麻煩了……」左一樁右一樁的事情加起來，這人情是還也還不完了。

容瑾微微一笑。「舉手之勞，又不用我親自跑腿，沒什麼麻煩的，好了，就這麼說定了。」容瑾的氣場實在太強了，不容拒絕地說完之後，便拂袖去了。

等容瑾走遠了，寧有方才喃喃地嘆氣。「這人情可是越欠越多了。」以後該怎麼還啊！萬一以後容瑾有所求……這拒絕的話可真不好張口。

寧汐眼珠骨碌一轉，笑道：「又不是我們巴著求他，他非要幫忙，這樣的人情不惦記也罷。」

寧有方苦笑一聲。這年頭，什麼債都好還，唯獨這人情債是最難還的。偏偏容瑾出身優渥，什麼都不缺，這份人情也只能暫時記下再說了。

到了晚間，夫妻兩個在屋子裡說起了此事，都是一番長吁短嘆。

阮氏低聲說道：「容少爺人品性情才貌都是萬中無一，雖然傲氣一些，可對汐兒真是沒話說。」如果不是衝著寧汐，容瑾也不可能事事想得如此周到。

寧有方深有同感。「是啊，要是身分相配，真是一樁大好姻緣。」

阮氏想了想，小心翼翼地說道：「如果以後有一天，容少爺親自上門求娶汐兒，我們可怎麼辦才好？」正妻是不可能了，納寧汐為小妾倒是有可能。

寧有方自然懂阮氏的意思，頓時擰起眉頭，沈聲說道：「這怎麼行？我們的寶貝閨女可不能受這個委屈。」一輩子屈居另一個女人之下，過著仰人鼻息的生活，他可捨不得。

阮氏嘆口氣。「我也捨不得。不過，若是汐兒也願意，我們還能怎麼辦？」

別看寧汐現在躲之不及的樣子，可男女情愛一事不是躲就能躲得了的。看容瑾的架勢，哪裡像是肯輕易放手的那種人，時間一久，到底會成什麼局面，誰也說不好。

寧有方被噎了一下，想了半天，才悶悶地說道：「算了，這些事暫且不去想。等再過兩年，汐兒成年了再說，到時候她喜歡誰想嫁給誰都由她。」

阮氏輕嘆一聲，沒有再說話。

夫妻倆各懷心思，一夜都沒睡好。到了第二天早晨，阮氏送寧暉去學館，寧有方則領著寧汐去了鼎香樓。

到了酒樓一看，孫掌櫃正忙著指揮眾人打掃，一派熱鬧繁雜的景象。寧有方打起精神，笑著上前和孫掌櫃打了招呼。

孫掌櫃笑著拍拍寧有方的肩膀。「寧老弟，你可總算來了，我一個人正愁著忙不過來。廚子們都來得差不多了，你先領著他們把廚房那邊清理清理。今天是正月十五，估摸著也沒什麼客人，我們自己先熱鬧熱鬧再說。」

寧有方笑著點點頭。

孫掌櫃瞄了寧汐一眼，笑咪咪的說道：「汐丫頭，妳來得正好，我昨天就找人收拾了兩間小廚房給妳和展瑜，現在就去看看合不合用。要是有什麼不滿意的，只管和我說。」

寧汐頓時來了精神，麻溜的跟著孫掌櫃去了。

說是小廚房，其實只比寧有方的廚房小了一些。沿著牆邊有一排爐灶，比平時所見的都矮了點，刀具鍋具都是小號的，顯然是為寧汐特意準備的，就連放在牆邊的櫃子都很小巧。

寧汐幾乎第一眼就喜歡上了這個廚房，興沖沖地轉了一圈，摸摸這個又碰碰那個，高興得就差沒手舞足蹈了。從今以後，這兒就是她專屬的廚房了！以後可以按著她的喜好和習慣收拾佈置，想想都覺得開心。

寧有方和孫掌櫃對視一笑。果然還是個沒長大的孩子啊！

孫掌櫃笑道：「展瑜的廚房就在隔壁。要不要過去看看？」

寧汐手中的動作頓了頓，問道：「張大哥也來了嗎？」自從那一天過後，張展瑜再也沒去過寧家，也不知道他是什麼時候來的京城。

孫掌櫃點點頭。「他前兩天就來了，這兩間廚房本來堆了不少雜物，都是他收拾出來的。昨天還特地把妳這間廚房收拾了一遍，所以才這麼乾淨。」

正說著話，張展瑜就來了。還是那副憨厚老實的樣子，笑著喊了聲。「師傅、汐妹子，你們總算來了。」神情自然得不能再自然，彷彿之前什麼也沒發生過似的。

寧有方笑著應道：「昨天就到了，今天早上才過來，你倒是比我來得還早。」

寧汐也笑咪咪的，心裡悄悄鬆了口氣，之前她一直暗暗擔心，唯恐見面之後因為寧敏的事情彼此尷尬。更擔心張展瑜會流露出什麼異樣的情緒來。

現在看來，一切正常。再好不過了！

殊不知張展瑜心裡也在忐忑不安，之前生怕寧汐和寧有方還在生氣不肯理他。現在見寧有方談笑如常，寧汐也是全無芥蒂的樣子，一顆心才算稍稍落了回去。笑著說道：「昨天急著收拾廚房，我也不知道汐妹子喜歡什麼樣的，就胡亂佈置了一點。」

寧汐由衷地讚道：「佈置得好極了，我很喜歡呢！」東西雖然不多，可擺放得整整齊齊，乾淨整潔，讓人眼前一亮。在短短兩天裡將雜物間收拾成這樣，也不知張展瑜費了多少心思。

張展瑜聽了這話，比喝了蜜還甜。

寧有方瞄了張展瑜一眼，眸光一閃，不知想到了什麼，口中卻笑道：「從明天才開始正式營業，今天得把一切都歸置好了。對了，還得給你們兩個配些人手。」

一個大廚，身邊至少得有一個二廚，再有一個跑堂的兩個打雜的。

張展瑜隨意地笑道：「一切都由師傅安排，我沒意見。」

寧汐卻很有主見，想了想說道：「爹，我就不用二廚了，切菜配菜的事情我自己做就行。不過，以後既然是負責三樓雅間的女客，跑堂的我得要一個，就趙芸姊姊吧！做雜活的也安排兩個女的好了。」廚房裡一個男的都沒有，也免得日後有人說三道四。

這考慮得倒是很周到。寧有方很是贊成，點頭應了。「好，就依妳的意思。不過，妳不要二廚，一個人能忙得過來嗎？」

寧汐挑眉笑了，自信滿滿地說道：「爹，您就放心好了，我一個人能行。」鼎香樓上上下下這麼多人手，跑堂打雜的倒是有女子，可廚子卻都是男的，做二廚的大多是年輕廚子，既然要避嫌，還是不要為妙。

她心裡的這些彎彎繞繞，寧有方也猜出了幾分，想想就應了。

張展瑜的眼眸裡浮起一絲笑意，忽地說道：「要是實在忙不過來，隨時叫我一聲，我就在隔壁。」

寧汐俏皮地一笑。「張大哥，你這麼說我可不敢當。你以後也是正兒八經的大廚了，再來替我打下手可不像話。」

眾人都被逗得哈哈大笑。

第一百七十章　人生何處不相逢

到了晚上，鼎香樓上上下下收拾得乾乾淨淨。眾廚子吃了飯之後，也沒別的事，便三、五個一群出去湊熱鬧。

寧汐聽到外面的動靜，心裡癢癢的，扯著寧有方的胳膊撒嬌。「爹，今天是正月十五，外面可熱鬧了。我們也出去轉轉吧！」上元節的燈會可不能錯過啊！

寧有方不假思索的點頭應了。「好，爹帶妳出去買花燈。」

孫掌櫃忍不住笑了。「寧老弟，我一直覺得自己疼閨女，可和你一比，實在差遠了。」

從沒見過這麼寵閨女的。

寧有方理所當然地笑道：「就這麼一個閨女，我不疼她疼誰？不要說是花燈，就是要天上的星星，我也得找個梯子去摘一顆。」這句話頓時把在場的廚子都逗樂了。

張展瑜笑著插嘴。「師傅，我也跟你們一起去吧！」眼裡流露出一絲祈求。

寧有方朗聲笑了。「人多才熱鬧。還有誰想去的，大夥兒一起。」此言一出，不少廚子紛紛響應。就連孫掌櫃也意動了，索性關了酒樓的門，一群人浩浩蕩蕩的出了鼎香樓。

街道上果然熱鬧非凡，到處都掛著花燈。荷花燈兔子燈各種稀奇古怪的花燈都有，看得人眼花撩亂。大姑娘小媳婦們打扮得花枝招展，三、五個一群，其中不乏姿色出眾的，就連寧汐都忍不住扭頭看了幾眼，更不用說一眾廚子了。

賣零食的小販起勁的吆喝，桂花糕冰糖葫蘆之類的應有盡有，最惹人嘴饞的，當然是糯米粉做的元宵了。

「爹，我想吃元宵。」寧汐扯了扯寧有方的袖子。

還沒等寧有方點頭，張展瑜早已擠了過去，等出來的時候，手裡已經多了一串圓溜溜的元宵。「汐妹子，這個是剛出鍋的，吃的時候小心些，別被燙著了。」

寧汐笑嘻嘻地接了過來，嘟起紅潤的小嘴輕輕吹了吹，然後滿滿的咬了一口，一股甜香頓時在口中瀰漫開來。真是意想不到的好吃！

寧汐邊吃邊誇。「這元宵做法倒是很別致，是用糯米粉摻了白糖做的，裡面用芝麻、核桃仁做餡兒，然後用油炸熟，外面酥脆，入口綿軟香甜，果然好吃！等明天我也試著做做看。」順便再改進一下，換成豆沙餡兒或是棗泥餡兒，以後的菜單就多了一味主食了。

寧有方忍俊不禁地笑了，調侃道：「妳才吃一口，就把人家的秘方都給學來了，以後誰還敢賣東西給妳吃？」

孫掌櫃等人都聽得哈哈大笑。

寧汐俏皮的眨眨眼，一臉的無辜。「這可不能怪我，我又不是成心要偷學。」誰讓她吃一口就能嚐出食材配料呢！

張展瑜忍住笑，一本正經的說道：「汐妹子，妳等著，我去把所有攤子上賣的食物都買來給妳嚐一嚐。等妳全部學會了，以後我們想吃的時候，可就省事了。」

寧汐被逗得格格直笑，燦爛的笑顏在各式花燈的映襯下，美麗不可方物。

張展瑜含笑凝視，心裡湧起暖暖的甜意。此情此景，深深的印在他的腦海裡，只怕這輩子也忘不了吧！

寧汐眼波流轉，忽地興奮的指著不遠處的喧鬧人群。「那邊在猜燈謎呢！我們也過去瞧瞧。」說著，就蹦蹦跳跳的擠了過去。張展瑜唯恐她被人群擠到，連忙湊了上去護著寧汐。

這一路走過來，賣花燈的攤子前幾乎都被圍得滿滿的，自恃有點墨水的，難免想賣弄一下文采。就連大字不識幾個的，也都往前湊合。這個攤子前的花燈明顯比別處更加精美，難怪圍觀的人最多了。

一個年約六旬的老翁精神抖擻的坐在花燈中間，鬚髮花白，嗓門倒是出乎意料的響亮。「各位鄉親，今兒個是上元節，小老兒也在這兒湊個熱鬧。這兒所有的花燈都不賣，只要誰能猜中上面的燈謎，就可以拿去。」

此言一出，圍觀的眾人就更激動了，還有的乘機起鬨，嚷著要猜燈謎，總之一團紛亂。

那個老翁露出一個狡黠的笑容，慢條斯理的說道：「各位不要急，我的話還沒說完，想猜燈謎的，請一個個排隊。我可先說好了，要是猜對了，可以挑一個花燈帶走；要是猜不中，就得往這個罐子裡放一個銅板。」地上果然有個罐子，裡面似乎已經放了不少銅板了。

寧汐扭頭笑道：「這個倒是很有意思。」

說是不賣花燈，又設下這樣的規矩。一個銅板實在不算多，想猜燈謎湊熱鬧的根本不在乎這一點小錢。可若是連連沒猜中，這個老翁可就坐等收錢了。

張展瑜見她興致勃勃的，笑著說道：「妳也去猜兩個，不中也不要緊，反正也花不了幾個錢。」

寧汐早就意動了，忙不迭地點頭，東張西望地看了起來。當她的目光落在一盞活靈活現的桃花燈上時，笑容漸漸收斂，腦子裡忽然閃過了一個畫面。

那也是一個上元節，邵晏陪著她一起出來閒逛。她鬧騰著要猜燈謎，邵晏含笑應了，然後一個一個的猜了過去，幾乎將那個攤子上的所有燈謎都猜了個遍，那個小販幾乎哭喪著臉告饒。

邵晏微微一笑，低頭問道：「汐兒，妳想要哪個花燈？」

寧汐的眼睛裡閃爍著璀璨的光芒，喜孜孜的指著一盞桃花燈，那小販忙不迭地取了桃花燈送了過來。邵晏唯恐她被燙著，悄悄地伸出手來，握住她細白柔嫩的手，一起握著那盞桃花燈，親暱地叮囑。「小心些。」

那一天晚上的桃花燈裡裝滿了她的幸福，她以為這輩子都會那樣的幸福下去。誰又能知道，那樣甜蜜的愛情，後來卻釀成了不堪入口的苦酒……

張展瑜見寧汐不出聲只怔怔的看著那盞桃花燈，笑道：「汐妹子，我們就猜這盞桃花燈上的燈謎好了。」說著，湊上前細細看了幾眼，然後皺眉苦思起來。

寧汐深呼吸口氣，將腦子裡紛亂的思緒揮開，也凝神看了過去，只見那花燈上有一張紙條，上面寫了一行字——無頭無尾一畝田（猜一字）。

張展瑜雖然識些字，可絕談不上有什麼文采，要是猜些簡單的燈謎還可以，這樣的字謎卻是想不出來了，雖然排了隊，可一連猜了幾次也不對。一連扔了五個銅錢進去，張展瑜的臉色也不好看了，卻卯足了一股勁，硬是要繼續再猜。

那老翁最歡迎的就是這樣的客人，假意勸道：「既然猜不上來，就換一個好了。再這麼猜下去，小老兒的罐子都放不下了。」

圍觀的人群發出善意的哄笑。張展瑜的臉脹得通紅，卻硬是不肯走。

寧汐咳嗽一聲，扯了扯張展瑜的袖子。「張大哥，我不要這個桃花燈了，換一個好了。」

寧有方也窺出點苗頭來，在一旁笑道：「我們出來就是圖個樂子，沒必要和一個燈謎較勁，換一個簡單點的燈謎好了。」

張展瑜無奈地點點頭，正待說話，忽然聽到人群後面響起一個聲音。「這燈謎簡單至極，無頭無尾一畝田，是個魚字。」

那聲音溫潤動聽，聽在寧汐的耳中卻如同晴天響起霹靂，嘴角浮起一絲苦笑。人生何處不相逢，居然在這兒碰到邵晏了！

閃爍的花燈下，風度翩翩的白衣少年含笑走進了人群，有禮的朝寧有方等人點頭，然後微笑著說道：「寧汐姑娘，真巧，你們也來看花燈嗎？」

他住在四皇子的府邸裡，離這兒足足有大半個時辰的路程，就算要看花燈，也不該跑到這條街道上來，這算哪門子「巧遇」？

寧汐的好心情已經去了大半，淡淡地應道：「確實很巧。」

邵晏對這樣的「巧遇」卻很高興，笑著看了老翁一眼。「請問我猜的對不對？」

那老翁不情願地點點頭，只得取了那盞桃花燈過來。

邵晏接過桃花燈，含笑說道：「寧汐姑娘，這盞桃花燈送給妳。」

寧汐卻不伸手去接。「既然你猜中燈謎了，這就是你的，送給我做什麼？我不要！」拒絕得果斷乾脆。

面色難看的張展瑜聽了這樣的話，頓時有了笑意。

邵晏也沒想到寧汐如此的不近人情，拎著桃花燈愣在當場，頓時顯出了幾分蕭索的可憐。他本就生了副好相貌，又斯文有禮，正是最討女子喜歡的那種溫潤美少年。這麼可憐兮兮的樣子，頓時惹來了在場女子的憐惜。

有個膽子大的清秀少女鼓起勇氣說道：「這位公子，桃花燈人家不肯要，乾脆送給別人好了，喜歡的人多著呢！」就差沒直說你送給我得了。

寧汐差點被逗樂了，順水推舟地笑道：「是啊，我看這位姑娘挺喜歡這桃花燈，你送給她好了。」

邵晏暗暗握緊了手裡的燈柄，他可以忍受寧汐的冷漠和疏遠，可她這麼若無其事的推開他的心意，實在太傷人了！偏偏那個清秀少女還一臉羞答答的看著他，處事遊刃有餘從不慌亂的邵晏也覺得進退兩難了。

第一百七十一章　氣死人不償命

寧汐卻看都沒看邵晏一眼，笑咪咪的扯了扯張展瑜的袖子。「張大哥，我們去看看別的燈謎。」

張展瑜自然很樂意，笑著和寧汐去看燈謎。

邵晏看著寧汐無情的背影，笑容再也維持不住了，咬牙將那盞桃花燈送給了一旁的清秀少女，心裡像堵著什麼似的，別提多憋悶了。

那清秀少女卻歡喜得不得了，和幾個玩伴妳推我搡的笑著走了，還時不時地回頭瞄邵晏一眼，只可惜邵晏的眼裡除了寧汐再無別人，壓根兒沒回頭。

雖然寧汐擺明了不肯理他，可這樣難得的好機會，邵晏實在捨不得錯過。站在那裡，默默的看寧汐和另一個男子巧笑嫣然。

寧汐看了會兒，特地挑了個簡單的燈謎，笑咪咪的說道：「張大哥，我們猜這個。」

我們……張展瑜默默的回味這兩個字，心裡甜絲絲的，定睛看了過去——半個西瓜樣，口朝上面擱。上頭不怕水，下頭不怕火。（打一日常用品）

寧汐顯然已經猜出來了，俏皮地眨眨眼低聲暗示。「這樣東西我們天天都用，常見得很呢！」

經她這麼一提醒，張展瑜眼睛一亮，也猜了出來，興沖沖的對老翁說道：「是鍋，一定是鍋。」

那個老翁笑著點頭，取了那個荷花燈送了過來。比起嬌豔奪目的桃花燈，荷花燈製作起來簡單得多，也是最常見的一種花燈。不過，這個老翁的手藝著實不錯，那盞荷花燈做得栩栩如生。

寧汐心滿意足的將荷花燈拎在手裡，朝寧有方笑道：「爹，我們再到前面看看。」

寧有方笑著點頭，遲疑地看了邵晏一眼，客套地央了句。「邵公子，我們要到前面轉轉，你要不要一起？」

這麼明顯的客套話，誰都能聽得出來，偏偏邵晏竟然真的點頭了。「也好，相請不如偶遇，人多也熱鬧些。」施施然跟了上來。

寧汐早料到他不肯輕易走，見他跟上來也不慌亂，反而揶揄道：「邵公子今兒個可真是夠悠閒的，不用伺候四皇子殿下嗎？」

邵晏最怕寧汐不理他，對這樣略帶嘲弄的話倒是應付自如。「四皇子殿下進宮陪伴皇上去了，估計今晚不會回府，我的時間多得很，正好可以多陪寧汐姑娘逛逛。」

寧汐扯了扯唇角，眼底卻沒多少笑意。「這可不敢當。邵公子若是有事，就請自便好了。」她可不想要他的什麼陪伴。

邵晏笑了笑。「寧汐姑娘，這麼好的景致，總這麼繃著臉多沒趣。」這樣的情緒明顯是衝著他來的，和身邊那個年輕男子倒是一直有說有笑的。為什麼她對他如此的吝嗇，連一個笑容都不肯給？

寧汐皮笑肉不笑地應道：「我也不想繃著臉。只不過，我這個人向來就是這副脾氣。對看不順眼的人，實在懶得應付。」

很顯然，他就是那個「看不順眼的人」！

邵晏的笑容僵住了，眼裡閃過一絲怒氣。他雖然不是什麼名門貴公子，可自小和四皇子一起長大，被四皇子倚重為左右手，不管到了哪裡，也沒人敢看輕了他。像這樣被人毫不客氣的奚落，真是生平頭一遭。若是換個人，他早就忍不住拂袖而去了。

偏偏眼前這個，是他這麼多年來第一個放進心裡的少女。他捨不得用犀利的言詞反擊，更不想就此離開。所以，這口氣不忍也得忍……

邵晏深呼吸口氣，擠出了笑容。「這樣的脾氣倒是耿直。」笑容如常，只是嘴角有些僵硬。

別人看不出來，可寧汐卻很瞭解邵晏的脾氣。他分明惱火得要命了，可硬是裝著若無其事的樣子和她說話。寧汐的心情忽然好了起來。既然他樂意受這個白眼冷遇，由著他好了，今兒個倒要看看他能忍到什麼時候。

這麼想著，寧汐刻意的往張展瑜的身邊靠了靠，顯得親暱隨意，談笑風生笑顏如花。張展瑜平日裡和寧汐雖然熟絡，可這麼親近卻是從未有過。明知道其中有些蹊蹺，可還是忍不住沈醉其中。

相較之下，邵晏就有些格格不入了，眾廚子和他都不熟悉，沒人上前搭話，寧汐又不拿正眼看他，明明周圍這麼熱鬧，可他一個人卻莫名的覺得有些涼意。

走吧，捨不得。可不走，難道就一直這麼僵持著？

邵晏心裡不斷的權衡著，一時也拿不定主意。

孫掌櫃見眾人冷落了邵晏，心裡有些過意不去，主動的上前搭話。「邵公子，可有些日子沒見你了。」

邵晏笑著應道：「年底一直很忙，也沒時間去鼎香樓，過了年倒是有些空閒。對了，四皇子殿下近日打算宴請些朋友，我到時候推薦鼎香樓如何？」

孫掌櫃精神一振，連連笑道：「多謝邵公子關照我們鼎香樓，到時候提前派人來說一聲就行了，保證不會讓四皇子殿下失望。」鼎香樓來來往往的客人不少，其中不乏身分尊貴的。若是連四皇子殿下宴請賓客也放在鼎香樓，酒樓的檔次可就更上了一層。

寧有方自然也想到這一層了，笑著附和。「有勞邵公子在四皇子殿下面前多多美言幾句。」去年那一遭可是結結實實的得罪了四皇子，每每想到這個，寧有方便覺得心裡不太踏實。若是有機會好好表現一回，扭轉一下四皇子心中的印象可就再好不過了。

邵晏微微一笑。「舉手之勞，寧大廚和孫掌櫃不用這麼客氣。」

寧汐看似滿不在意，其實早已豎起耳朵將他們的對話聽進了心裡，不由得暗暗焦急。這樣的「好事」不要也罷，和四皇子打交道可是件很危險的事情。只可惜她人小力微，這個時候根本插不上話。

孫掌櫃倒是和邵晏聊得很熱乎，不知怎麼的，話題竟然轉到寧汐的身上來了。「……不是我成心誇耀，我做了這麼多年酒樓掌櫃，像汐丫頭這麼有天分的可從沒見過。學廚還沒滿兩年，就已經出師做大廚了……」

邵晏正大光明的含笑看了過來，點頭附和道：「是啊，寧汐姑娘在廚藝上的天分確實罕見，真令人佩服！」

正所謂伸手不打笑臉人，人家這麼誇，總不好再繃著臉。

寧汐扯了扯唇角，很沒誠意地道謝。「多謝邵公子誇讚，小女子愧不敢當。」

受了一晚冷眼的邵晏，竟然也習慣了寧汐的愛理不理，笑著說道：「我可不是白白誇妳。以後再去鼎香樓，有勞寧汐姑娘做些美味佳餚給我解饞。」

他說得幽默風趣，聽的人卻不太賞臉，淡淡地應道：「我以後只負責三樓的女客，等邵公子什麼時候到三樓吃飯了，我自然會動手做菜的。」

簡直是軟硬不吃，太難纏了。邵晏無奈地笑了笑，竟然朝孫掌櫃訴起苦來。「孫掌櫃，你看看，哪有這樣把客人往外推的。」

孫掌櫃連忙笑道：「汐丫頭是在說笑呢！邵公子千萬別放在心上。」連連朝寧汐使眼色，這樣的人物怎麼可以隨便得罪，做生意講究的是和氣生財啊！

寧汐卻不肯低頭，只當作沒看見孫掌櫃的眼色，故意將頭扭了過去。

寧有方只好笑著打圓場。「邵公子若是不嫌棄，以後再來鼎香樓，就由我做菜好了。」

對方是心儀少女的父親，邵晏當然不好擺架子，立刻笑著應了。「寧大廚手藝高超，名震京城，能吃到你親手做的菜餚我高興還來不及，哪裡有嫌棄的話。」

寧有方被奉承得渾身舒坦眉開眼笑，對邵晏倒是多了些好感。

寧汐心裡暗暗輕哼一聲。果然還是這副虛偽的德行，不管心裡怎麼想，卻只挑別人愛聽的話說。以前的她最迷戀的就是他風度翩翩的溫柔，可現在卻再也沒了往日的悸動，甚至隱隱的覺得排斥和反感。

是人都有情緒，怎麼可能時時刻刻保持這樣的風度？就像戴了張精緻無瑕的面具，將心思藏得滴水不漏。這樣深沈的性子，普通人哪裡是他的對手，只怕被他賣了都不知道……

那些晦暗的過往又紛紛湧了上來。

寧汐明亮的眸子裡掠過一絲痛苦，暗暗握緊了拳頭，命令自己——冷靜，一定要冷靜。那一切都是過去了，他再也不是她傾心相愛的那個人，他再也傷害不了她……

邵晏卻不知寧汐心底的波濤暗湧，笑著搭話。「寧汐姑娘，那邊河上有很多畫舫，我們過去湊湊熱鬧。」

寧汐心情正紊亂，哪裡還有好臉色，冷冷地說道：「我累了，不想去。」

邵晏碰了個硬釘子，笑容終於掛不住了。「寧汐姑娘，我自問行事周全，不知什麼時候得罪過妳？」對別人都笑咪咪的，唯獨對他惡聲惡氣沒個好臉色，泥人還有三分土性，他也快受不住了。

寧汐巴不得把他氣走，不客氣地說道：「你沒得罪過我，我只是很奇怪，我們一點都不熟，你一直跟著我們做什麼？」

邵晏被氣得快七竅生煙了。

四皇子入宮，他特地編了個理由沒跟著去，又巴巴的跑了老遠到鼎香樓外最近的這條街道轉悠，為的不過是見她一面，和她說說話。可她倒好，自從見了面之後，就從沒給過好臉色，還時不時的冷嘲熱諷幾句，現在更是一副撵人的嘴臉。一腔心意被這麼不停的澆冷水，再好的脾氣也受不了了。

邵晏的唇角抿得緊緊的，眼裡一絲笑意都沒了。

第一百七十二章　又是「湊巧」

寧汐看著邵晏這副樣子，心裡卻痛快極了。故意問道：「邵公子，你怎麼不說話了？」哼，送上門來讓她羞辱，她不抓住這樣的機會簡直對不住自己。

寧有方早察覺出不對勁來了，連連朝寧汐使眼色，邊笑著打圓場。「那邊有好多畫舫，還有歌女唱曲兒，我們到河邊看看去。」

寧汐不情願地點點頭，隨著眾人一起往河邊走去，眼角餘光都不曾看邵晏一眼。

邵晏臉色變了又變，再也維持不了原先的翩翩風度，站在原地一步都未動彈。走出這麼遠了，她居然都沒回頭看過他一眼！

孫掌櫃殷勤地笑道：「邵公子，你不是想到河邊看看嗎？一起過去吧！」寧汐平日裡脾氣很好，總是一副笑咪咪的樣子，沒想到也有如此刻薄尖酸的一面，愣是把邵晏氣得變了臉色，也不知道邵晏會不會因此翻臉記恨……

邵晏淡淡地應道：「我忽然想起府裡還有些事，就不過去了。」

孫掌櫃微微一愣，忙笑道：「不敢耽誤邵公子的正事，日後有空，歡迎常到我們鼎香樓來。」

邵晏點點頭，遠遠地看了寧汐一眼，終於拂袖離開了。

寧汐雖然沒回頭，卻清楚的知道邵晏終於離開了，悄悄鬆了口氣，心裡掠過一絲類似驕傲的情緒。

終於有這麼一天，她見了他不再徬徨無措，不再刻意閃躲。她可以對著他的殷勤示好無動於衷，甚至冷言相向。以邵晏的驕傲，以後再也不會來糾纏她了吧！

想到這些，寧汐的心裡如冰雪般冷靜理智，沒有一絲的波動。

前世刻骨銘心的愛情，終於徹底地煙消雲散。從此以後，邵晏這個人，再也不是她的困擾和煩惱了！

清涼的晚風迎面吹來，有些凜冽，寧汐卻緩緩地綻放出釋然的微笑，蹲下身子，將手中的荷花燈放入河中。那荷花燈穩穩的漂在河面上，不一會兒，就和許許多多的花燈混在一起，再也找不出哪一盞曾屬於她。

河水中的各式花燈和天上的星光相輝映，交織成了美麗的風景，時不時的有畫舫滑過，隱隱約約的傳來絲竹聲，更添了幾分熱鬧。

一起來的眾人很自然地散了開來，寧有方和孫掌櫃並肩站在一起，放聲地說笑。

張展瑜沒有說話，一直默默的站在寧汐的身邊，微風吹拂起寧汐耳邊的髮絲，有一縷軟軟的拂到他的臉上，臉上忽然癢癢的，心裡酥酥軟軟的，只盼著此情此景就此停駐。

寧汐無意中回頭，捕捉到張展瑜眼中來不及藏起的柔情，心裡頓時漏跳了一拍。

張展瑜被逮了個正著，頓時脹紅了面孔，竟然不敢再直視寧汐的眼睛，唯恐在她的眼中看到嫌棄和不快，各種念頭在心裡翻湧不休。

邵晏這樣優秀出色的少年郎，寧汐都絲毫不假辭色，又怎麼可能對他例外？她現在一定迫不及待地想躲開他了吧……

等了半晌，卻聽到寧汐甜美溫柔的聲音響了起來。「張大哥，那邊的畫舫又大又漂亮，你怎麼看都不看一眼？」

張展瑜一愣，反射性地抬起頭來，卻看入寧汐含笑的眼眸。明朗的月光下，她的眼眸清澈如水，滿是盈盈的笑意，和平日一樣。

張展瑜的心頓時一鬆，穩穩地落了回去，笑著應道：「哦？是哪一艘畫舫，妳指給我看看。」看來他剛才是太過緊張了，她根本就沒留意，幸好幸好！

寧汐笑咪咪的指著河上那艘最大最氣派的畫舫。「喏，你看，我說的就是那一艘畫舫，可比別的都漂亮多了。」

張展瑜定睛看過去，待看清楚那艘畫舫之後，忍不住讚了幾句。

河上來來去去的畫舫不下十幾艘，可這一艘無疑是最醒目的。雖然看不清裡面到底坐著什麼人，可隱隱約約傳來的琴聲笛聲卻是異常的悅耳動聽，還有歌伎吳儂軟語的淺唱低吟，雖然聽不清楚，卻更多了分朦朧的美感。

這樣的畫舫當然不是普通老百姓能坐得起的，一個晚上的船資花銷令人咋舌，也不知是哪家的貴公子一擲千金了。

寧汐隨意地瞄了兩眼，正要移開目光，忽然瞄到一個熟悉的身影，眼眸都睜圓了。

那個少年不是容瑾還能是誰？

雖然隔了一段距離，雖然隔著一層紗窗看得不太清楚，可那側身而坐的少年分明就是容瑾，她絕不會錯認！至於旁邊那幾個模糊不清的身影，肯定是他的幾個好友。

今天的「湊巧」未免也太多了吧！京城這麼大，好玩的地方多得是，偏偏邵晏和容瑾居然都出現在這裡，讓她想不自作多情都難……

張展瑜順著她的目光看過去，好奇地問道：「妳在看什麼？」

寧汐若無其事地笑了笑。「我在找我的那盞荷花燈，也不知漂到哪兒去了。」故意側過了身子，暗暗祈禱著容瑾的那艘畫舫最好快點走。

只可惜，越怕什麼，什麼來得越快，那艘畫舫竟然緩緩的往岸邊靠了過來。原本影影綽綽的人影漸漸清晰起來，琴聲悠揚動聽，傳入眾人的耳中。

岸邊的人群都被吸引了過去，爭先恐後地向畫舫上看去。

寧有方笑著打量兩眼，忽地「咦」了一聲。「那個不是容少爺嗎？」

被他這麼一提醒，孫掌櫃也認出了容瑾，忍不住笑道：「今天真是湊巧得很，先是遇到邵公子，現在又碰上容少爺了。」看這架勢，容瑾分明也看到他們了，才會命畫舫往岸邊靠。

寧汐咳嗽一聲。「爹、孫掌櫃，我想到那一邊去轉轉。」

寧有方一向對她百依百順，可這次卻皺起了眉頭。「等會兒再走，容少爺已經看到我們了，至少也該和他打個招呼。」這是起碼的禮貌問題。

寧汐不情願地應了，心裡暗暗哀嘆一聲。若說她最不願見的人是誰，非容瑾莫屬了！

畫舫漸漸靠攏了過來，容瑾走出了船艙立在船頭，神情淡然衣袂翩飛，雖然有些傲然，可實在是風姿無雙俊美出塵。

岸邊不乏大姑娘小媳婦，看得眼都直了，忍不住交頭接耳的討論起來。

「這個是誰？怎麼長得這麼好看？」

「是啊是啊，我還從沒見過這麼美麗的少年。」

「你們也太孤陋寡聞了，這就是大名鼎鼎的容府三少爺容瑾，說他是京城第一美少年也不為過……」

眾人議論紛紛，心裡都暗暗好奇。容瑾的目光正往人群裡看過來，他到底在看誰？

答案很快揭曉了。容瑾原本略有些冷漠的表情在見到岸邊柔美嬌俏的少女時，頓時柔和了許多，張口喊道：「寧汐！」

被點名的寧汐頓時頭都大了，容瑾本就惹人注目，還這麼高調的張口喊了她一聲。現在倒好，周圍好奇的目光幾乎快把她淹沒了。

寧有方咳嗽一聲，上前一步笑道：「容少爺，真是巧，竟然在這兒碰見你了。」

容瑾心情顯然不錯，含笑點頭。「是啊，確實很巧。」眼角餘光早已瞄到寧汐和張展瑜親暱的並肩站在一起，卻是不動聲色。

王鴻運不知什麼時候也出來了，笑道：「隔了這麼遠說話太不方便了，不如到畫舫上來坐會兒。」對寧有方這麼客氣，當然是衝著容瑾的面子。

寧有方受寵若驚了，連連笑著推辭。「已經不早了，我們等會兒就要回去了，就不打擾諸位少爺的雅興了。」畫舫上這麼多男子，寧汐還是避嫌為好。

寧汐聽了這話，心裡稍安，她還真怕寧有方一個激動就答應下來，到時候對著一群公子哥兒多尷尬啊！

王鴻運被婉拒了也不洩氣，又笑嘻嘻地喊了聲。「寧姑娘，此時晚風正涼，不如到畫舫上小聚片刻。」

寧汐見避不過去，索性落落大方的一笑。「多謝王少爺好意，我在這兒看看風景就好，畫舫就不上去了。」

王鴻運故意嘆口氣，瞄了容瑾一眼。「容瑾兄，我沒這個面子，請不動寧大廚和寧姑娘了，還是得靠你出馬才行。」

容瑾挑了挑眉，沒好氣地說道：「多事，我什麼時候說要請他們上畫舫來了。」

畫舫上都是平日裡相熟的貴族公子哥兒，見了漂亮姑娘不調戲幾句才是怪事，他才不會讓寧汐對著這一群輕浮少年。

王鴻運揶揄地笑道：「你既然不打算請人家上船，又巴巴的讓船伕划船過來做什麼？」總算壓低了聲音，沒讓岸邊的人聽見。

容瑾輕哼一聲，懶得搭理他。

就這幾句話的工夫，畫舫裡的其他人也一一走了出來。

第一百七十三章　半夜敲窗事件

容瑾風華無雙，王鴻運也是翩翩少年，葉書懷文弱秀氣，沈倫可愛討喜，還有兩、三個衣著講究的公子哥兒也都是容貌不俗。一起立在船頭，實在養眼。

人群裡不乏騷動，有膽子大的少女使勁的往前擠。

王鴻運嘩啦一聲將手中的扇子展開，擺出最帥的姿勢。

寧汐噗哧一聲笑了起來，這大冷的天，用個扇子耍帥也太可笑了，虧他還一副洋洋自得自詡瀟灑的樣子，比起容瑾的閒適自得可差得遠了。

容瑾顯然猜到了寧汐在笑什麼，眼裡閃過一絲笑意。

王鴻運卻不知道自己在別人的眼裡成了笑話一則，邊搖扇子邊笑道：「我們總不能一直站在這兒吧！」

容瑾挑眉一笑。「這不是正合王大少爺的心意嗎？瞧瞧岸邊這麼多漂亮姑娘，都在盯著你，你捨得走嗎？」

王鴻運咧嘴一笑。「以後出來遊玩，還是別帶上你了。不然，漂亮姑娘哪裡肯朝我們幾個看，都盯著你才是真的。」說著，還遺憾的搖搖頭，大有「既生瑜何生亮」的感慨。

葉書懷等人都哈哈笑了起來。

畫舫離岸邊還有一段距離，若是不揚聲說話，聽得並不清楚。在寧汐這一邊，只見幾個公子哥兒嘻嘻哈哈的笑成了一團，而且有意無意的都在看她。那些目光倒也沒有猥瑣的意思，只不過，寧汐可沒興趣被當成猴子一樣觀賞。

「爹，我們回去吧！」寧汐低低地說道。

寧有方點點頭應了，和其他的廚子打了聲招呼，便領著寧汐退出了人群。

張展瑜也跟著退了出來，笑著說道：「師傅、汐妹子，我送你們回去。」

寧有方正要搖頭，不知怎麼的又改了心意。「也好，若是來不及趕回去，就在暉兒的屋子裡睡一晚好了。」

張展瑜笑了笑，點頭應了，心裡卻打定主意，就算再遲也不能在容府裡留宿。

一路走回容府，已經是亥時了，寧汐匆匆的洗漱一番就上床睡下了，明明身體疲乏很累，可神志卻異常的清醒。

一會兒是邵晏微笑的面孔，一會兒變成了張展瑜柔情的一瞥，再然後又變成了立在船頭的容瑾……這個晚上過得，真是一團混亂！

算了，別在這兒胡思亂想了。邵晏是拒絕來往戶，可以不去考慮；張展瑜是敦厚可靠的師兄，維持兄妹的情意最合適；至於容瑾……

寧汐一想到那張似笑非笑的面孔，心裡陡然一顫，莫名地又嘆了口氣。

到底該怎麼定位容瑾，她一直沒細想過，也不敢去細想。總之，既然注定沒有可能，還是保持距離為好。等以後搬出容府了，見面的機會自然就更少，時間一長，就會慢慢疏遠了。

就算……容瑾對她有些微的好感，也會很快的消散，張敏兒、王嬌嬌、楚雲柔那樣的名門貴女才有資格和他並肩站在一起。

至於自己，還是腳踏實地的過自己的小日子好了。

寧汐模模糊糊地睡著了，可睡得並不踏實，所以，當窗櫺被輕輕的敲響時，寧汐立刻就醒了。渾身的雞皮疙瘩都冒了出來，不自覺的抓緊了被子。「誰？」

窗外響起了一聲輕笑。「寧汐，是我。」

那聲音慵懶中帶著一絲平日沒有的溫柔，熟悉得不能再熟悉，她想聽不出來都不行。

寧汐心裡稍定，一股無名的怒氣忽然湧了上來，隨意地將衣服披在身上，躡手躡腳地走到了窗子邊，低低地說道：「深更半夜的，你不回去睡覺，跑這兒來做什麼？還有，你是怎麼進來的？」

隔著窗子，容瑾的聲音低沈迷人。「妳該不會忘了這是哪裡吧？」

是啊，這是容府，門鎖自然難不住容瑾……咦？不對，阮氏明明反鎖了門的，容瑾又是怎麼進來的？寧汐蹙著秀眉，壓低了聲音問道：「你該不是翻牆進來的吧？」

容瑾低笑一聲。「汐兒好聰明，我確實是翻牆進來的。妳放心，我翻牆的時候，誰也沒看見，不會有人說三道四……」

「去你的！」寧汐氣急敗壞卻又不敢大聲。「我什麼時候和你這麼熟了？堂堂容府三少爺，半夜跑來敲女孩子的窗戶，要是被人知道了，成什麼樣子？你快些翻牆回去，我就當你沒來過。」

當他沒來過？那怎麼行！容瑾想像著寧汐此刻跺腳生氣的樣子，心情愉快極了，聲音裡滿是笑意。「我來都來了，妳至少也和我見面說句話吧！妳放心，我絕對是正人君子，絕不會做什麼冒犯無禮的事。」

窗子那邊傳來了咬牙聲。

容瑾忍住笑，低低地說道：「我這麼說妳是不是失望了？難道妳很希望我做點冒犯無禮的事情……」

窗子忽然被打開了，寧汐羞惱不已地瞪了過來。若是眼神可以殺人，估計他早就死得體無完膚了。

今天是上元節，月朗星稀，灑了一地的銀白，雖然沒有燈火，可寧汐此刻的模樣卻一覽無遺。她起得匆忙，只隨意地披了衣服在身上，髮絲有些凌亂，別有一番慵懶嫵媚。那雙清澈的眸子，更是異常的明亮，讓人看著心裡癢癢的。

容瑾的手指動了動，不知費了多少力氣，才將伸手撫摸她臉頰的衝動壓了下來。

寧汐卻是又氣又惱，壓根兒沒心情去揣測容瑾的心思，繃著俏臉冷冷的說道：「你到底要說什麼？快點說！」

一向高傲彆扭的容瑾，此刻卻像變了個人似的，一臉無賴的笑容。「本來倒是有話想對妳說，可一見了妳，我就把想說的話忘了。」

寧汐不知這是自己第幾次暗暗咬牙了，若不是怕驚動了寧有方和阮氏，她早就不客氣地攆人了。

這個院子本就是容府最偏遠的一處，只有寧家幾口住在裡面，只要不吵醒寧有方和阮氏，容瑾就算在窗子外待上一夜也沒人知道。也難怪他只是壓低了聲音，卻慵懶的倚在窗子外的樹幹上。

兩人一個在窗裡一個在窗外，約莫隔了四步遠，這個距離倒也還算安全。而且，容瑾素性高傲，應該不至於做出什麼離譜的事情來。

想及此，寧汐總算稍稍鎮靜下來。再開口，聲音平穩多了。「你不是在畫舫上嗎？怎麼這麼早就回來了？」那些畫舫上，不乏才藝出眾的歌伎，若是你情我願，想一親芳澤也不是難事。對貴族少爺們來說，這樣的露水姻緣司空見慣真不算什麼。

容瑾閒閒地應道：「他們幾個都留下了。」

寧汐鬼使神差的追問了一句。「那你為什麼一個人回來？」等問出口，才覺得失言了，暗暗懊惱不已。

果然，容瑾挑眉笑了。那笑容在暗夜裡如曇花盛開，魅惑動人。然後忽地站直了身子，微微向前傾。寧汐心裡狂跳不已，慌亂地退了一步。

容瑾低低地笑了，那笑聲居然很是愉快。「汐兒，不是所有男子都愛拈花惹草的。至少，我不是！」頓了頓，又補充了一句。「我可不是隨便的人，能碰我的，只有我未來的妻子。」

如果是別的男子說這樣的話，寧汐一定嗤之以鼻，這未免太矯情了！可容瑾淡淡的說來，既沒提高音量，也沒刻意的煽情，卻有股讓人信服的力量。

兩人的眼眸在空中對視，心裡俱是一顫，空氣中流淌著一股曖昧的情愫。

寧汐不自在地移開視線，嘟囔道：「你巴巴的跑來，難道就是要和我說這些嗎？」

她一定不知道，每當她心虛的時候，眼神總是閃爍不定，迫不及待地就想逃開，尤其是在對著他的時候。

真是個不誠實的小丫頭！容瑾在心裡嘆息，到底配合的轉移了話題。「其實，我來找妳是想送樣東西給妳。」

寧汐一臉的戒備。「什麼東西？」上元節，半夜敲窗送東西……怎麼想都有點不對勁吧！

容瑾輕笑一聲，變魔術似的從懷裡掏出兩本薄薄的冊子來。

這又是什麼東西？寧汐一臉的疑惑。

容瑾輕描淡寫地說道：「這是我替妳找的兩本食譜，妳沒事的時候看看打發時間好了。」

食譜？寧汐的眼睛陡然亮了，再也顧不得男女之別，立刻上前一步，將兩本冊子接了過來緊緊的攥在手裡，恨不得現在就翻開看看才好。

容瑾失笑，調侃道：「別急，以後這就是妳的了，隨妳怎麼看都好。」

拿了人家這麼貴重的禮物，寧汐也不好再板著臉了，好奇地問道：「這食譜是哪兒來的？」她之前有的那一本，可是寧暉費了好多心思才弄到手的。

容瑾卻不肯多說，含糊地應道：「我拿書和人家換的。好了，妳別問這麼多了，這兩本食譜記錄的都是不同菜系的做法，妳好好研究一下，可以多多借鑑。」

這份禮物實在太合寧汐的心意了，怎麼也捨不得拒絕，索性厚著臉皮應了。反正欠他的人情也不止一樣、兩樣了，再多一樣也沒什麼。

此時，忽然門外響起了阮氏的聲音。「汐兒，妳怎麼還沒睡？」

寧汐被嚇得魂飛魄散。

第一百七十四章　登徒子

老天，要是被阮氏闖進來看到她和容瑾這副樣子，指不定會想到哪兒去呢！

大冷的天，寧汐愣是被嚇出了一身冷汗，急中生智應了句。「我起來方便，現在就去睡了。」

阮氏顯然也困頓得很，並未起疑心，只叮囑道：「早點睡，明天還要早起呢！」

寧汐嗯了一聲，故意打了個哈欠。「娘，我這就睡了，您也早點睡。」

等阮氏走了，寧汐的一顆心才緩緩的落回原位。再看容瑾，早已機靈地蹲下了身子，就算阮氏推門進來，也看不到他的身影。

這麼憋屈的姿勢，難為他居然還是很帥氣，甚至在寧汐俯下身子時，瀟灑地揮了揮手。

寧汐咬著嘴唇，忍住笑意，又等了片刻估摸著阮氏已經睡下了，才低低地說道：「謝謝你的食譜，這麼晚了，你快些回去吧！」

容瑾隨意地嗯了一聲，站了起來，見寧汐迫不及待地攆他走，心裡忽然有些不痛快。

夜探香閨是多香豔多刺激的事情，可他倒好，就隔著窗子說了些無關痛癢的話。要不是因為有兩本食譜，只怕寧汐連個笑臉都沒有。

難道就這麼走了？容瑾雙眸微瞇，不動聲色地湊上前。「好，我這就走。不過，走之前……」猛然湊到寧汐的臉頰邊，親了一口。

軟軟的，嫩嫩的，滑滑的，鼻息間嗅到幽幽的體香，這種滋味比想像中的還要美好。容瑾不知用了多少力氣，才忍住了繼續的衝動，抬起頭來低低地一笑。「我走了，妳好好睡。」說著，便志得意滿地離開了。

寧汐像被施了定身咒一般，動也不動地立在原地，顯然是懵住了。

等過了許久，寧汐才反應過來，忿忿地咬牙切齒。這個可惡的容瑾，怎麼可以隨隨便便親她的臉……

太太太過分了！簡直就是個登徒子！若知道他有這樣不軌的心思，一開始就不該理他！

寧汐滿心的羞惱，卻又無處發洩，硬生生的站了小半個時辰，吹了許久的冷風才算平靜了一些。

好在夜深人靜，剛才發生的一切無人知曉，只要容瑾不說她不承認，剛才的事情就可以當沒發生過。對，根本什麼都沒發生過！

寧汐反覆地給自己洗腦，等心情稍微平靜了，才重新鑽入被窩裡。只是一閉上眼睛，那張礙眼的臉就在腦海裡不停的晃動，臉頰上那種異樣的觸感揮之不去。

暗夜裡，寧汐的臉滾燙一片，暗暗咬牙想著，以後再也不理他了！哼！

這一夜的輾轉反側不必細說，第二天早晨起床一照鏡子，寧汐頓時被自己嚇了一跳。臉頰微紅如三月桃花，眼睛水汪汪的，怎麼看都是一副懷春少女的模樣……懷春？呸呸呸，這是什麼形容詞。是憤怒才對！

寧汐對著鏡子喃喃自語半晌，表情變幻莫測，也不知是生氣還是歡喜，把走進來的阮氏給嚇了一跳。

「汐兒，妳這是怎麼了？」阮氏急急地走上前來，關切的打量寧汐兩眼，待見到寧汐面頰潮紅的樣子，頓時擔心起來。「該不是生病了吧！」伸手摸了摸寧汐的額頭。

寧汐回過神來，忙做出若無其事的樣子來。「娘，我好好的呢！」

額頭確實不算熱，阮氏稍稍放了心，嗔怪地說道：「妳這丫頭，昨天晚上不好好睡覺，今天早上起來又是這副怪裡怪氣的樣子。」

一提昨晚，寧汐不由得心虛起來，立刻扯開話題。「娘，我肚子好餓。」

阮氏的注意力果然被吸引了過來，笑道：「早飯已經做好了，是妳最喜歡的紅豆粥，趁熱去吃。」

寧汐忙不迭地應了，扯了阮氏的袖子去吃了早飯。同時暗暗下定決心，一定要把昨晚發生的「意外」拋在腦後。再也不要胡思亂想了！

到了鼎香樓之後，孫掌櫃就派人叮囑寧汐中午要忙兩桌酒席。寧汐巴不得有些事情轉移注意力，立刻忙活了起來。

以前有寧有方在，她只要專心的琢磨幾道菜式就行，可現在得獨當一面了，從定菜單到切菜配菜再到上鍋做菜都得自己一個人，果然不是那麼容易的事情。

寧汐忙得熱火朝天，很快把所有的雜念都拋到了腦後，一道道美味菜餚流水般的出了鍋，廚房裡瀰漫著飯菜的香氣。

跑堂的趙芸忍不住誇道：「寧汐妹子，妳做的菜可真是精緻漂亮。」不管哪一道菜，都很精緻講究，光看著也是種享受。

寧汐聞言抿唇一笑。女子的食量總比男子小得多，所以，菜餚的分量可以酌量減少。不過，一般來說，女子更注重菜餚的賣相美觀。正巧這也是她最擅長的部分，自然要好好的發揮所長。

昨天晚上吃的元宵給她的印象很深刻，在做主食的時候，靈機一動，便現學現賣做起了元宵。

先用熱水將糯米粉燙熟，用白糖和著碾碎的芝麻做餡，再搓成一個個圓溜溜的元宵。先用大火熱油炸一遍定型，撈起來稍微晾上片刻，再下油鍋用小火慢慢炸熟。最後，將炸至金黃色澤的元宵放入晶瑩剔透的玻璃碗裡，誘人極了。

寧汐滿意地點點頭，笑著叮囑道：「趙姊，麻煩妳叮囑客人一聲，這個燙口，要小心點吃。」

趙芸俐落地應了，將炸元宵端走了。

寧汐有了空閒，忙坐下休息，從懷中掏出兩本薄薄的食譜，細細地翻看起來。

這兩本食譜和寧暉買來的那本全然不同，封面乾乾淨淨，一個字都沒有。打開一開，薄薄的紙張上，寫滿了字，字跡頗為清晰，竟然還算端正，一眼看去，清楚明瞭，比起那本又老又舊的食譜不知強了多少倍。

裡面沒有一句廢話，詳細地記錄了一些菜餚的做法。粗略翻一遍，每本大概有二十道左右的菜餚。上面記錄的做法和寧汐平日所習慣的截然不同，也不知道出自誰的手筆。

寧汐心裡掠過一陣狂喜，這食譜上的菜餚做法寫得十分詳細，以她的天資，只消看上兩遍，就可以分毫不差的做出來。而且，還可以觸類旁通研究一些新菜式出來……

寧汐幾乎迫不及待地低頭看了起來，手指不自覺地輕輕摩挲著頁面，看得專注極了，直到耳邊響起說話聲才陡然清醒過來。

「汐妹子，妳在看什麼？」

寧汐反射性地將食譜合上，抬頭笑道：「張大哥，你忙完了嗎？」

張展瑜笑著點頭。「嗯，忙得差不多了，正好過來看看妳。今天第一次單獨掌廚還適應嗎？能不能忙得過來？」

寧汐懶洋洋的坐在凳子上不肯起身。「什麼都我一個人忙活，確實有些手忙腳亂的。」

張展瑜憐惜地看了寧汐一眼，目光自然而然地落在了她手裡薄薄的冊子上，忍不住問道：「對了，妳手裡拿的是什麼？」

寧汐咳嗽一聲，含糊的應道：「沒什麼，打發時間隨便看看。」不知怎麼的，她一點都不想讓人知道這兩本是食譜。如果一旦說了，難免就得說起食譜的來歷……不，她堅決不能說！好在這食譜的封面灰撲撲的，沒有書名，單從外表看來，誰也猜不出這是什麼。

張展瑜心裡有些疑惑，卻識趣地沒追問下去，隨意的扯開了話題。

寧汐悄悄鬆了口氣，心裡暗暗打定主意，這食譜絕不讓人輕易看見，包括寧有方在內。以後看食譜的時候，一定得找個安靜的地方悄悄看……

只不過，這樣的地方實在難找。她每天早出晚歸，忙碌了一天之後晚上也沒多少精力看食譜。白天又都在鼎香樓裡，身邊時時刻刻都有人，想找個四下無人的地方談何容易？最關鍵的，是要避開張展瑜和寧有方，免得他們刨根問底追問不休。

想來想去，也只有一個法子了。

等吃了午飯之後，寧汐一個人悄悄溜到了三樓的雅間，此時客人早已散了，每個雅間都被收拾得乾乾淨淨。寧汐隨意地找了其中一間，將門關好之後，總算鬆了口氣。

看了約莫一個時辰左右，寧汐才心滿意足地下樓回了廚房。

太好了，她已經記下了不少菜餚的做法，等以後找機會慢慢實踐一番就行了。以她的悟性天分，最多兩個月，就能將這兩本食譜上的菜餚都學會了……

正想得得意，寧有方的面孔忽然出現在眼前，眉頭皺得都能打結了。「汐兒，妳跑到哪兒去了？怎麼也不跟我說一聲，我找妳半天了。」急得就差沒到外面去找了。

寧汐自知理虧，忙使出看家本事，扯著寧有方的胳膊來回晃悠。「爹，您別生氣嘛！我剛才到三樓雅間待了一會兒，不知怎麼的，竟然趴在桌子上睡著了，剛一醒我就立刻回來了。」

寧有方的神情頓時柔和起來。「下次若是想去休息，記得告訴我一聲。」那種遍尋不著的滋味可真不好受。

寧汐滿口應了，心裡暗暗竊喜不已，總算矇混過關了。從明天起，她要開始苦練食譜上的菜式了。

第一百七十五章　突飛猛進

半個月的時間一晃即過。

這半個月裡，寧汐過得分外充實。每天忙著研究食譜做新菜式，然後讓寧有方和張展瑜幫著品嚐，若是不太合眾人口味，就稍加改進再編入菜單裡。

別的廚子菜單十天換一次，寧有方五天換一次，而寧汐卻是三天就換一次。而且，換的時候幾乎是所有菜式都更換，客人的反響一次好過一次。寧汐這個名字，迅速的在貴婦小姐們之間傳了開來，已經有客人點名要寧汐做菜了。

就連寧有方都開始詫異了，寧汐的進步只能用飛速兩個字來形容。

在寧汐又興致勃勃的端了新菜式給他品嚐的時候，忍不住笑道：「汐兒，妳這些日子做的菜式一道比一道稀奇，都是從哪兒學來的？」

寧汐嘻嘻一笑。「我沒事胡亂琢磨的唄！」唯恐寧有方再追問不休，忙把手裡的盤子放到了寧有方的面前。「爹，這道蒜泥白肉卷，您嚐嚐看。」

寧有方笑著看了過去。白底藍花的盤子上，整齊的碼著一圈白肉卷，裡面裹著切成細細的黃瓜條和蔥段，上面澆淋了褐色的醬汁和細碎的蒜泥，散發出無比誘人的香氣，讓人看了食慾大開。

寧有方來了興致，挾起其中一個送入口中，頓時被那絕妙的口感征服了。白肉混合著蒜泥醬汁的香氣，再配上黃瓜和蔥絲的爽口，簡直是精妙絕倫的搭配。

「好！味道實在好！」寧有方讚不絕口。「尤其是這醬汁，麻辣鮮香，簡直絕妙。」

寧汐被誇得眉開眼笑得意極了。待寧有方追問起醬汁的做法，寧汐卻不肯明說了，狡黠的眨眨眼。「這是我新研製出來的醬汁，恕不外傳。」

食譜上記錄了數十種醬汁的做法，這只是其中的一種。今天小試身手，果然不同凡響。

寧有方又是好氣又是好笑。「果然是教會徒弟餓死師傅！早知道這樣，當初就不該教妳廚藝。」眾廚子都被逗得哈哈大笑。

早有嘴饞的瞄準了這盤菜餚。「寧大廚，讓我們也嚐嚐蒜泥白肉卷吧！」

寧有方爽快地點了點頭。寧汐早已跑去廚房又端了兩盤出來，殷勤地放在桌子上。眾廚子吃了之後，都是讚不絕口。

寧汐聽得渾身舒暢。等會兒有空了，再做兩種醬汁試試，上桌的時候，可以配兩、三種不同的醬汁，客人吃起來也會多一番趣味……

正想著，孫掌櫃笑咪咪的來了。瞧他一臉的容光煥發，不用問也知道，一定是有貴客來包場了。

果然，孫掌櫃喜氣洋洋的宣佈道：「剛才邵公子親自來了一趟，後天四皇子殿下要在我們鼎香樓宴請賓客。大夥兒都打起精神來，表現好了，人人都有紅包。」

廚子們一聽這樣的好消息，都是精神一振，興奮地交頭接耳。鼎香樓來來去去的貴客多得是，可像四皇子這樣身分尊貴的卻是絕無僅有。

寧有方卻有些惴惴不安，兩年前他曾得罪過四皇子一次，只希望四皇子記性差早就忘了才好。

寧汐的笑容卻迅速地淡了下來，眸子裡閃過一絲凜冽的寒意。

每次一聽到「四皇子」這幾個字，她就遍體冰涼。那股涼意，從心底散發出來，一直蔓延到指尖。那一幕幕血腥的悲涼在腦海裡迅速的閃過，最後化成一抹徹骨的恨意。然而，仇敵太過強大，已經到了她仰視都不及的地步，再恨又能如何？

如果可以，她只想遠遠的避開，永遠不再聽到和四皇子有關的隻字片語，偏偏這點簡單的要求也不可能……

寧汐抿緊了嘴唇，漸漸回過神來。

孫掌櫃正在和寧有方商議著後天的酒席。「……後天的時候，大堂三樓都不接待客人，二樓的雅間都擺上。邵公子吩咐過了，酒席照著二十兩銀子的席面準備……」

二十兩？寧有方一驚，連忙說道：「我們最貴的席面是十兩銀子。這二十兩銀子的席面該怎麼準備？」

孫掌櫃正色說道：「我正是要和你商量這事，今天就得把菜單定好，明天早上就得將食材全部買回來先處理好。」

寧有方點點頭，正待說話，就聽孫掌櫃又說道：「邵公子還在前面等著，說是要和你面談。」這麼重要的宴席，自然有些事情要吩咐。

寧有方點頭應了，隨口問道：「汐兒，妳也跟著一起去嗎？」

這純粹是寧有方脫口而出的話，本以為寧汐絕不肯去見邵晏，怎麼也沒想到她竟然利索地點頭應了。「好，我跟爹一起去看看。」

寧有方愣了一愣，倒也沒多說什麼。

寧汐的想法其實很簡單，既然避不過去，也不用這麼矯情，出去見見也無妨。此刻她的心裡已經沒了邵晏的影子，反而坦蕩。

事實上，邵晏也沒料到一直避而不見的寧汐今天竟然主動出來了，眼裡閃過一絲驚喜，前些天的鬱悶懊惱頓時不翼而飛。

寧汐淡淡地看了他一眼，禮貌地打了個招呼，便安靜地待在一邊。

邵晏心情陡然好了起來，笑著和寧有方溝通了幾句，特別叮囑道：「寧大廚，四皇子殿下很欣賞你做的魚翅，到時候不妨在菜單裡列上幾道。」

寧有方笑著點頭應了，隨口問道：「不知四皇子殿下宴請的賓客是哪些人，有沒有需要注意的地方？」按理來說，做廚子的只要老實的做菜就好，不該問這麼多。不過，若是有外地官員在裡面，安排菜單的時候就得兼顧這些客人的口味了。

邵晏立刻聽懂了寧有方的話外之意，含笑應道：「四皇子殿下宴請的都是平日熟悉交好的朋友，大多是京城各世家的少爺公子。寧大廚不用擔心，只要照著平日的習慣安排菜單就行了。」

溝通得差不多了，邵晏終於有了空閒看向寧汐，禮貌地笑道：「寧汐姑娘，聽孫掌櫃說妳已經出師做了大廚，恭喜妳了。」

寧汐心平氣和地笑了笑。「多謝邵公子。」語氣異常的平靜，再也沒了往日的疏離閃躲，卻也不算熱情，就像對著一個再普通不過的客人。

邵晏笑容未減。「只可惜妳只肯為小姐們做菜，我是沒這個口福了。」

寧汐漫不經心地笑道：「多謝邵公子抬愛。我身為女子，不得不避嫌，還請邵公子見諒。」

邵晏笑容一頓，竟然不知該再說什麼是好。明明她不再冷言相向，也不再躲得遠遠的，可為什麼，他竟然覺得微笑客套的寧汐更加的遙不可及？

寧汐卻沒有再多看他一眼，垂下眼瞼，靜靜的站在寧有方的身邊。

孫掌櫃熱情的寒暄了一通，然後親自送邵晏出去。邵晏正事說完了，也沒理由再留下來，只來得及又看了寧汐一眼，才翩然走了出去。

寧有方意味深長的打量寧汐兩眼，心裡不免升起吾家有女初長成的感慨。

出身卑微，可偏又生得美麗出挑，惹來一個又一個出色少年郎，也不知道是好事還是壞事。好在寧汐天天躲在廚房裡，那些個輕浮的公子哥兒沒有見面的機會，不然麻煩肯定只多不少……

寧有方不願再多想，匆匆地領著寧汐回了廚房。接下來，當然是召集所有的大廚在一起商議討論，定下菜單。

往日裡，寧汐只能站在寧有方的身後，現在終於有資格和幾位大廚坐在一起，縱然沒什麼插嘴的機會，心裡也覺得分外的愜意滿足了。

張展瑜坐在寧汐的身邊，看似聽得專注，其實早已走神了。寧汐一天一天的長大了，原本就秀美的容顏越發的亮眼，雖然穿戴十分的樸素，可那分光華卻是粗布麻服遮也遮不住的。他就坐在她的身邊，目光根本無法從她的身上移開。

她就靜靜的坐在那兒，唇角微微翹起，那份少女的嫵媚很自然的流露出來。

張展瑜不敢再多看，將目光往下移，不偏不巧的落在她的一雙手上。女孩子的手總比男子的手小巧秀氣多了，寧汐的手尤其的小巧，纖細修長，白皙柔嫩，只有掌心處有些薄薄的繭，那是因為長期拿刀的緣故。

就這樣一雙秀氣好看的小手，卻能做出一道道令人驚豔的美味……

「……展瑜，你說說看。」寧有方的聲音陡然響了起來。

張展瑜頓時清醒過來，額頭不自覺地冒出了冷汗。說、說什麼？他剛才根本什麼都沒聽……

寧有方微微皺眉，重複了一次。「每個大廚做兩道自己最拿手的菜式，你打算做什麼？」

張展瑜定定神，想了想，將自己最擅長的菜名說了出來。寧有方記下了，又看向寧汐。

寧汐早已想好了，胸有成竹地說道：「爹，我做兩道麻辣口味的菜。一道香辣蝦，一道辣子雞。」那兩本食譜其中一本，記錄的都是麻辣口味的菜餚，寧汐早就躍躍欲試了。

寧有方點點頭，隨口吩咐。「為了確保不出問題，等食材全部買來了，明天晚上先做一遍試試味道。」

第一百七十六章　香辣蝦和辣子雞

第二天，鼎香樓上上下下忙得人仰馬翻。既要應付源源不斷的客人，又得抽出時間處理食材為隔日的宴席做準備，簡直忙得不可開交。

寧有方是當仁不讓的主廚，身上負著重任，更是一刻不得清閒。既要處理各類珍貴食材，還得抽出空到各個廚子處巡視一番。到了晚上，眾位大廚各自一顯身手，每人做了兩道拿手菜，正好湊成了一桌。

寧有方特地吩咐跑堂的去喊孫掌櫃來，眾人坐下一起吃了起來。

孫掌櫃長年在酒樓裡待著，口舌早就被養得刁鑽了，邊吃邊點評，儼然是個內行的架勢。幾位大廚更是毫不客氣，早已吃著評議了起來。從味道的輕重，一直說到賣相是否精緻好看，討論得十分熱烈。

正說得熱鬧，寧汐笑盈盈的捧了一個大砂鍋過來了，小心翼翼地放到了桌上，順手將蓋子掀開。雖然還沒看清砂鍋盛的是什麼，可那股異常濃烈的香氣卻使人精神一振。

孫掌櫃好奇的探頭看了一眼。「這就是香辣蝦嗎？」

那色澤明亮的蝦油汪汪的，配著碧綠的香菜和白生生的芝麻，上面淋了一層透亮的紅油，讓人垂涎三尺。

寧汐笑著點頭。「這是我胡亂琢磨著做出來的新菜式，還請孫掌櫃和各位大廚嚐一嚐，給我提提意見。」

孫掌櫃欣然應了，率先挾起一隻蝦送入口中。剛一入口，那股鮮香麻辣的滋味就在舌尖蔓延開來。不慣吃辣的人會覺得味道實在太嗆太衝，可過了會兒緩過勁來，就能慢慢的品出其中的美妙滋味。吃了一口又是一口，簡直欲罷不能。

孫掌櫃一連吃了三隻蝦，意猶未盡地讚道：「好好好，這道香辣蝦的味道實在好極了。我雖然不習慣吃辣，可也覺得胃口大開。」

河蝦雖然鮮美，卻也有股揮之不去的腥氣。可寧汐做出的這道香辣蝦，卻是又香又辣，壓根兒嚐不出半點腥氣。

幾位大廚都是內行，各自嚐一口，便嚐出了這道香辣蝦的特別之處。

朱二忍不住問道：「汐丫頭，這香辣蝦妳是怎麼做出來的？」這麼問其實很不禮貌，哪個大廚沒有一、兩手絕活？誰也不會輕易說出來的吧！

寧汐眉眼彎彎的笑了，俏皮地應道：「先將河蝦處理乾淨，下油鍋炸個五分熟，然後放些醬料炒熟就行了。」看似大度，其實說和沒說一樣，關鍵處顯然在醬料這兩個字上。

朱二訕訕地一笑，總算識趣地沒有追問下去。

寧有方嚐了一口，也不由得連連點頭，心裡卻暗暗奇怪起來。他平日裡做菜也會用些辣椒或辣油，可並不以辣為主，總體來說，菜餚的味道比較平和。可寧汐這些天做的菜餚卻是截然不同的風格，別的不說，就拿這醬汁和紅裡透亮的辣油來說，絕對不是從他這兒學的。

寧有方想來想去，怎麼也不會想到寧汐手裡多了兩本新的食譜，這些都是從新食譜上學來的。

寧汐小試身手反響就如此熱烈，心裡自然高興，又興沖沖地去廚房忙活了片刻，又端了一大盤辣子雞出來。

張展瑜瞄了一眼就笑了起來，調侃道：「汐妹子，妳這道辣子雞，哪裡還能看見雞，改叫炒辣椒好了。」

眾人都被逗樂了。可不是嘛？大大的盤子裡幾乎一半都是紅通通的尖椒，雞肉丁在其中若隱若現，看著倒是好看，可這麼多辣椒，還不知道會辣成什麼樣子，也不知道能不能入口。

寧汐早就嚐過幾口，對這盤辣子雞卻是深具信心，笑咪咪的說道：「辣椒雖然多，卻是麻辣鮮美，大家嚐嚐看就知道了。」

說歸說笑歸笑，張展瑜對寧汐的手藝卻是極有信心的，聞言第一個回應，伸出筷子挾起了一塊辣子雞送入口中。

第一個感覺，麻麻的，辣味更是直直的衝進喉嚨裡。張展瑜雖然有心理準備，還是被辣得直吐舌頭。等辣勁兒過了，才覺得口齒留香，雞肉酥脆有嚼勁，實在好吃極了。

張展瑜迫不及待的又挾了一塊，這次卻是捨不得吃得太快，細嚼慢嚥地品味著這道辣子雞的美妙滋味。

不用多說，各人光看張展瑜的表情也能猜出味道極好，忙不迭的嚐了起來。不消片刻，就將一盤辣子雞吃得乾乾淨淨，只剩下大半盤子的紅尖椒。

孫掌櫃用筷子撥弄了半天，才找到了最後一口雞肉丁，心滿意足地挾起送入口中，順口抱怨道：「汐丫頭，辣子雞味道倒是不錯，可這一盤裡有一大半都是辣椒，每人只吃兩、三口就沒了。妳就不能少放些辣椒多放些雞肉嗎？」

寧汐笑著解釋道：「這道辣子雞的妙處，就在於裡面的辣椒。要是辣椒放得少了，就沒這個口感了。」

辣子雞的奧秘當然不只是辣椒，花椒也起了不可或缺的作用。放得多了，麻辣的滋味就蓋過了雞肉的香氣和口感，放得少了，又少了那份濃烈的滋味。所以，這道菜的配料雖然簡單，可比例、火候的把握卻很重要。

寧汐說得簡單，可在座的都是獨當一面的大廚，豈能看不出其中的奧妙。看向寧汐的目光都複雜了起來。才學了兩年的廚藝，就能獨當一面做大廚，還能做出這麼美妙絕倫的佳餚來，簡直讓人不敢置信！

寧有方心裡的自豪和驕傲就不用提了，笑著說道：「汐兒年紀還小，做菜難免有火候不到的。大夥兒別客氣，儘管說就是。」

周大廚自嘲地笑道：「寧老弟，你就別臊我們了，這樣的菜式讓我做我也做不出來，哪有什麼意見可提的。」

其他大廚紛紛附和。「就是，汐丫頭這兩道菜肯定會讓貴客們大開眼界。就等著領賞好了。」

寧有方聽得渾身舒暢，笑呵呵的說道：「既然大家都沒意見，那這兩道菜明天就在酒宴進行一半的時候上桌好了。」

酒宴的上菜次序當然是很有講究的，冷盤只是點綴，在開席之前就全部擺好。等開席了之後，先上些味道清淡暖胃的湯品，再上燒菜、炒菜，最後是主食。酒宴到中途的時候，正是酒酣暢快之際，這個時候上的菜餚才是客人吃得最多的。寧有方這麼輕描淡寫地一說，無疑是打算讓寧汐的這兩道菜唱一回主角了。

眾大廚都是一愣，旋即紛紛點頭。

寧有方是主廚，負責的菜式也是最重要的，既然他自己都不介意，別人還有什麼話可說的？

寧汐也有些意外。「爹，這樣不太合適吧！」雖然香辣蝦和辣子雞是兩道好菜，可到底從沒上過桌，也不知道客人反響如何。就這麼擔綱唱主角不太好吧！要是出了岔子怎麼辦？這麼重要的酒宴可不是鬧著玩的……

寧有方的笑容裡滿是信任和鼓勵。「汐兒，別擔心，客人們一定會喜歡這兩道菜的。」

寧汐的心裡一暖，忽地生出了強大的自信，用力的點了點頭。

孫掌櫃一直沒出聲，此時也笑著說道：「汐丫頭，妳可不要辜負了妳爹的一番苦心，明天要好好表現。」

寧汐自信的一笑。「孫掌櫃只管放心，我絕對不會失手的。」父女兩個對視一笑，一切盡在不言中。

隔日早晨，寧汐和寧有方一起早早到了廚房，各自忙活著準備起來。

寧汐只負責做兩道菜，不過，每道菜都得準備五份，算起來一共得做十道，要做的準備工作也不少。

先將一大盆活蹦亂跳的河蝦處理乾淨，剪去蝦鬚蝦腳剔去蝦線，再用些料酒和鹽醃漬。辣椒、香芹、蔥、薑、蒜等配料也得準備好。

等這些忙完了，又得開始準備辣子雞的原料。辣椒和花椒都是現成的，雞肉卻得提前處理。只選那些一斤左右的童子雞，取其最嫩的部分切成肉丁，用鹽醃漬入味。

等初步工作準備得差不多了，寧汐才稍稍鬆了口氣，特地去了寧有方的廚房看看。

別的廚子只要做兩道菜，寧有方卻得做四道。而且都是費時費工的昂貴食材做出來的。平日裡都讓二廚幫著做準備，可今天的酒宴太重要了，寧有方不肯假手旁人，一個人低頭忙活著。

「爹，要我幫忙嗎？」寧汐湊了過去，小聲問道。

寧有方忙裡偷閒的應了句。「不用，我一個人能忙得過來。對了，待會兒妳別急著動手做菜，等酒宴開始了再做也不遲。」做得太早了，等上桌的時候就涼了，不免少了幾分滋味，得按著上菜的次序做菜。

寧汐點頭應了。還待說什麼，就見孫掌櫃匆匆的跑了過來，身後跟著的白衣少年，不是邵晏又是誰？

第一百七十七章 不認帳

寧汐早已料到今天肯定避不開和邵晏見面，早有心理準備，顯得分外的鎮定。

邵晏看了寧汐一眼，才笑著對寧有方說道：「四皇子殿下已經到了，貴客們也都到得差不多了，再過一會兒就能開席了。不知廚房這邊準備得怎麼樣了？」寧有方忙陪笑道：「早就準備好了，菜單就在這裡，邵公子請先過目。」

邵晏也不客氣，接過菜單仔細的看了起來，待看清楚上面所有的菜名之後，忽地皺了皺眉頭。

寧有方心裡一跳，忙問道：「怎麼了？是不是有哪兒不妥？」

邵晏皺著眉頭答道：「也沒什麼，就是這兩道菜似乎有點問題。」手指了過去，不偏不巧的正是香辣蝦和辣子雞。

「不知這兩道菜有什麼問題？」寧汐心裡有些不快，神情倒還算平靜。

邵晏收斂了笑容說道：「四皇子殿下前幾天身子不適，剛恢復了一些。最好吃些清淡可口的，太油太辣的菜餚還是少吃為好。」別的菜式倒也罷了，可這兩道菜一看就知道是以辣為主。

寧有方一臉的為難。「可是，這菜單是昨天就擬好的，所有的食材都是照著單子買回來的。若是臨時更改菜單，只怕來不及……」其實，也不是完全來不及。只是，寧汐費了這麼多的心思，他哪裡捨得讓她失望。

邵晏卻不是那麼好糊弄的，沈聲說道：「寧大廚，貴酒樓不可能連一點備用的菜餚都沒有吧！換兩道口味稍微淡一些的有什麼為難的？」

寧有方為之語塞。

寧汐最見不得寧有方受氣，立刻挺身而出。「既然堅持要換，那就換掉好了。爹，您別擔心我。」

聽了這話音，邵晏總算察覺出不對勁來了，遲疑地問道：「香辣蝦和辣子雞，是由哪位大廚負責的？」

「是我。」寧汐淡淡地一笑。

邵晏心裡掠過一絲懊惱，早知如此，剛才說話就該委婉一些，偏偏當著她的面說了那些，她不生氣才是怪事。現在補救不知道還來不來得及……

「其實，不改也可以。」邵晏咳嗽一聲，語氣柔和了不少。「做菜的時候，辣椒少放一些就行了……」

寧汐扯了扯唇角，乾脆地說道：「要是辣椒放得不足，香辣蝦和辣子雞就失了原味，還不如改成別的。邵公子既然對菜單不滿意，還是早點改了好。不然，可就真的來不及了。」

能言善道的邵晏也有些尷尬了，下意識地看了孫掌櫃一眼。

孫掌櫃見情形不對，立刻笑著打圓場。「這樣好了，反正還沒開席，先去請示四皇子殿下一聲。若是四皇子殿下不介意，菜單就不用改動了。」大不了四皇子少吃兩道菜。

邵晏不假思索地點頭應了，匆匆地轉身去了。

寧有方這才鬆了口氣，低低地說道：「汐兒，妳這脾氣以後可要改一改。咱們畢竟是廚子，客人怎麼要求就怎麼做，不能為了一、兩道菜就和客人較勁。」

寧汐立刻低頭認錯。「對不起，爹，剛才我太衝動了，以後保證不會再犯這樣的錯了。」若是換了別人，她也不見得這麼刻薄。可偏偏對方是邵晏，那一連串的刻薄言詞很自然的就冒出來了，真是要不得的壞毛病啊！

寧有方哪裡捨得真怪她，嘆了口氣。「算了，等等看吧！要是改菜單的話，妳做的菜就最後再上，時間勉強來得及。」

寧汐嗯了一聲，迅速地盤算起了新菜式。

等了半晌，也沒見邵晏回來，寧汐索性回了自己的小廚房，忙碌著準備起了別的菜式。

正忙活著，廚房門口響起了腳步聲。

寧汐頭也沒回。「敢問邵公子，菜單到底改不改？」

身後忽然響起一聲嗤笑，熟悉的慵懶聲音響了起來。「妳什麼時候和邵晏這麼熟了？頭都沒回就知道是他來了？」

容瑾?!寧汐倒抽一口冷氣，迅速地轉身，在看到那個悠閒地倚在門邊的少年時，不知怎麼的，臉頰忽然火辣辣的。

自從那一晚之後，她就一直躲著他。他正值備戰春闈的緊急關頭，也沒空閒到鼎香樓來，兩人竟是有半個多月沒見了。

這些日子一直忙忙碌碌的，她以為自己已經把那一晚的事情拋到腦後了。可到這一刻，她才發現自己是在自欺欺人，光是這麼面對面的站著，她都覺得渾身不自在。那親暱曖昧的一幕，在她的眼前不停地晃動。

寧汐不自覺地繃緊了身子，嘴唇抿得緊緊的。

容瑾好整以暇地打量著寧汐，挑眉笑道：「這麼久沒見了，妳見了我怎麼一點笑容都沒有？」

寧汐輕哼一聲，她有笑容才是怪事，虧他好意思說，真是得了便宜還賣乖……

看著那張繃得緊緊的俏臉，容瑾低低地笑了。「怎麼？真打算不理我了？我一時情不自禁，妳該不會就判我死刑吧！」

什麼情不自禁，什麼判死刑！寧汐羞惱不已，忿忿地瞪了容瑾一眼。「你、你胡說什麼！我們倆清清白白的，什麼都沒有，你可不要亂說！」

原來是打算不認帳啊……容瑾在心裡迅速的斟酌權衡片刻，決定還是順著她的話說下去，若是真的把她惹惱了可不好。

所以，一向任性高傲的容三少爺從善如流的改了口。「我剛才隨口胡說，妳別往心裡去。」

寧汐臉上的熱度稍退，一本正經地說道：「我正在忙，沒時間說閒話，還請容少爺自便。」

容瑾點點頭。「嗯，妳忙妳的，不用陪我說話。」話雖這麼說，腳卻動都沒動一下，看來根本沒有走的打算。

寧汐咳嗽一聲，提醒道：「就快開席了吧！要是去得遲了可不太好。」以容瑾和四皇子的關係，今天顯然也是被邀請的賓客之一。

容瑾閒閒地一笑。「我等會兒就走，不會耽誤了開席，妳不用我為擔心了。」雖然四皇子高高在上身分尊貴，可對著容瑾卻是從不擺架子，兩人的關係一直不錯，這樣的酒宴當然少不了他。

誰為他擔心了？寧汐暗暗咬牙，索性別過頭不理他了，自顧自地忙活起來。

容瑾也不覺得無趣，就這麼看著那個窈窕小巧的身影來回的忙活，嘴角浮起一絲淺淺的笑意。忽地張口說道：「剛才聽邵晏說，妳今天要做香辣蝦和辣子雞是吧！」

寧汐手中的動作一頓，轉頭問道：「他之前說這兩道菜太辣了，要換成口味平和一些的菜式，可到現在也沒說清到底換不換。」

容瑾隨意的聳聳肩。「放心，不用換了。」

不用換了？寧汐一愣，反射性地追問：「真的不用換了嗎？」

容瑾瞄了她一眼。「當時我就在四皇子殿下身邊，他親口說的，還能有假嗎？」

邵晏去稟報四皇子的時候，容瑾和四皇子正站在一起隨意地閒聊。

邵晏剛一提這個話茬兒，容瑾就閒閒地笑著接了口。「又不是每道菜都辣，有兩道辣味足的菜餚調劑一下也未嘗不可。」

四皇子隨意的點點頭。「嗯，容瑾說得是，菜單不用換了。我這幾天總吃些清淡的，今天換換口味也不錯。」
邵晏恭敬地應了一聲，正打算退下，容瑾卻長身而起，笑著說道：「正巧我有事情要吩咐寧大廚，順便替你帶個話，也免得你總來回跑。」話語裡分明大有深意。
都是聰明人，彼此的話意一聽即懂。邵晏的笑容未減，眼底卻沒了笑意，眼睜睜的看著容瑾出了雅間，心裡暗暗惱恨卻又無可奈何。
容瑾是鼎香樓的幕後東家之一，占著鼎香樓的三成股份，出入鼎香樓的廚房自是異常坦蕩，就算有私心，別人也說不出閒話來。不像他，偶爾來一次，想見寧汐還得看運氣……
容瑾就這麼一路正大光明的來了廚房，先去叮囑了寧有方幾句，然後理所當然地來找寧汐。誰敢說他假公濟私，他可堅決不承認。
閒話不提。寧汐聽到容瑾的一席話之後，心裡頓時舒坦多了，笑著說道：「你也不早點說，害得我忙活了這麼久。」
容瑾總算逮到機會揶揄她了，哪裡肯放過。「我還以為妳故意藉著做事不理我，原來是我誤會了。」
寧汐才不上他這個當，笑吟吟地應道：「容少爺說這話我可不敢當。你是鼎香樓的幕後東家，我只不過是個廚子，哪敢不理你？萬一你心胸狹窄愛記仇，我可吃不了兜著走。」
果然還是那個伶牙俐齒的寧汐，損人的時候一點都不客氣！
容瑾非但沒生氣，反而笑了。如果寧汐一直表現得扭扭捏捏的，他才真的不習慣。現在這樣的相處方式，倒是挺好。

「那兩本食譜妳看了嗎？」容瑾漫不經心地問道。

一提到食譜，寧汐的眼眸頓時亮了，興奮地連連點頭。「全都看過了，我今天要做的這兩道菜，就是食譜上的菜式。說到這個，我可真要好好謝謝你。這兩本食譜實在太好了，我學會了好多新菜式，還學會了各種口味的醬汁呢……」

容瑾慢悠悠的一笑。「想謝我簡單得很，等我日後有空了，妳把所有學會的新菜式一道一道的做給我嚐嚐就行了。」

這要求實在不算過分，寧汐笑咪咪的點頭應了。又好奇的問道：「你到底是從哪兒換來的食譜？」

第一百七十八章　四皇子要見妳

容瑾輕描淡寫地答道：「我之前不是跟妳說過了嗎？那兩本食譜是我用書跟人換來的，妳就別放在心上了。」

這話乍聽沒什麼，卻經不起仔細推敲。

那食譜上字跡異常的清晰，顯然寫了沒多久。能寫出這麼詳細食譜的人，必然是名震一方的廚子，可哪一個廚子肯將自己壓箱底的東西輕易的寫出來就為換幾本書？如果對方是于夫子那樣博學多才的人倒也罷了，可做廚子的能有幾個有這樣高雅的愛好？這樣的說辭分明是敷衍她的吧！

那兩本食譜看似輕飄飄的，也不知容瑾費了多少心思才得來，比金銀可要貴重多了……

寧汐咬著嘴唇，半晌才輕輕地說道：「總之，謝謝你了。」

如果是別的，她大可以推辭不要。可容瑾實在太狡猾了，偏偏送了兩本食譜來，看準了她根本拒絕不了這份禮物。這個人情無論如何是要記下了！

以容瑾的聰明，怎麼可能看不出寧汐情緒的波動？

容瑾笑了笑，隨意地應道：「好了，我得過去了，待會兒一定好好嚐嚐妳親手做的兩道菜餚，看看妳這些日子有什麼進步。」

寧汐抿唇一笑，俏皮的應道：「那你就等著大飽口福吧！」語氣裡滿滿的都是自信，小臉晶瑩得似能放出光來。

容瑾深深的凝視寧汐一眼，卻沒時間再閒扯了，點點頭便離開了廚房。

容瑾一走，寧汐頓時鬆了口氣，打起精神忙活起來。先將醃漬好的蝦下油鍋炸至五分熟，至於雞肉丁，則要炸到六分熟。火候的把握十分重要，寧汐絲毫不敢大意，全神貫注的盯著油鍋，眼都不肯眨一下。

等一切準備妥當，酒席正好開始了。趙芸邁著輕快的步子走了進來，笑著說道：「寧汐妹子，寧大廚讓我來告訴妳一聲，現在可以開始動手做菜了。」

寧汐點頭應了，換了口乾淨的鐵鍋，俐落的放油熱鍋，撒入蔥、薑爆香，再將炸過的蝦放入鍋中，熟稔的翻動幾下，再放入之前做好的醬汁和各種調料入味，起鍋之際撒上香菜倒入辣油，香辣蝦便做好了。

趙芸不是第一次看寧汐做菜了，可每一次看都有驚豔的感覺。那一連串流暢熟稔的動作，靈巧又悅目，那專注的眼神、心無旁騖的俏臉，更是美得無法用言語形容。好在寧汐堅持不要二廚，若是有年輕男子在一旁，不被她這副樣子迷住才是怪事。

趙芸想著想著，笑了起來。

寧汐忙裡偷閒地問了一聲。「趙姊，妳笑什麼？」趙芸比她足足大了八歲，做事仔細穩重，和寧汐相處得很是融洽，彼此說話便隨意多了。

趙芸忍住笑，一本正經地說道：「我在笑妳，生得這麼標緻，不在家裡好好待著，偏要來做廚子。又是油煙又是勞碌的，太辛苦了。」

寧汐笑著調侃回去。「趙姊，妳就別說我了。妳不也很辛苦嗎？嫁了人不在家裡相夫教子，偏偏到酒樓來做事，虧妳的相公捨得。」天天跑來跑去的端菜收拾桌子，可不比做廚子輕鬆多少。

隨意的一句話，卻戳中了趙芸心裡的痛處，笑容頓時淡了下來，旋即若無其事的扯開了話題。「我這就去問問，現在能不能上菜。」說著，匆匆地走了。

寧汐暗暗後悔起來。瞧趙芸這個反應，分明是有些隱情，也不知道自己剛才哪一句話說得不妥當了……

不過，此時也沒空多想這些，先把正事做完要緊。

香辣蝦全部做完之後，寧汐開始做辣子雞。風乾的紅尖椒，整整堆滿了一盆，下鍋用油爆熱爆香，一股嗆人的辣味迎面撲來，迅速的在廚房裡瀰漫開來，等閒人絕對受不了。

寧汐卻是面不改色，又放入花椒，那辣味裡頓時又多了股衝人的香氣。最後再將炸熟的雞肉丁放入，迅速地翻炒幾下就可以出鍋了。

趙芸來回地跑了幾趟，把菜都上了桌。等一切忙完了，才算消停下來。

寧汐又去了寧有方的廚房裡幫著打下手。寧有方本捨不得她過分的辛苦，可寧汐動作靈巧熟稔，比那兩個二廚可要強得多了，多了她之後，做菜的速度都快了不少。

寧有方做的四道菜裡，有一道魚翅、一道熊掌、一道鹿筋，還有一道燕窩。越是名貴的食材，做起來越費心思。寧有方有心一展身手，將壓箱底的本事都拿了出來，做起來分外的精心。等所有菜式都忙完了，寧有方早已出了一身的汗。

寧汐忙拿了毛巾細細地替寧有方擦汗。

寧有方享受著女兒的細心體貼，邊說道：「菜上得差不多了，不知道貴客們吃得合不合胃口。」他身為主廚，不僅要考慮自己的那幾道菜式，還要兼顧別的廚子做的菜式，著實勞心勞力。

寧汐笑著安撫道：「爹，您放心好了。這樣重要的宴席，哪位大廚也不會怠慢的。」

寧有方嘆口氣。「不求有功但求無過，只要不被挑出毛病來就好。」旋即打起精神，去所有的小廚房轉悠了一圈，安撫了同樣忐忑不安的幾個大廚幾句。

等了許久，終於等來了前面的消息。

孫掌櫃一路小跑過來，急急的催促道：「寧老弟，你動作快些，四皇子殿下點名要你去。」還沒等寧有方點頭，又朝寧汐笑道：「汐丫頭，妳今天可要露臉了，四皇子殿下特地點名讓妳也過去。」

寧汐一愣，正待說什麼，就聽寧有方皺著眉頭說道：「不行！汐兒不能去！」

孫掌櫃錯愕不已。「為什麼？」

寧有方張了張嘴，一時也不知該怎麼說，當年那件事，在場的只有他和寧汐兩人，寧汐曾出言無狀惹惱過四皇子的事情，孫掌櫃根本不知情，如果他也知道了這回事，只怕現在也會和他一樣變了臉色。

萬一四皇子見了寧汐又勾起當日的回憶怎麼辦？不行，他絕不能讓寧汐冒這樣的風險！

寧有方咬咬牙，湊到孫掌櫃的耳邊低語幾句。

孫掌櫃的眼睛陡然睜圓了，瞠目結舌半晌說不出話來，許久才回過神來，懊惱地一拍腦門。「這可怎麼辦才好？我剛才一口答應了下來，若是汐丫頭不去，只怕四皇子殿下會怪罪。」

去也不是，不去更不是。

寧有方歉然地一笑。「要不這樣，我一個人去，到時候若是四皇子殿下問起來，就說汐兒身子不舒服好了。」

孫掌櫃苦笑一聲。「寧老弟，你真是糊塗了。汐丫頭之前做菜的時候還好好的，四皇子殿下一召見就身體不舒服。只要不是傻子，都能聽出這是推脫之詞。」這麼做，毫無疑問一定會惹惱貴客，小小的鼎香樓哪裡能擔得起。

兩人正在長吁短嘆皺眉苦思，就聽一個清脆的聲音響了起來。「爹，我跟您一起去。」

寧有方一驚。「汐兒，妳……」

寧汐淡淡地一笑。「四皇子殿下親自召見，是我的榮幸。爹，您放心好了，我一定老老實實絕不亂說話。」既然躲不過去，就堂堂正正的去見四皇子好了。當年的那點小事情，四皇子總不可能一直耿耿於懷吧！

寧有方自然不情願寧汐冒險，可到了這個地步，寧汐不露面卻是不行了，只得無奈的點頭。「好，妳和我一起過去。有一點妳一定要記好了，一切都由我出面應對，妳千萬別輕易說話。」將存在感減到最弱，最好是別引起任何人的注意。

寧汐鄭重地點頭應了。

時間不多，孫掌櫃不敢再耽擱，催促著寧有方和寧汐一起到前樓去。寧汐平穩了呼吸，低著頭跟在寧有方的身後。

寧有方在擔心什麼她很清楚，當年的那件事，早已成了父女兩人心中的一個結。平時誰也不提，看起來就像是拋在了腦後，其實，誰也沒有真正的忘記。

對寧汐來說，四皇子這三個字就是一場噩夢，只要能離他遠遠的，做什麼她都願意。可千躲萬躲，也沒能真正躲過去。

寧有方來了京城，還以迅雷不及掩耳的速度聲名鵲起，成了京城最炙手可熱的名廚。以四皇子喜好吃喝玩樂的性子，會碰上也是遲早的事情。

算了，碰上就碰上吧！只要不去四皇子府裡不再被利用成為一顆棋子就好。

上樓梯的時候，寧汐忍不住扯了扯寧有方的袖子，低低地說道：「爹，您別忘了您答應過我的事。」那件事過後，寧有方曾親口答應過，絕不會進四皇子的府裡做事。

雖然她說得語焉不詳，可寧有方卻是一聽就懂，神色複雜地看了寧汐一眼，顯然也想起了當日的事情。

寧汐眼巴巴的看著寧有方，一臉的祈求。

寧有方心裡悄然嘆口氣，輕輕點了點頭。

寧汐的心總算稍稍放了下來。寧有方說話算話，從來沒有騙過她，既然他點了頭，她也可以放心了。

第一百七十九章　解圍

雅間的門半掩著，裡面傳來了說笑聲。寧汐站在門前，一顆心怦怦地亂跳個不停。即將見到的，是她前世的噩夢，是她最恨的那個人。可她什麼也做不了，還得擠出笑容應付接下來的一切。她的心裡怎麼可能像表面那般平靜？

寧有方似是察覺到了什麼，安撫的拍拍寧汐的手，低低的叮囑道：「妳跟在我身後，什麼也別多說。」

寧汐只覺得喉嚨裡一片乾澀，擠不出一個字來，默默地點了點頭。

孫掌櫃揚起笑臉敲了敲門。「啟稟四皇子殿下，寧大廚已經來了。」

裡面響起的，卻是邵晏的聲音。「請寧大廚父女進來。」

孫掌櫃這才小心翼翼地推開了門，一臉陪笑的走了進去。和寧有方一起，有意無意地遮住了寧汐的身影。寧汐穿得異常樸素，又低著頭，一時倒也沒人留意她。

四皇子高高的坐在上首，身旁坐著的，都是年輕的貴公子。容瑾自然是其中最耀眼的那個，慵懶的靠在椅子上，目光有意無意地飄了過來。

孫掌櫃和寧有方領著寧汐一起向四皇子行了禮，然後戰戰兢兢的站在一旁，不敢說話。

四皇子已經有了幾分酒意，說話倒還算隨和。「寧大廚，今天的菜餚做得不錯。看來，這兩年你的廚藝又有了長進。」

旁邊早有人湊趣地搭話了。「四皇子殿下，『又』這個字從何而來。難道您以前就嚐過寧大廚的手藝？」

四皇子笑了笑，意味難明地說道：「嗯，前年去洛陽的時候領教過一次。」

領教？這兩個字可圈可點，頓時引起了在座人的興趣。有個長著三角眼的男子，仗著和四皇子交情不錯，笑著問道：「四皇子殿下就別賣關子了，到底是怎麼回事，說給我們聽聽也無妨。」

四皇子挑了挑眉，似笑非笑。「哦？真要聽嗎？我可記得不太清楚了，要不，你們問寧大廚好了。」

寧有方直冒冷汗，頭皮都有些發麻了，結結巴巴地應道：「小、小的不敢。」心裡暗暗叫苦不迭。

四皇子笑了笑，意味深長地說道：「有什麼不敢的，當日事情怎麼樣，你就怎麼說。」

別說寧有方，就連寧汐也開始冒冷汗了。這四皇子的心眼也太小了吧！這一點小事居然記到現在還沒忘。今天喊他們父女倆過來，分明是不懷好意吧！老天保佑，快點換個話題……偏偏那個三角眼不識趣地追問不休。寧汐暗暗咬牙切齒，恨不得此刻天花板上掉個什麼東西砸暈他才好。

容瑾忽地笑了，懶懶的說道：「想知道事情的始末，來問我不就是了？當時我可是一直在場，看了不少熱鬧。」

眾人都被勾起了興致，一起看了過去。

在座的人都是出自世家名門，容瑾的家世不算最好，可無疑是風頭最勁的那一個。再加上四皇子對他最親熱隨意，各人心裡難免有些酸溜溜的。

那個三角眼見容瑾又要大出風頭，心裡不痛快，故意笑道：「容瑾兄，你就別賣關子了，快些說來給我們聽聽。要是說得不夠仔細，罰酒三杯！」

容瑾慢悠悠地挑眉。「我又不是說書的，要求這麼多，我不說也罷，直接倒三杯酒來，我喝了就是。」

眾人都鼓譟著笑了起來，嚷著倒酒。四皇子也笑了，凝滯的氣氛頓時一掃而空，總算沒人再緊盯著寧有方和寧汐不放了。

寧有方身上的冷汗總算告一段落。

寧汐也鬆了口氣，心裡浮起一絲感激。多虧了容瑾出來救場，不然，剛才那一關就夠受的。

容瑾酒量極好，面不改色地喝了三杯酒，才笑道：「這事說來也有趣，四皇子殿下當日在洛陽嚐了寧大廚的手藝，非常欣賞，便隨口邀請寧大廚到京城來。只不過，寧大廚心念故鄉，捨不得走，當時就婉言拒絕了。」

他說得輕描淡寫，眾人聽得都嫌不過癮。

「不識抬舉的東西！」那三角眼輕蔑地瞄了寧有方一眼。

寧有方自然不敢抬頭，面孔脹得通紅，這次，卻不是因為害怕。

寧汐最聽不得有人羞辱寧有方，忍不住抬起頭來看了三角眼幾眼，總算還有幾分理智，強忍著沒有說話。

那個三角眼瞄了寧汐精緻秀氣的小臉一眼，眼睛陡然一亮，放肆地打量幾眼，嘖嘖讚道：「真沒想到，這兒還有這麼漂亮的廚娘。」

被他這麼一說，眾人都饒有興致的看了過來，待看清寧汐的臉時，眼裡齊齊的閃過驚豔。

漂亮女子見多了，哪個家裡不是三妻四妾、美貌的丫鬟歌姬一抓就是一把？可眼前這個少女，卻美得清新自然，如同晨露中枝頭上含苞的花朵，讓人眼前一亮。

就連四皇子也不免多看了兩眼，當日那個青澀的小丫頭，現在居然出落得這麼水靈標緻了。

寧汐被眾多輕浮的目光放肆的打量著，又羞又惱又憤，想低頭卻是來不及了。索性淡淡一笑。「多謝這位公子誇讚，小女子愧不敢當。」聲音清脆悅耳，動聽極了。

那三角眼本就好色，骨頭都有些酥麻了，目光越發的放肆。若不是礙著周圍人多，只怕早就忍不住調笑幾句了。

容瑾的眼眸暗了一暗，多了幾分冷意，口中卻笑道：「李奇兄，我這故事還沒講完，你到底聽不聽了？」

李奇依依不捨地收回了目光，咳嗽一聲。「當然要聽。」

容瑾眸光一閃，笑道：「四皇子殿下寬宏大量，自然不會做強人所難的事情，寧大廚就一直留在了洛陽的太白樓。這後續的故事，就跟我有關了。」

眾人的胃口都被吊得高高的，紛紛催促著容瑾往下說。

容瑾瞄了四皇子一眼。「我和太白樓的東家是舅甥，回來之後，我便打算和舅舅合夥開個酒樓。舅舅同意了之後，特地派了寧大廚到京城這邊坐鎮。所以，你們現在才會在這兒看見寧大廚。」

四皇子何等城府，頓時聞弦歌而知雅意，扯了扯唇角。「容瑾，你倒是好手段，當日我請都請不動的廚子，你卻輕而易舉的請到了京城來。」當時寧有方以故土難離為藉口拒絕了他，現在倒是大搖大擺的出現在京城了。

容瑾不慌不忙地一笑。「寧大廚一開始不肯來，多虧舅舅出面，請寧大廚來坐鎮兩年，等鼎香樓生意有了起色，再放他回洛陽去。」巧妙的為寧有方解了圍，順勢解了四皇子心裡最不痛快的一個疙瘩。

李奇在一旁插嘴道：「容瑾，我今天可是真佩服你了。四皇子殿下都請不來的廚子，你竟然請到鼎香樓做主廚。不知道你到底用了什麼好法子，說來聽聽如何？」

好拙劣的挑撥！容瑾扯了扯嘴角，揶揄道：「這怎麼能隨便告訴你？要是你以後也打算開酒樓，跑來挖角怎麼辦？」

眾人都哄笑起來。李奇也訕訕地笑了，總算沒有追問下去。

四皇子眸光一閃，也笑了。「怎麼說你都有理，算了，不提這個了。」

寧有方和寧汐悄悄鬆了口氣，只要不提當年的事情就好。

容瑾卻挑眉笑了。「四皇子殿下，你剛才不是還誇今天的菜餚做得好嗎？怎麼到現在也沒見你看賞？該不是打算讓我這個做東家的掏腰包吧！」
四皇子朗聲笑了，渾然不介意被調侃了一通。「邵晏，給寧大廚父女看賞。」
一直靜靜立在一旁的邵晏笑著應了，走上前來，將準備好的兩封銀子遞了過來。寧汐眼都未抬，低低地說了聲「謝謝」。
邵晏掩住心裡的失落，笑著說道：「還不快點磕頭謝恩。」
被他這麼一提醒，寧有方立刻回過神來，忙扯著寧汐的袖子，一起跪著謝了恩。
四皇子隨意地嗯了一聲，饒有興致地問道：「今天那道香辣蝦和辣子雞是誰做的？」
寧有方的心又提到了嗓子眼。「是小女寧汐做的。她年紀還小，若有哪兒做得不好，還請您見諒。」老天保佑，可別再出岔子了，他的心臟已經快承受不住了。
同桌的幾個人，都是一臉訝然地看了過來。原來那兩道特別香濃美味的菜餚竟然是這個小姑娘做出來的。尤其是李奇，目光閃爍不定，直直的盯著寧汐不肯放。
四皇子「哦」了一聲，打量寧汐兩眼，過了片刻才讚道：「小小年紀，廚藝倒是很不錯。」
寧有方的心頓時落了回去，一臉感激地笑著應道：「多謝四皇子殿下誇讚。小的不敢打擾諸位貴客的雅興，這就告退了。」
四皇子隨意地點點頭，邵晏立刻笑著送了寧有方幾人出了雅間。
當那扇門關起的一剎那，寧有方的腿晃了晃。寧汐眼疾手快的扶住了他，壓低了聲音問道：「爹，您怎麼了？」

寧有方苦笑一聲，低低的應道：「先回去再說。」這兒可不是說話的地方。

寧汐點點頭，小心翼翼地扶著寧有方的胳膊回了廚房。孫掌櫃擦了擦額頭的汗，也跟了上去。

一路上，誰也沒說話。一直到進了廚房的門，才一起長長的鬆了口氣。

第一百八十章　好事連連

寧有方心有餘悸的嘆道：「今天可真是多虧了容少爺，不然可真不知道怎麼收場。」他的腿肚到現在還在發軟呢！

孫掌櫃安撫地拍了拍寧有方的肩膀。「事情已經過去了，就別放在心上了。」

寧有方苦笑一聲，點了點頭。寧汐的臉色也有些蒼白，打起精神隨寧有方一起進了廚房。

幾個大廚早就等候多時，忙迎了上來問長問短。

寧有方不想多說，隨口笑道：「大家今天表現都很好，四皇子殿下很滿意。還有不少的賞銀，大家人人有分。」

大廚們聽了這話自然都高興，一個個喜笑顏開。

孫掌櫃聽了這話音哪有不明白的，識趣地把到了嘴邊的話嚥了回去，改而笑道：「大夥兒忙了半天，一定都累了，待會兒去飯廳，今天的酒我請了。」

此言一出，頓時惹來一陣歡呼聲。當下炒菜的炒菜，搬酒的搬酒，忙得不亦樂乎。寧有方雖然滿腹心事，可架不住眾廚子的熱情敬酒，不一會兒就拋開煩心事，喝得不亦樂乎。

寧汐忍不住湊過去提醒道：「爹，您可別喝醉了，晚上還得做事呢！」

寧有方正在興頭上，哪裡聽得進去，隨意的揮揮手。「不用擔心，我不會喝醉的。」順手將一碗滿滿的酒一飲而盡。

寧汐嘆口氣，知道勸也沒用，索性住了嘴。

今天這一齣實在是驚心動魄，別說寧有方，就連她也有逃過一劫的感覺。寧有方借著喝酒抒解一番，也在情理之中。

張展瑜不知什麼時候湊了過來，低聲問道：「汐妹子，剛才四皇子殿下沒為難你們吧！」

當年的那件事，他也是半個知情者。雖然不清楚事情的真相，可有一點卻是毋庸置疑的。寧汐對四皇子似乎十分排斥，更不樂見寧有方跟這樣的貴人有什麼接觸。

寧汐簡單地應道：「一開始為難了我們幾句，好在有容少爺幫著解圍，總算有驚無險。」

又是容瑾！張展瑜的笑容有些僵硬，口中卻笑道：「哦，是嗎？那可得好好找個機會謝謝容少爺。」心裡卻酸溜溜的。容瑾對寧汐的「特別照顧」再明顯不過，他想自欺欺人都不可能。

寧汐像是沒留意張展瑜異樣的臉色，神色自若地笑道：「是啊，我也這麼想的呢！」

張展瑜倉促的笑了笑，隨口說了幾句閒話，自己都不知道自己說了什麼，一顆心飄飄悠悠的吊在半空，難受極了。

寧汐卻無暇關心張展瑜的心情，時不時的往寧有方那邊瞄幾眼，卻見寧有方來者不拒，不管是誰來敬酒，都爽快地一口喝光。

照這樣的速度，喝醉是遲早的事情。寧汐皺起了眉頭。

果然，不到半個時辰寧有方就醉醺醺的，嘴裡不停的嚷著「再來一碗」。誰若是勸他少喝一碗，他立刻吹鬍子瞪眼，胸脯拍得「啪啪」直響。「誰、誰說我不能喝了？我現、現在清醒得很，再倒一碗來！」

寧汐又是好氣又是好笑，朝張展瑜使了個眼色。張展瑜立刻走上前來，和寧汐一左一右攙扶著寧有方到後面的屋子裡休息。

寧有方先還嚷著「我沒醉」，可剛一躺到床上就睡著了，鼾聲如雷。

寧汐無奈地笑了笑，細心地替寧有方蓋上被子，不知不覺的趴在床邊也睡著了。迷迷糊糊的也不知睡了多久，竟然又作了那個很久沒作的噩夢……

前世的一幕幕飛快的掠過，最後，定格在四皇子猙獰的笑臉和寧有方淒慘的死狀，眼前一片猩紅。明知這只是個夢，可她怎麼也掙扎不開，不知不覺中，淚水早已溢出了眼角，滑過臉頰。

不知過了多久，寧汐總算睜了眼。天已經黑了，屋子裡昏暗一片。她摸索著用袖子擦了眼淚，這才發現床上卻已經沒了寧有方的蹤影。

寧汐一驚，急急的喊道：「爹，爹！」一連喊了幾聲，也沒回應。

寧汐匆匆地去廚房找了一圈。沒想到廚房裡只有兩個二廚在，壓根兒沒有寧有方的身影。其中一個還打趣道：「汐妹子，寧大廚今天可是喝多了，妳不去照顧他，怎麼跑到廚房來了？」

聽這話音，寧有方根本沒來過。寧汐莫名地覺得心慌意亂，顧不得寒暄客氣，又急匆匆的跑到所有的廚房看了一圈，可還是沒找到寧有方。

張展瑜見寧汐臉色不對勁，忙放了手裡的活兒湊了過來，關切地問道：「汐妹子，怎麼就妳一個人？師傅人呢？」

寧汐吸了吸鼻子。「我正在找他呢！剛才我趴在床上睡著了，醒來一看，我爹就不見了。」眼裡水光點點，煞是惹人憐愛。

張展瑜又是心疼又是好笑，安撫道：「別急，師傅肯定是醒了之後沒忍心叫妳，一個人悄悄出去了，說不定他很快就回來了。」總不可能在鼎香樓裡走丟了吧！

寧汐被他這麼一提醒總算鎮靜多了。「我再去前樓找找看，說不定我爹正和孫掌櫃說話呢！」

張展瑜不假思索地說道：「等等，我陪妳一起去。」寧汐這副驚慌失措的樣子，實在讓人放心不下。說來也奇怪，寧有方不過是走開一會兒，寧汐怎麼會慌成這個樣子？

想來想去，總覺得其中有些蹊蹺，張展瑜試探著問道：「汐妹子，妳在害怕什麼？」

寧汐勉強地笑了笑。「一睜眼就不見我爹，我有點發慌。」這點小事放在平時也不算什麼。可今天偏偏見了四皇子，又作了那個噩夢，她心情能平穩才是怪事。

張展瑜沒再多問，心裡卻莫名地嘆了口氣。寧汐的心裡到底藏了多少秘密？什麼時候她才肯跟他說幾句真心話而不是隨口敷衍？

孫掌櫃正在低頭打著算盤，見寧汐行色匆匆的找過來，便停了手中的事情，笑著問道：

「汐丫頭，妳有什麼事嗎？」

寧汐無心寒暄，直截了當地問道：「孫掌櫃，你見到我爹了嗎？」

孫掌櫃笑著點頭。「下午的時候，小安子來了一趟，說是找到了一處不錯的院子，領妳爹看看去了。」

原來是這樣！寧汐高高懸起的一顆心總算落回了原處，抱怨道：「我爹也真是的，走的時候也不叫醒我。」害得她像隻沒頭蒼蠅似的到處找人。

孫掌櫃啞然失笑。「這也不能怪妳爹。小安子找得急，妳又睡得香，他哪捨得叫醒妳。說起來，他也出去快一個時辰，也該回來了……」

話音未落，就見兩個熟悉的身影一前一後進了鼎香樓，昂首闊步走在前面的，不是寧有方是誰？

寧汐精神一振，揚起笑臉迎了上去。「爹，您可總算回來了，我剛才裡裡外外找了您好久。」

寧有方跑了一趟，酒意早就沒了，滿臉興奮的笑容，顯然心情不錯。「汐兒，我剛才隨小安子去看院子了，離這兒不算遠，只隔了幾條街。」

寧汐興致勃勃地追問。「院子大不大？之前的住戶為什麼要賣房子？對了，有沒有談妥價錢？我們什麼時候可以搬過去？」一連串的問題聽得人頭暈眼花。

小安子失笑。「寧姑娘，妳別急，等寧大廚喝口水喘口氣再慢慢跟妳說。」

寧汐吐吐舌頭，扯了寧有方回廚房坐下，殷勤的倒了熱茶分別送到寧有方和小安子的手中。張展瑜還有事要忙，卻捨不得走，豎著耳朵聽了起來。

寧有方喝了口茶，笑著說道：「下午小安子來找我的時候，妳睡得正熟，我不忍心叫醒妳，就一個人跟著小安子去看看。那院子可不算小，一共有七、八間屋子，足夠我們一家四口住的了。」

小安子湊趣地道：「何止是一家四口，就算以後寧暉娶了妻子生三、四個孩子，也照樣夠住的。」

這話聽得人舒坦極了。寧汐好奇地問道：「原來那戶人家是做什麼的？為什麼要賣房子？」

小安子搶著說道：「原來的那戶人家是做小本生意的，聽說生意不太景氣入不敷出，就想賣了院子籌措些本錢，再開家鋪子。因為急著出手，價格也不高，只賣二百兩。」

二百兩？這還叫價格不高？寧汐疑惑地看了寧有方一眼。

寧有方笑著解釋道：「這兒的地段可比妳大伯他們的住處好多了，房價至少要高一倍。而且，那處院子很寬敞，比妳大伯家要大多了，二百兩真的不算貴。今晚回去就和妳娘商議商議，要是覺得合適，我明天就去付訂金。」

寧汐笑著點點頭，眼眸閃爍著快樂的光芒。總算要有自己的家了，不用再寄人籬下了！

小安子忙笑著插嘴。「寧大廚，房屋過戶落戶籍都是麻煩事，少爺吩咐過了，這些瑣事就由我去打理，就不用你操心了。」這些繁瑣的事情最是磨人，怎麼著也得跑個幾趟才能辦妥。

寧有方感激地一笑。「那就麻煩你了。」默默地又在容瑾的人情債裡加上一筆。

這人情越加越多，將來到底怎麼還才好？寧有方自嘲地笑了笑，不由自主地瞄了寧汐一眼。

第一百八十一章　一品樓

寧汐被寧有方若有所思的目光看得渾身不自在。「爹，您這麼看我做什麼？」

寧有方也被自己腦中一閃而過的念頭嚇了一跳，咳嗽一聲笑道：「沒什麼，我就是在想，得把這事告訴妳哥哥一聲。」

寧汐不疑有他，連連點頭。「對對對，明天就去學館找他。」

張展瑜也忍不住笑著插嘴。「師傅，搬家的時候可別忘了告訴我，我怎麼著也得厚臉去討杯喜酒喝。」

寧有方朗聲笑了，豪爽地應道：「喜酒人人有分。」

當天晚上，阮氏知道了這個好消息，也高興得不得了。容府再好，畢竟不是自己的家，等買了住處落了戶籍，才算是在京城站穩了腳跟啊！

寧有方笑道：「我已經和孫掌櫃告過假了，明天我們一家三口一起去看看房子。要是妳們娘兒倆也覺得好，我們就付訂金。」

阮氏笑著應了，盤算起來。「價錢總不是死的，明天去看看，能不能商量著再低一點。」

寧汐笑嘻嘻地插嘴。「聽小安子說了，那戶人家做生意周轉不開，急著將房子出手。我們別表現出太想買的樣子，說不定能壓點價下來。」

一家三口興致勃勃的商量了半個晚上，才心滿意足地各自去睡了。

閒話少說，第二天早上，吃了早飯之後，寧有方便領著阮氏、寧汐一起出了容府。一路走了過去，約莫半個時辰左右就到了。

寧汐剛走進那條巷子，幾乎一眼就喜歡上了這裡。

巷子不算很寬敞，青色方磚鋪就的路面倒是很整潔，此時正是初春，巷子的角落裡爭先恐後的冒出了嫩綠的小草，別有一番雅趣。這條巷子裡約莫有十幾戶人家，每一戶人家都有高高的圍牆，從外面看來，又整齊又乾淨。不知哪家跑出來的孩子，正在巷子裡嬉鬧，平添了幾分熱鬧。

寧汐笑盈盈的看著眼前的一切，只覺得心情舒暢極了。

寧有方走到第五戶的門口停了下來，敲了敲門。來開門的，是一個四十左右的漢子，見了寧有方很是客氣，熱情地迎了三人進了院子。

客套話自然有寧有方和阮氏去說，寧汐只一心一意的打量著這個院子，心裡暗暗驚嘆不已。昨天寧有方說得真是太含蓄了，這處院子何止是不小，簡直可以算得上很寬敞了。所謂的七、八間屋子，根本沒算上廚房、雜物間之類的。

寧汐最喜歡的，自然是院子裡的那些花，其中一株杏花，已經在枝頭吐蕊含苞待放。空氣裡飄浮著淡淡的青草香氣，讓人心曠神怡。

就是這裡了！簡直和她想像中的家一模一樣！

寧汐沒有出聲，只是笑著看了寧有方和阮氏一眼，眼裡流露出一絲祈求。

寧有方本打算再談會兒壓壓價，可被寧汐這麼一看，頓時心軟了。心意一定，便爽快地付了訂金，商議好五天之後付清尾款。這五天之內，那戶人家得將一應雜物都搬走。

出來之後，阮氏兀自不滿地抱怨。「不是商量好了要壓壓價的嗎？怎麼這麼快就付了訂金了？」

寧有方笑了笑。「算了，人家急著出手價格才定得這麼低，我們已經撿了便宜了。」

阮氏想了想，也笑了。「是啊，這價格也不算高。」

寧汐笑咪咪地問道：「爹，已經到中午了，我們接下來要去哪兒？」

寧有方豪氣干雲的揮揮手。「整天在廚房忙，今天我們也做一回客人，找個好些的酒樓吃飯去，到下午再去學館裡找妳哥哥。」

寧汐歡呼一聲。「爹，您又慷慨又大方又可愛，真是世界上最好的爹了。」

千穿萬穿馬屁不穿，寧有方被拍得渾身舒暢，立刻決定去最有名氣的酒樓吃一頓。

京城最有名氣的酒樓，莫過於雲來居、百味樓、鼎香樓和一品樓了。雲來居和百味樓都去踢過場子，當然不好意思去，剩下的，就是一品樓了。雖然遠了點，不過，反正也沒別的事，就這麼一路轉悠過去權當打發時間了。

寧汐來京城也不短時間了，可大部分都在鼎香樓裡待著做事，出來轉悠的機會少之又少，興奮激動地四處張望。寧有方慷慨解囊，不一會兒，寧汐的手裡就多了一支糖葫蘆、一個糖人兒外加一塊芝麻糖。

阮氏忍不住嗔怪道：「你也太慣著汐兒了，都是大姑娘了，這麼一邊走一邊吃東西，多不雅。」一路上不知多少人往這邊張望。

寧有方理所當然地應道：「有什麼不雅的，妳以為汐兒不吃東西就沒人看了嗎？」女孩子長得太標緻了，果然也有煩惱，路人不停張望的目光就夠受的。

阮氏想想也是，也不再吭聲了。

寧汐前世就是個美人兒，早已習慣了眾人驚豔的目光，壓根兒不當回事，照樣吃自己的。等手中的零食吃得差不多了，一品樓也到了。

剛一抬頭，寧汐就被那金光閃閃的招牌閃到了。

一品樓三個大字，在陽光下熠熠生輝，仔細一看，竟然鍍了一層金。果然財大氣粗啊！再進去一看，大堂佈置得異常豪華氣派，就連桌椅都是上好的梨花木。此時正值午飯時刻，幾乎座無虛席。牆上掛著密密麻麻的木牌，細細一看，卻原來是一些菜名。客人坐下之後，就可以隨意的看著這些菜名點菜，比跑堂的報菜名可要省事多了。

寧汐暗暗點頭，低聲說道：「爹，這些木牌子倒是不錯。」不愧是久負盛名的一品樓，果然有其獨到之處。

寧有方笑了笑，還沒等說話，就見跑堂的機靈地迎了上來，熱情地招呼道：「三位客官來得巧，正好有一桌客人結帳走了，這邊請坐。」等三人坐下，又倒了茶水，服務態度絕對一流。

寧汐忍不住在心裡暗暗比較起來。論酒樓規模，鼎香樓和一品樓差不多，裡面的陳設也相差不了多少，不過，一品樓的跑堂倒是分外的熱情，就不知道這裡的菜餚怎麼樣了。

寧有方隨意的瞄了牆上的木牌兩眼，笑道：「汐兒，妳想吃什麼就點吧！」

寧汐卻不急著點菜，笑咪咪的問道：「請問這位小二哥，你們這兒最有名氣的大廚是誰？」

那跑堂的挺了挺胸脯，不無驕傲地說道：「我們一品樓的上官大廚赫赫有名，提起來誰不知道？」也難怪他這麼自豪，上官遙這個名字實在值得驕傲。堂堂廚藝世家的傳人，這個招牌就夠響的。

寧汐抿唇一笑。「既然如此，今天我們可要嚐嚐才是。這樣吧，我就不點菜了，讓上官大廚隨意做幾道菜好了。」

跑堂的先是一愣，旋即笑了。「這位姑娘，真是對不住了，上官大廚忙得很，今天只怕沒時間。要是想吃上官大廚做的菜，麻煩妳提前兩天預定。」

真正的名廚架子都不小啊！寧汐失笑，忍不住看了寧有方一眼。

鼎香樓初開業的時候，寧有方不辭勞苦，只要有客人點了他的名字，再忙都要做兩道菜應付一下客人的要求。可後來名氣越來越響，找上門的也越來越多，實在應付不過來，只能做些預定的宴席了，不過，還沒到需要提前兩天預定的地步。看來，上官大廚的派頭可要大得多了。

寧有方自然猜到了寧汐在笑什麼，挑了挑眉，也笑了。

他在京城時日尚短，遲早有這麼一天，他的名頭會比上官遙更響。

那跑堂的陪笑道：「這樣吧，我給幾位推薦一位大廚。他剛來不久，名頭還不算響，不過，他可是上官大廚的親侄女……」

親侄女？原來不是「他」，是「她」！

寧汐一愣，反射性地問道：「你們一品樓也有女的大廚？」奇怪，她怎麼沒聽說過？

那跑堂的笑道：「這位姑娘，妳可別小瞧了我們一品樓的上官姑娘。她雖然年紀不大，不過廚藝可好得很。只要吃過她做的菜餚，沒一個客人不誇好的。等再過些日子，我們一品樓會專門設立招待女客的雅間，會由上官姑娘負責掌廚，到時候還請姑娘多多來捧場。」

這些話裡透露的訊息太多，寧汐一時也理不清楚，胡亂點頭應了。

寧有方咳嗽一聲。「就照你說的，請上官姑娘做幾道拿手菜上來好了。」

跑堂的笑著應了，利索地小跑了出去。

寧汐壓低了聲音。「爹，您留意了沒有？剛才那個跑堂的可說了，一品樓也打算設立專門招待女客的雅間呢！」分明是剽竊鼎香樓的創意，哼！

寧有方無奈地嘆道：「人家要怎麼做生意，我們也管不著。」不過，等回去之後，可得把這件事告訴孫掌櫃才行，趁早想個對策。

寧汐輕哼一聲。「我倒要看看，這個上官姑娘手藝如何？」心裡不由得暗暗生出了較勁的心思。

如果對方是個男的，她壓根兒不會往心裡去。偏偏對方也是個年輕少女，還是名廚世家的後人，同樣以廚藝見長，這怎麼能不引起她的好勝之心？

她這點小心思，寧有方和阮氏豈能看不出來，對視一笑。

第一百八十二章　上官燕

跑堂的動作很快，不一會兒就捧了四盤菜上來了。一邊將盤子放到桌上，一邊殷勤地笑道：「各位客官請慢用！」

頓了頓，又補充了兩句。「聽說鼎香樓也有個女的大廚，還算小有些名氣。不過，我們一品樓的上官姑娘可比她強多了。」

被人當著面這麼貶低，寧汐的脾氣再好也忍不住了。「你又沒嚐過她的手藝，你怎麼知道她不如上官姑娘？」

那跑堂的不無自豪地笑道：「不用嚐也知道。上官姑娘做菜這麼好吃，天底下哪有別的女子能比得了。鼎香樓的那位寧姑娘，不過是沾了寧大廚的光才有了點名氣。若論真本事，當然是我們一品樓的上官姑娘更好。」

寧汐聽得咬牙切齒，臉色自然好看不到哪兒去。

那跑堂的不察，兀自滔滔不絕地誇那個上官姑娘。「……最多再有一個月，我們一品樓招待女客的雅間就會佈置好，到時候，有上官姑娘掌廚，京城的貴婦小姐們，一定會爭先恐後的到我們一品樓來……」

寧有方咳嗽一聲，打斷了跑堂的自說自話。「好了，這兒不用你伺候了。」寧汐的臉已經拉得老長了，再聽下去只怕臉都要黑了。

跑堂的意猶未盡地住了嘴，總算退下去了。

寧汐忿忿地哼了一聲，拿起了筷子。「我倒要看看這個上官姑娘的手藝到底怎麼樣。」

桌子上的四道菜，分別是酥炸蹄筋、油燜筍菇、荷葉肉和一碗砂鍋老豆腐。色澤鮮潤，從賣相上來看倒是很搶眼。

寧汐先挾起一塊酥炸蹄筋放入口中，剛一入口，就忍不住「咦」了一聲。外脆裡嫩，鹹香適口，口感極佳。果然不同凡響，輕視之心頓時去了大半。

寧有方也嚐了一口，暗暗點頭。這個跑堂的雖然說得有點誇張，可這個上官姑娘的廚藝倒是不錯。

寧汐又嚐了其他的三道菜餚，越嚐越驚詫。油燜筍菇油而不膩口感脆爽，荷葉肉香氣撲鼻入口即化，砂鍋老豆腐更是出乎意料的美味可口。

總的來說，這四道菜餚的味道都算上乘，在這麼短的時間裡能做出這樣水準的菜餚來，絕對不容人小覷。看來，這個跑堂的也不全然是誇張之詞……

寧有方眸光一閃，低聲說道：「汐兒，看來，妳以後會多一個強而有力的對手了。」

同樣是妙齡少女，又同樣擅長廚藝，再加上一品樓和鼎香樓都是赫赫有名的酒樓，以後少不了會有好事的食客把她們兩個放在一起做比較了。

寧汐扯了扯唇角，眼裡掠過一絲自信。「爹，您放心，我絕不會輸給她。」雖然還未見面，還不知道對方到底叫什麼，可寧汐已經自動自發的將對方列入了對手的行列。

寧有方含笑點頭，不管日後會不會有狹路相逢的一天，有這份自信總是好事。

寧汐的心情平靜了不少，悠閒地吃了起來。心平氣和的時候，反而更能領略出這幾盤菜餚的妙處。腦子裡自動的浮現出其中用的食材、配料、調味料等等，原先的那股不快，漸漸的變成了欣賞和讚許。

這個上官姑娘，對火候、配料的把握實在是精湛，添一分減一分都失了味道。

寧有方也是真正的行家，邊吃邊讚道：「若是有機會，真該見見這個上官姑娘。」

這句話可說到寧汐的心坎裡了，眼珠轉了轉，笑嘻嘻地說道：「選期不如撞日，要見就今天見好了。」難得來一回一品樓，誰知道下次再來是哪一天？

寧汐揚聲喊了跑堂的過來，笑咪咪地問道：「上官姑娘的廚藝真是好，這幾盤菜味道都很好呢！我想見見她說幾句話，不知方不方便？」

在酒樓裡，食客要求見一見廚子是很正常的事情。對廚子來說，也是件頗有顏面的事。一般來說，做廚子的都不會拒絕。

孰料，寧汐剛一說出口，那個跑堂的便面有難色地說道：「這位姑娘，真是對不住。上官姑娘有個規矩，不見客人。」

寧汐了然地一笑。身為女子，確實要學著保護自己，和客人保持點距離是必要的。「煩請你替我說一聲，我也是女子，見面認識一下也沒什麼要緊的。」

那個跑堂的猶豫了，還想搖頭拒絕，寧有方眼明手快的塞了些碎銀子過去。那跑堂的立刻有了笑臉，點頭哈腰地說道：「我這就去廚房問一聲，看看上官姑娘願不願意。」

寧汐笑著點點頭。

過了片刻，那跑堂的匆匆地跑了回來，滿臉陪笑。「上官姑娘不肯見男客，如果這位姑娘堅持想見見她，麻煩妳到後面的廚房稍等片刻。」讓客人到廚房相見，其實是很不禮貌的行為，顯然是推託之詞了。

寧汐卻微微一笑，站了起來。「也好，麻煩你帶路。」

那跑堂的一愣，心裡暗暗琢磨起來。這個小姑娘真是怪裡怪氣的，為什麼堅持一定要見上官姑娘？

寧汐神色自若的跟著跑堂的走出了大堂。所有酒樓的廚房都是大同小異，老遠的就能聞到那股熟悉的油煙味，鍋碗瓢盆的聲響更是熟悉得不能再熟悉。

那跑堂的走到了走廊裡，便停了下來，殷勤的笑道：「有勞姑娘在這兒等上片刻，我這就去叫上官姑娘出來。」

寧汐含笑點頭。不知道這個上官姑娘到底是什麼模樣，希望見了面別失望才好。

等了一小會兒，就見一個少女款款走了出來。

她年約十五、六歲，身材高挑，長長的鵝蛋臉，眼睛大而明媚，皮膚略有些黑，卻是精神奕奕神采飛揚。顧盼流轉間，自有一股少女的嫵媚，讓人心生好感。

寧汐心裡暗讚一聲。殊不知在對方的眼中，她的秀美脫俗清新可人更是令人眼前一亮。

兩個素不相識的少女對面而立，互相打量著，各懷心思。

那個少女挑眉一笑。「這位姑娘，是妳堅持要見我嗎？」

寧汐笑著應道：「今天難得來一品樓，領教了上官姑娘的手藝，心裡實在佩服，所以冒味的想認識妳，希望妳不要見怪。」

那個少女淡淡的一笑。「我叫上官燕，這裡的主廚上官遙是我的三叔。現在我暫時在大廚房裡做事，不過，最多一個月，我就會做上大廚。」語氣裡充滿了自信。

這種自信，寧汐一點都不陌生。那是對自己廚藝極有信心的人，才會有的自信。以前都是她這麼對別人說，沒想到，今天她有幸成了聽眾。

寧汐的唇角浮起一絲笑意。「能認識上官姑娘，是我的榮幸。」

上官燕定定地看了寧汐一眼，眼裡迅速的閃過一絲精光，腦子飛速地轉了起來。會是誰這麼想認識自己？該不會是……

上官燕忽地笑了，試探著問道：「不知我該怎麼稱呼妳？」

寧汐略一猶豫，便決定據實以告。「我叫寧汐。」

上官燕一副「果然如此」的樣子，唇角浮起一絲意味深長的笑意。「原來是鼎香樓的寧姑娘，久仰久仰！」

十幾歲的纖纖少女，卻是鼎香樓裡獨當一面的大廚，在食客之間口碑極好。她剛到京城，便聽說了這個名字。怎麼也沒想到，今天竟然在這兒見到了……

果然是個聰明人，一聽名字就猜到了她的身分。

寧汐抿唇一笑。「久仰兩個字，我可愧不敢當。今天嚐過了上官姑娘的手藝，我才知道什麼叫人外有人天外有天。」和聰明人打交道，說話無須說得太直接，點到為止就好。

上官燕笑了笑，眼裡卻沒多少笑意。「寧姑娘才是大名鼎鼎如雷貫耳，希望日後有機會領教。」

寧汐閒閒地應道：「領教不敢，有機會切磋一番也是件好事。」

兩人的眼裡同時閃過一絲自信，然後禮貌的對視一笑，簡直是火花四射！

上官燕淡淡地笑道：「廚房裡還有事，我先回去了，寧姑娘請自便。」說著，便轉身離開。

寧汐定定地看著上官燕挺直的背影，心裡升起了昂揚的鬥志。有些人天生是朋友，有些人卻注定會是對手。

上官燕，希望妳不會讓我失望！

寧有方和阮氏等了半天，才見寧汐翩然回轉，唇角還掛著神秘的笑意。寧有方好奇的問道：「汐兒，妳見到上官姑娘了嗎？」

寧汐笑著點頭。「她叫上官燕，比我大了一、兩歲，長得挺標緻。」

寧有方不以為然的應了句。「再標緻，也比不上我的寶貝閨女。」

寧汐噗哧一聲笑了。「爹，這話要是讓別人聽見，我的臉可沒地方擱了。」哪有這麼誇自己閨女的？

寧有方哈哈一笑，起身結帳，出了一品樓。

走出老遠了，寧汐還是忍不住回頭看了一眼。一品樓三個金光閃閃的大字依舊熠熠發光，耀目至極。門口的客人進進出出，熱鬧非凡。不愧是京城最出名的酒樓，這份氣派真不是現在的鼎香樓比得了的。

不過，總有一天，鼎香樓會超越一品樓，成為京城最有名的酒樓。因為鼎香樓有她和寧有方！

第一百八十三章　喬遷之喜

五天之後，寧有方去交了尾款。至於一切相應手續，自有小安子跑腿忙活。阮氏每天早出晚歸，花了幾日時間將院子打掃了一遍，再等著選個黃道吉日，放串鞭炮搬進去就行了。

寧有方做事最是爽快，翻了翻日曆，很快地定了個日子。

二月二十六這一天，寧家正式地搬家了。馬車是現成的，只要把收拾好的行李全部搬到馬車上就行了。

小安子領著幾個丫鬟來幫忙，翠環就是其中一個。

翠環身為容瑾身邊的一等丫鬟，平時很少做重活粗活，只搬了個小小的包裹，擺出做事的樣子應付應付而已。

寧暉也特地告假回來了，再加上特地來幫忙的張展瑜，人手實在是綽綽有餘。

寧汐跑了兩趟，額上的汗珠亮晶晶的，胡亂地用袖子擦一擦了事。

翠環暗暗撇嘴笑了，掏出一方繡著精美圖案的絲帕，細細的擦拭根本不存在的汗珠，還有意無意的瞄了寧汐一眼，嘲笑之意顯而易見。

寧汐懶得看她一眼。想讓她生出自卑感來嗎？真是對不住了，她連半分自卑都沒有。

收拾得差不多的時候，李氏忽然來了。

寧有方夫婦不敢怠慢，忙笑著迎了上去。李氏身為容府的大少奶奶，掌管著容府裡上上下下的事務，平日裡自然很忙。這樣的小事本不應該驚動她，現在過來，也是看容瑾的面子而已。

李氏笑盈盈的寒暄了幾句，雖然不特別的熱情，倒也算得上客氣。「……若是人手不夠，我再吩咐幾個丫鬟過來幫忙。」

阮氏連連笑道：「不用不用，有翠環姑娘他們幾個幫忙，行李已經收拾得差不多了。」

李氏瞄了不太情願的翠環一眼，心裡也覺得好笑。

像容府這樣的府邸裡，一等丫鬟也只有寥寥數人，幾乎算得上半個主子了。翠環是家生子，容貌生得好，在府裡也是有頭有臉的丫鬟，平日裡何曾做過這樣的粗活？憑著小安子，絕對使喚不動她。今天過來，想必是容瑾吩咐的了。

一想到容瑾，李氏不免又看了寧汐幾眼。

寧汐還是那副樸素隨意的打扮，烏黑柔順的長髮梳成了長長的髮辮垂在胸口，俏臉微微側著，說不出的秀美動人。所謂「清水出芙蓉，天然去雕飾」，不過如此，難怪眼高於頂的容瑾對她那麼上心。

李氏暗暗嘆口氣，若不是她身分太過低微，和容瑾倒是極好的一對，可眼下卻是連做妾的資格都沒有。估計再等兩年，容瑾娶了正妻以後，少不得要將寧汐再納進府裡來……

李氏心裡不停的轉著各種念頭，面上卻是神色如常，又客套了幾句，才施施然走了。

還沒等眾人鬆口氣，容府的四小姐便大駕光臨了。

容瑤在綠竹的攙扶下，搖曳生姿的走了過來，看都沒看其他人一眼，直直的看向寧汐，不無嘲弄地笑道：「喲，總算捨得走了，我還以為妳打算在容府賴一輩子不走呢！」

寧汐面色不改，笑咪咪地應道：「要不是容少爺一再挽留，我們早就走了。四小姐只管放心，我們怎麼也不可能賴在容府一輩子，這資格可不是誰都有的，四小姐您說對不對？」

容瑤一時不察，很自然地點了點頭。過了片刻，才品味出不對勁來。不對，寧汐剛才是在暗示她會在容府裡賴一輩子不走，分明是在譏諷她會嫁不出去做老姑娘！

容瑤瞪了寧汐一眼，忿忿地說道：「妳居然敢譏諷我？」

寧汐無辜地攤攤手。「四小姐說的是哪兒的話，我剛才說的都是心裡話，哪有譏諷四小姐的意思。」

容瑤重重地哼了一聲，正待說幾句刻薄話，就見小安子陪笑著湊了過來。「四小姐，行李都收拾好了，得早點過去，不然，只怕天黑前都安頓不了。少爺兩天之後回來若是怪罪下來，奴才可就吃不了兜著走了。」

今天是春闈開考的日子，容瑾一早便去了考場，一共要連考三天才能考完。

一提容瑾，容瑤囂張的氣焰便減退了不少，斜睨了寧汐一眼，總算拂袖走人了。

小安子暗暗鬆了口氣。少爺昨天可就吩咐過了，今天他得幫著打理一切瑣事，讓寧家穩妥地搬進新居裡，要是出了什麼岔子，少爺回來他可沒好果子吃。

想及此，小安子忙笑道：「寧大廚，時候不早了，出發吧！」

寧有方笑著點頭，領著阮氏上了馬車。

一直想離開這個地方，可真到了這一刻，寧汐忽然又有了幾分不捨。目光在熟悉的院子裡一一劃過，莫名地生出了一股惆悵。

從今以後，她再也不回容府了。以後，她和容瑾也不會再有多少見面的機會了吧！他是容府尊貴的三少爺，春闈過後，還可能是意氣風發的進士。她與他之間的距離，從來都是這麼的遠。那份遙遠，就算她使盡所有的力氣，也沒辦法逾越。所以，趁著一切還來得及，就這麼拉遠距離吧！時間長了，所有的一切自然都會淡了。

「妹妹，快些上車，別發呆了。」寧暉的大嗓門在耳邊響起，打斷了她的胡思亂想。

寧汐回過神來，用力地點點頭，隨著寧暉一起上了馬車。

這一抹傷感的情緒並沒維持多久，很快就被搬家的喜悅沖淡了。

寧有德一家得了消息，一起過來幫忙。這麼多的人手，很快就把東西搬了下來。至於歸置收拾倒不著急，以後日子長著呢！

寧汐特地選了間敞亮的臥房，坐北朝南，陽光斜斜的灑進屋子裡，照出一室的明亮。一張精緻的木床，一個梳妝鏡，一個結實的衣櫃，還有小巧的桌凳擺設，分外的合意。推開窗子，外面種了幾株杏花，此時已經開了一些，正是「紅杏枝頭春意鬧」。

寧汐滿足地嘆了口氣，躺在床上，幸福得連手指頭都懶得動彈。

寧暉推門走了進來，一臉的振奮。「妹妹，太好了，這兒居然還有現成的書房。」

寧汐一骨碌從床上爬起來。「真的嗎？快點帶我去看看。」

寧暉笑嘻嘻地點頭，扯著寧汐的袖子就去了書房。說是書房，其實也就是間不大的屋子。裡面有一張書桌一把椅子，還有兩個大書櫃。書櫃裡有一些沒帶走的書，翻開一看，竟然是嶄新的，顯然是原來的主人附庸風雅買來裝飾書房的。

寧暉咧嘴一笑，滿意極了。「太好了，以後這就是我的書房了。」腦子裡已經開始在盤算著要去買些書來充實書櫃了。

寧汐調皮地眨眨眼。「這可不能歸你一個人，我也要用。」

寧暉寵溺地一笑。「好好好，算我們兩個人的。以後我用功讀書，妳多鑽研食譜，我們兩個一起在書房裡看書。」

正說得熱鬧，張展瑜笑著推門走了進來。「師傅說了，今天晚上要在這兒開伙，大夥兒好好的熱鬧熱鬧，我這就去鼎香樓拿點菜過來，你們想吃什麼？」

寧暉立刻笑道：「多拿點肉回來，我天天在學館裡吃那些清湯寡水的蔬菜，肚子裡一點油水都沒有，都快饞死了。」

寧汐打趣道：「我今晚親自下廚，做碗紅燒肉給你解饞。」

寧暉連連點頭，不自覺地舔了舔嘴唇，那副饞相，把寧汐逗得直樂。

等各式食材拿來了，寧汐和張展瑜一起進了廚房。張展瑜把生爐火之類的重活粗活都攬了過去。寧汐心裡列起了菜單，然後將部分肉類提前處理。

寧暉主動請纓過來幫忙，再加上不請自來的小安子，人手可是足夠了。

寧有方抽空過來看了一眼，見四人分工明確有條不紊很是滿意，隨口說道：「等準備得差不多了，就叫我一聲，我來掌廚。」

寧汐故作不滿地嚷道：「爹，您說這話是什麼意思？該不是嫌棄我手藝差吧！」

寧有方哈哈一笑。「好好好，今晚就讓妳掌廚，我可等著吃現成的了。」

寧汐自信滿滿地點頭。「你們都等著大飽口福吧！」

眾人都被逗樂了。寧暉故意搖頭又嘆氣。「妹妹，雖然妳廚藝真的很好，可也不該這麼驕傲吧！女孩子還是矜持謙虛一點比較好。」

寧汐眨眨眼，一本正經地說道：「我已經很謙虛了。」

眾人不給面子的哄堂大笑。

忙活了半個時辰左右，十幾道菜餚便上了桌，所有人圍攏著圓桌坐了下來，你一言我一語的分外熱鬧。寧暉出去放了串長長的鞭炮，噼哩啪啦的響了好一陣。

寧慧吃了幾口，驚嘆地讚道：「七妹，我今兒個可算是領教妳的廚藝了。」真令人難以置信，這麼一雙秀氣小巧的手，竟然能做出這麼多的美味來。

寧汐謙虛地一笑。「哪裡哪裡，廚房用得不太順手，又少了幾味調料，做的菜比平時差多了。」

寧暉失笑。「妹妹，妳這到底是在謙虛還是在自誇？」邊說邊挾起一塊肥肥的紅燒肉送入嘴裡。

寧有方笑著插嘴。「她這是在等著別人誇。」

滿桌子的人都被逗笑了。

第一百八十四章　妳怎麼來了?!

鼎香樓的廚子們聽說寧家喬遷之喜，熱情地湊了分子送了過來。孫掌櫃更是送了厚厚的一份。寧有方過意不去，特地請眾人喝了頓好酒。

搬家之後，到鼎香樓近了不少，寧有方堅決地拒絕了容府的馬車。以前離得遠，迫不得已接了這份人情，現在既然搬出來了，總不能厚著臉皮繼續用人家的馬車。

小安子無奈地笑道：「今晚少爺回來，我準要挨訓了。」

今晚？寧汐心裡一動。

是啊，容瑾已經連考了三天，到了今天就該結束了吧！聽說考生出了考場，就像生了場大病似的渾身無力，一般都要睡個幾天才能恢復，不知道容瑾會怎麼樣……

小安子有意無意地瞄了低頭不語的寧汐一眼，故意嘆道：「聽說考場裡的飯菜難吃得很，少爺對吃一向挑剔，也不知道這三天是不是一直餓著肚子。再過兩個時辰我就去考場外接少爺了，要是能帶點好吃的，少爺一定很高興……」

寧汐笑著瞪了小安子一眼。「好了好了，別拐彎抹角了，我這就去廚房做點好吃的，待會兒你走的時候帶上。」

其實，就算小安子不說，她心裡又豈能不惦記容瑾？他對吃有多挑剔，她可是一清二楚。考場的飯菜能好到哪兒去，也不知道容瑾是怎麼熬過來的呢！

小安子嘻嘻一笑，又是作揖又是拱手。「多謝寧姑娘了。」

寧汐迅速地去了廚房，先用砂鍋熬了一小鍋薺菜雞肝糯米粥。薺菜美味清火，雞肝補血營養，糯米粥養胃可口，熬得濃濃稠稠，香氣撲鼻。

尖椒五花肉油而不膩，乾筍肥腸口感醇厚，再配上兩道清爽的炒素菜。在食盒裡擺放得整整齊齊，讓人看著就有流口水的衝動。

寧汐想了想，又特地做了碟三絲春捲，免得光喝粥吃不飽。

等一切忙得妥當了，寧汐才揚聲喊了小安子進來。

小安子湊過來看一眼，立刻笑道：「寧姑娘，妳的廚藝可真是越來越好了。」不用嚐，光是那撲鼻的香氣就讓人垂涎三尺了。

寧汐小心地將蓋子蓋好，反覆叮囑。「路上小心點，別把飯菜弄灑了。」

小安子咧嘴一笑。「妳放心，我讓車伕駕車的時候穩一點，保准連湯汁都不會溢出來。」

寧汐噗哧一聲笑了。

小安子眼珠骨碌一轉，忽地壓低了聲音說道：「要不，妳和我一起去接少爺吧！少爺見妳去，一定很高興。」

寧汐一愣，下意識地搖頭拒絕。「還是算了吧！我還有好多事要做……」

她自己一定不知道語氣裡有多少遲疑。小安子何等伶俐，忙笑道：「鼎香樓這麼多廚子，少一個也不至於有太大影響，我這就和孫掌櫃說一聲。」不等寧汐拒絕，一溜煙就跑了。

寧汐的嘴張了張，想喊小安子回來，不知怎麼的，話到嘴邊又嚥了回去。

去……就去吧！

她沒法騙自己，其實這幾天，她一直都在惦記著容瑾。這種心情沒法向任何人傾訴，她只是默默的在心裡反覆的惦記著，不知道容瑾考得怎麼樣，不知道容瑾這幾天吃得睡得怎麼樣……

如果能親眼看一看，也就放心了。大不了到時候她就在馬車上等著，不讓任何人看見自己。

寧汐想通之後，拎著食盒去找小安子。

小安子正低低的和孫掌櫃說著什麼，孫掌櫃邊笑邊點頭，眼角餘光瞄到寧汐過來了，不由得咳嗽一聲笑道：「汐丫頭，妳快些隨小安子去吧！別耽擱了時辰讓容少爺等急了。」

寧汐臉頰微熱，故作鎮靜地點了點頭。「如果我爹問起來，請孫掌櫃替我說一聲，我很快就回來。」

孫掌櫃笑著點頭，目送著寧汐和小安子上了馬車，暗暗笑了。很快就回來？怎麼可能……

寬敞華麗的馬車裡，只坐著小安子和寧汐兩人。兩人本就熟悉，不一會兒就聊得熱乎起來。寧汐對科舉並不瞭解，好奇地問了幾句。

小安子難得有賣弄學識的機會，笑著說道：「會試考完之後，得等到四月初才能放榜。

考中進士的，還要殿試面聖，也就是殿試了。狀元榜眼探花，那是由聖上親自點中的，可是最風光的事情。」

寧汐聽得津津有味，腦子裡忽地閃過容瑾那張似笑非笑的俊臉。如果他能在這次會試中大放光彩……不，不是如果，是一定會。不知怎麼的，她對他有種近乎盲目的信心。

小安子顯然更是信心十足。「少爺這次一定能考中，說不定還是第一名會元。」

寧汐啞然失笑。「你倒是挺有信心的。」能考中就很好了，可第一名難度就有點大了吧！

小安子理所當然地應道：「少爺在鄉試的時候就是第一名，會試第一名有什麼難的。」頓了頓，又笑嘻嘻地說道：「當年少爺考中鄉試第一名的時候，才十三歲。我們老爺不知有多高興呢！」容家一門武將，戰功赫赫，可從沒出過會讀書的，也難怪容大將軍得意洋洋的連擺三天的流水席慶祝了。

寧汐含笑傾聽，心裡卻在暗暗唏噓。

前世的容瑾只是個病弱的美男子，世人能記住的，不過是他那張美麗的臉。可這一世的容瑾，卻是完全的兩個人了，性格脾氣都和以前的那個容瑾天差地別。

當然，這個秘密無人知曉，只有她一個人知道罷了。寧汐的心裡滑過一絲神秘的喜悅，唇角綻放出淡淡的笑意。

馬車緩緩的停了下來，終於到了考場外面。此時已有考生三三兩兩的出來了。小安子連忙下了馬車，不停的張望著。

寧汐不便露面，悄悄地掀起車簾的一角看了過去。

考生裡有二十多歲的青年男子，也有三、四十歲的成年人，甚至還有一個頭髮花白的老翁。也不想想這一把年紀了，就算考中也做不了幾年官了吧！每一個從貢院裡出來的考生，大多面色難看腳步輕浮無力。看來，考試果然非常耗費精力心血。

等了許久，又有一批考生走了出來，其中有一個身影異常熟悉。雖然遠遠的看不清臉龐，穿的衣服也和平日不同，可寧汐一眼就認了出來。

是容瑾！

他的面容有些疲倦，腳步也比平日緩慢沈重了一些，可比起身邊面無人色的考生來，卻已算是氣定神閒了。

看著看著，寧汐忽然覺得臉上熱熱的，莫名地有些緊張起來。待會兒容瑾若是看見了她，會不會很驚訝？如果他問「妳怎麼來了」，她該怎麼回答？難道說「我一直惦記你，所以特地來見見你」？想想都羞死了。

要不，就說自己來送飯菜的好了……

正胡思亂想著，容瑾已走得近了。小安子興奮地迎了上去扶著容瑾的胳膊，殷勤地問道：「少爺，您一定累了，快些上馬車休息。」

容瑾隨意地點點頭。「我自己走過去就行了，不用扶著我。」雖然累了點，不過，還沒誇張到路都走不動的地步。

小安子最清楚他的脾氣，聞言笑嘻嘻地鬆了手。「少爺，您一定餓了吧！馬車上有吃的，還有……」本想說還有寧汐，轉念一想，就把這句話嚥了回去。還是別說了，讓少爺有個驚喜不是更好？

容瑾卻沒留意小安子的狡黠笑容，緩緩地走到了馬車邊。小安子機靈地打開車門，容瑾俐落地上了馬車。

此時已是傍晚時分，馬車裡的光線有些暗淡，可容瑾還是一眼就看到了坐在角落的嬌美少女。

寧汐？她居然來了?!

容瑾難得地吃了一驚，卻什麼也沒說，目光灼灼的盯著寧汐的臉，眼眸亮了起來。

寧汐乾巴巴的笑了笑。「你一定餓了吧！我特地做了些飯菜帶過來。」說著，特地將懷裡的食盒獻寶似的拿了出來。

這一路上她一直把三層的木製食盒緊緊的抱在懷裡，胳膊和腿都有些痠了。

容瑾卻還是沒說話，只一個勁兒地看她。

寧汐被看得渾身不自在，忙藉著打開食盒掩飾心裡的侷促慌亂。「我不知道你想吃什麼，隨意的做了一些，你先將就著吃一點填填肚子。若是不合口味，等回了容府讓薛大廚做些你愛吃的。」

老天，她都不知道自己在說些什麼，也不是第一次見他了，可這份前所未有的心慌意亂是怎麼回事？

容瑾深幽的眼眸裡迅速的閃過一絲亮光，唇角微微勾起。「只要是妳做的，一定很合我的口味。」

妳親手做的菜餚，我怎麼可能不喜歡？

寧汐只覺得渾身的血液都往臉上湧，不用想也知道，自己現在的臉一定很紅。好在天色暗了，馬車裡的光線更是昏暗，容瑾肯定不會留意……一定不會！

容瑾輕笑一聲，慢條斯理地說道：「筷子呢？沒筷子，我怎麼吃？」

寧汐定定神，從食盒裡拿了筷子出來，遞到容瑾的手邊。容瑾接過筷子的時候，手指有意無意的碰觸到了寧汐的手指。

寧汐的心裡一顫，迅速地將手縮了回來。

第一百八十五章　投懷送抱

小安子的聲音適時地響了起來。「少爺，車伕說不太熟悉回去的路，奴才坐在外面給他指路，就不進去伺候您吃飯了。」

容瑾嗯了一聲，眼裡掠過一絲笑意，心裡暗暗決定，回去之後就將小安子的月錢翻倍。

寧汐明明手足無措，可偏要做出若無其事的樣子來，笑著說道：「容少爺，再不吃菜可就都涼了。」

容瑾不忍見她這般慌亂，笑著點點頭，低頭吃了起來，並未再抬頭看她。

果然，過了一會兒，寧汐已經平靜了不少，清脆的聲音在車廂裡響起。「這個薺菜雞肝糯米粥營養又補血，你多吃些。」容瑾不愛吃甜食，她才特地熬了這道鹹香的粥。

容瑾笑著應了一聲，心情別提多好了，三天的勞累忽然一掃而空。那軟軟糯糯的粥鮮香適口，入口即化，再配著幾樣小菜，更是滋味十足。

容瑾只覺得此生從未吃過這樣的美味，來了個風捲殘雲，竟是將粥一掃而空，菜餚也吃了十之七、八。

寧汐見他一直沒吃春捲，便拿筷挾起一根送了過去。「這三絲春捲也是我特意做的，味道很好，你嚐嚐看。」

容瑾卻不伸筷子接，反而湊過去張口咬住了，然後緩緩地吃了起來。眼角餘光瞄到寧汐羞紅的俏臉，心裡美滋滋的。

整條路上都擠滿了來接考生的人，馬車只能龜速的向前行駛。小安子笑嘻嘻的坐在車伕身邊，心裡卻在暗暗琢磨著車廂裡的動靜。奇怪，怎麼連說話聲都沒了？少爺也真是的，這麼好的機會不把握多可惜啊！

殊不知，此時無聲勝有聲，這樣的安靜，比起千言萬語更令人心醉。

寧汐笑著打破車裡的安靜。「瞧你這副饞嘴的樣子，該不是三天沒吃東西了吧？」

容瑾居然把所有的飯菜一掃而空，這可是前所未有的事情。往日裡，就算菜餚味道再好，容瑾也最多吃幾筷子罷了。

容瑾用乾淨的帕子擦了嘴和手，邊抱怨道：「真被妳說中了，我確實沒怎麼吃。裡面的飯菜難吃得要命，我實在吃不下去。這三天，我一共喝了兩碗白粥，吃了一個饅頭。對了，還有一盤鹹菜。」

寧汐哭笑不得地白了他一眼。「你這人也真是太挑剔了。人家都能吃，你怎麼就不吃？這三天就吃了這麼一點，你居然還沒在考場上暈過去，真算難得了。」

容瑾忽地笑了，定定地看著寧汐，緩緩地說道：「若是知道妳會在考場外等我，給我送吃的來，我連那白粥饅頭都懶得吃。」

寧汐又開始覺得臉上熱了，顧左右而言他的扯開話題。「對了，你怎麼穿得和平時不一樣？」

容瑾對衣食住行都很講究，吃就不用細說了，穿著也特別的計較，都是上好的絲綢製成的衣服，幾乎從不穿絳色以外的顏色。說真的，寧汐還從未見過他穿別的顏色。可今天，容瑾穿的卻是再普通不過的儒生服，顏色素淨淡雅，款式壓根兒沒什麼特別之處。

容瑾斜斜地倚著，懶懶地說道：「為了避免考生舞弊或是和考官串通，考生進考場的時候，都得穿統一的衣服。」不然，他才懶得穿這種又俗又拙的衣服。

寧汐總算正眼看了過來，笑盈盈的打量兩眼，由衷地讚道：「其實，你穿這個也很好看。」雖然衣服很普通，可穿在容瑾的身上，硬是多了幾分飄逸。

容瑾挑了挑眉笑了。「那是因為我人長得帥氣好看，跟衣服沒多少關係。」

寧汐噗哧一聲笑了，伸出纖細的手指刮了刮臉。「沒羞沒臊！」沒見過這麼恬不知恥誇自己的。果然是自信心多到滿出來的那種人，根本不需要別人誇。

容瑾也不生氣，慢悠悠地笑道：「我說的都是事實，當然沒什麼可害臊的。」說笑幾句之後，馬車裡的氣氛果然輕鬆了許多。

寧汐總算不那麼侷促緊張了，笑著問道：「你考得怎麼樣？」

容瑾想了想，很保守的回答：「考中肯定沒問題，至於名次怎麼樣，就得看改卷的考官是什麼性格了。」

寧汐的好奇心被勾了起來。「你說這話是什麼意思？」

容瑾笑了笑，簡單地解釋道：「考卷上的題目都很空泛，考生自由發揮的餘地很大，不過，還是有很多脈絡可循。但是我比較愛走偏鋒，答題的方式和別人不太一樣。」

大部分考生都會選擇中規中矩的答題，就算不拿高分，也不會被扣掉太多分數。這就是所謂的不求有功但求無過。容瑾卻恣意灑脫得多，答題並不拘泥。如果遇到性格方正的考官，只怕不會給他高分。要是遇到愛才惜才的，他就占了很大的優勢了。

寧汐領會了容瑾的意思，忍不住笑著調侃道：「如果遇到古板守舊的改卷考官，你可就要吃苦頭了。」

容瑾滿不在乎地應道：「考不中也無所謂，我才十六歲，以後再考就是了。」事實上，有資格參加會試的學子，大多二十多歲，像他這麼年輕的幾乎沒有。

十六歲……寧汐心裡默唸著這個數字，心裡忽然浮起一絲煩躁。

官宦之家的子孫，十四、五歲訂親娶妻的比比皆是，十六歲已經不算小了。別的貴族公子哥兒在這個年齡，有一、兩個通房丫鬟也是很常見的事情，容瑾遲早也會這樣吧！

或許，她很快就能聽到他訂親的消息了。愛慕他的貴族少女一個又一個，只要他願意，不管娶誰都是不費吹灰之力吧！

說得好好的，怎麼忽然繃著臉不吱聲了？

容瑾瞄了寧汐一眼，暗暗思忖著寧汐此刻的心思，馬車裡又安靜了下來，只是這份安靜和剛才又不同，有些悶悶的，讓人透不過氣來。

寧汐深呼吸口氣，擠出一絲笑容。「天已經快黑了，我也該回鼎香樓了。」

容瑾雙眸微瞇。「妳不打算和我一起回容府嗎？」容府肯定早已備下了接風宴，等著他回去。

一起回容府？開什麼玩笑！寧汐的頭搖得像博浪鼓似的。「不用不用，我已經出來很久了。再不回去，我爹一定很擔心的。」

容瑾眼底的笑意褪了幾分，淡淡地問道：「寧汐，妳到底在怕什麼？」

她只小小的向他邁出了一步，還沒等他細細品味這份甜蜜和幸福，就迅雷不及掩耳地縮了回去，之前曖昧的情愫似乎只是他的幻想。

「我真的要回去了。」寧汐固執起來，卻是幾匹馬也拉不動，異常的堅持。

容瑾的好心情頓時一掃而空，俊臉沈了下來，一股無名怒火在心頭湧動。她就這麼迫不及待的想離開他嗎？

正巧小安子撩起了前面的車簾，探頭問道：「少爺，下面去哪兒？」

容瑾哼了一聲，冷冷地應道：「先送寧汐回鼎香樓。」

小安子一愣，反射性地問道：「這麼晚了，還去鼎香樓幹麼？要不，還是一起回容府吧！大少奶奶一定命人準備好接風宴了，寧姑娘一起去湊湊熱鬧多好。」

容瑾不快地瞪了過去。「哪來這麼多的廢話，叫你送就送！」

小安子無辜地做了出氣筒，心裡暗嘆倒楣，連連張口應了，低聲吩咐車伕先去鼎香樓。

寧汐垂著頭擺弄著自己的手指，堅決不肯抬頭看容瑾一眼。

剛才還好好的，在外面都能聽到裡面的說笑聲，怎麼一眨眼的工夫，兩人又鬧僵了？

容瑾也憋足了一口氣，不肯先張口說話，就這麼一直僵持了一盞茶左右的時間，馬車裡的空氣凝滯得讓人透不過氣來。

馬車忽然顛簸了一下。

寧汐一個不提防，身子晃了幾下，驚叫了一聲。容瑾不假思索地湊了過去，扶住寧汐的胳膊，急急地問道：「妳怎麼樣？」

寧汐卻被他的靠近又嚇了一跳，反射性地抬起頭來。「我沒事，你放開我。」

兩人靠得也太近了，這個姿勢，更是曖昧得不得了。他牢牢的抓著她的胳膊，倒像是把她半摟在懷裡似的，她甚至能感覺到他的呼吸和體溫，她的一顆心不受控制的亂跳起來。

剛才一時情急，容瑾根本沒留意到自己的舉動已經逾越了。現在被寧汐一提醒，他才回過神來。感受著手下軟綿綿的觸感，心裡不由得一蕩，哪裡還捨得鬆手。

寧汐的俏臉脹得通紅，掙扎著要躲開。

卻不料馬車又顛簸了一下，她本就重心不穩，再被這麼一晃，竟是控制不住地向容瑾的方向倒了過去，不偏不倚地倒在了容瑾的懷裡。

容瑾也沒料到會有這樣的好事，順勢攬住寧汐嬌軟的身子，低低地笑道：「別怕，有我在。」她的身子軟軟的香香的，抱在懷裡異常的契合，鼻息間嗅到的幽幽少女體香，更令人心醉不已。

佳人在抱的感覺，比想像中的更美好啊！容瑾心蕩神馳，一時不能自已，低頭在她的髮絲上印下輕輕的一吻。

第一百八十六章　大膽勸說

「你、你別過來！」寧汐又急又羞又惱，猛地推開容瑾，整個人往後躲。

容瑾得了便宜還賣乖，聳聳肩說道：「我可不是成心輕薄妳。剛才馬車顛簸，妳又往我這邊倒過來，我不摟住妳妳就會摔倒，所以我只好……」

「閉嘴！」寧汐憤憤地喊了聲。

千萬別惹惱羞成怒的少女，這句話是誰說過來著？容瑾難得的識趣一回，摸摸鼻子住了嘴。

寧汐滿心紛亂，將頭別了過去，不肯看容瑾一眼，可剛才親暱擁抱的一幕卻在腦中不斷的閃現。她的耳際都火辣辣的，臉頰熱得似乎要燒起來了。

這個可惡的容瑾！一點都不君子！下次再也不理他了！寧汐咬牙切齒地想著，心裡暗暗期盼著鼎香樓快點到。

可馬車卻一直不緊不慢的往前行駛，照著這個速度，只怕天黑了也到不了鼎香樓。

寧汐撩起車簾，朝小安子喊了聲。「都快天黑了，讓馬車快點好不好？」

小安子滿口應了。「好好好，這就快點。」速度總算快了那麼一點點。

然後，寧汐垂著頭，盯著桌腳看個不停，專注的樣子讓人簡直以為那條桌腳上開了花似的。容瑾忍住笑，靜靜的看著寧汐，眼裡掠過一絲溫柔。

不知過了多久，馬車總算停了。寧汐迅速地鬆了口氣，匆匆地說了句「我回去做事了」，就下了馬車，不等容瑾有什麼反應，一路小跑著從後門溜進了廚房。

容瑾看著寧汐略有些狼狽的身影，唇角漾起了一抹笑意。其實，她對他也是有些好感的吧！只不過，此刻的她不肯承認這一點罷了……

小安子這才笑嘻嘻地上了馬車，曖昧地笑道：「少爺，寧姑娘送的飯菜味道怎麼樣？」

容瑾心情頗好，被打趣了也沒瞪人，還破天荒地笑著讚道：「好極了。」不知道到底是在誇什麼好極了。

小安子見容瑾心情不錯，大著膽子說道：「少爺，請恕奴才多嘴。如果您真的喜歡寧姑娘，可得趁早說清楚，人家到底是姑娘家，臉皮薄也是難免的。」

容瑾慢悠悠地挑眉。「哦？依你看，我該怎麼說清楚？」一雙狹長的鳳眸似笑非笑，一時也看不出情緒如何。

小安子一臉陪笑。「少爺自然心裡有數，哪裡用得著奴才在這兒多嘴。」心裡迅速的掂量起來，到底說還是不說……

容瑾瞄了小安子一眼。「好了，在我面前別支支吾吾的，想到什麼就說什麼。」頓了頓，又補充了一句。「不管你說什麼，我都不怪罪你。」

小安子等的就是這一句，連連笑道：「那奴才就斗膽一回了。少爺，寧汐姑娘雖然身分低微了些，可確實是個好女孩。長得漂亮，性子溫柔，又聰慧過人。少爺若是對她有意，也該許諾個名分。不然，背地裡嚼舌根的人可不少……」

容瑾眉頭微皺，聲音冷了下來。「還有人在背地裡胡言亂語嗎？」之前容府裡的流言蜚語很多，被他逮著幾個整治了一番，已經平息了才對吧！

小安子天天對著容瑾這張臉，對他的脾氣再熟悉不過，看他的眼裡滿是寒意，立刻後悔起自己的多嘴了。說什麼不好，怎麼偏偏扯到這個了？可說出去的話潑出去的水，想收回也來不及了。

小安子硬著頭皮陪笑。「這個奴才也不太清楚，就是隨口這麼一說，少爺您千萬別往心裡去。我的意思是，如果您喜歡寧姑娘，不妨過兩年納寧姑娘入府……」

容瑾眼眸微微瞇起，淡淡的問道：「什麼叫過兩年納她入府，說得清楚些。」該不是他想的那個意思吧！

小安子一愣，顯然誤會了容瑾的意思，咬咬牙勸道：「少爺，寧汐姑娘是個好女孩，您可千萬別……別……」

「別什麼？」容瑾的耐性已經快用盡了，眼眸裡滿是警告。「有話快說，再吞吞吐吐的，我立刻踹你下車。」

「別始亂終棄！」小安子一急之下，盤亙在心底的話脫口而出。

容瑾的臉立刻黑了。始亂終棄？這是什麼狗屁形容詞！他什麼樣的行為讓小安子產生這樣的誤解了？

小安子被容瑾瞪得雙腿發軟，困難地嚥了口口水，小聲的告饒。「少爺，你剛才答應奴才的，不管說什麼都不怪罪。」

容瑾哼了一聲，冷冷地說道：「放心，我說話算話。」心裡卻是越想越惱火。前世加這輩子活了這麼多年了，這還是第一次有人用這樣的形容詞來形容他。真是太可氣了……等等，小安子為什麼會有這樣的想法？難道，寧汐也是這麼想的？再聯想到剛才寧汐異常的情緒變化，似乎他和寧汐之間一直有什麼誤會……

容瑾眸光一閃，沈聲問道：「小安子，這些話是誰對你說的？是不是寧汐在你面前說過什麼？」

小安子小心翼翼地答道：「這倒沒有，寧汐姑娘什麼都沒說過。奴才就是覺得，寧汐姑娘似乎有很多顧慮。」所以她才會對少爺忽冷忽熱的吧！

歸根到底，還是因為少爺太優秀出色了，讓人家姑娘一點安全感都沒有。再說了，少爺連句承諾都沒給過，寧汐心裡忐忑不安也是正常的。

容瑾沈默了，良久都沒有說話。

小安子不敢再多嘴，老老實實的坐在角落，不停地揣測著容瑾的心思。

不知過了多久，容瑾才緩緩地張口。「小安子，你剛才建議我過兩年納寧汐入府是什麼意思？」

小安子答得異常順溜。「就是字面上的意思唄！少爺您今年已經十六歲了，再不訂親可就遲了。我前些日子還聽說大少奶奶請人張羅著給你說親，等少奶奶進門了，再過個一、兩年，再接寧汐姑娘進府也不算遲嘛！」

容瑾狠狠地瞪了過來。

小安子不知道自己哪兒說錯了，撓撓頭，索性大著膽子將心裡的話都說了出來。「少爺，寧汐姑娘雖然出身低微，可也是個清清白白的大姑娘。你既然喜歡她，就該給人家一個名分，不然總這麼牽扯不清，人家姑娘的閨譽可就全沒了，以後想找個好人家也不容易了……」說到最後，已經快聽不見了。

容瑾哼了一聲。「有我在，她還用得著找什麼好人家。」這句話聽著可真是刺耳得很。

小安子陪笑。「是是是，少爺心裡自然有打算。」

容瑾瞄了小安子一眼，忽地冒出了一句。「我不打算納寧汐為妾。」

小安子臉色一變，看向容瑾的目光很微妙，隱隱的流露出了一絲不贊同。說來說去，原來少爺還是沒打算給寧汐一個名分嘛！

容瑾扯了扯唇角，沒打算解釋，閉上雙眼休息了。

此時的寧汐，卻在廚房裡忙著做事。說來也巧，剛一回廚房，孫掌櫃就派人過來吩咐，說是有一桌客人點名要她做菜。

不管有多少紛亂的心思，只要站到了鍋灶前，就要集中所有的注意力，這樣才能做出最好的菜餚。

這句話是寧有方教過的，也是寧汐奉行的原則。可今天晚上，她卻怎麼也沒辦法集中注意力，眼前不停地晃過馬車上親暱相擁的一幕，臉頰又熱又燙，在這樣的情況下，做菜難免有失水準。

一盤炒菜出鍋了，寧汐難得的動筷子嚐了一口，然後眉頭皺了起來。眼看著趙芸走過來端菜，寧汐連忙阻止。「趙姊，這盤菜別端，我重炒一份。」

趙芸微微一愣，反射性的問道：「怎麼了？」

寧汐難得的有些尷尬，咳嗽一聲說道：「火候有些過了，還是別上桌了。」客人慕名而來，這樣的菜餚端上去，豈不是砸了自己的招牌？

接下來可不能再閃神了，專心做菜。

寧汐打起精神，又重炒了一份。這次總算好多了，寧汐嚐了一口，朝趙芸點了點頭，趙芸這才忙著把菜餚端走了。

等主食都忙完了，寧汐才算鬆了口氣，懶懶的坐在凳子上，思緒又飄遠了。

今天真是鬼迷心竅了，居然真的和小安子一起去接容瑾。她一直想搬出容府，一半是因為不想和容瑤碰面，另一半卻是想避開容瑾。可現在倒好，搬是搬出來了，可她和容瑾之間的距離非但沒拉遠，反而更牽扯不清了……

想到那個出乎意料的擁抱，寧汐也不知道心裡是個什麼滋味。甜甜的酸酸的澀澀的，各種情緒交雜在一起，複雜得難以名狀。

對男女之間的情愛，她並不陌生。前世，她和邵晏一見鍾情，之後幾年情意綿綿。她曾飽嘗過其中的酸甜苦辣，重生的那一刻開始，她就暗暗發誓今生再也不要陷入這樣的情愛之中。她只想安安靜靜的過平淡的生活，守護著家人平平安安地活下去。

可容瑾的出現，卻是意外中的意外。

她中意的男子，應該是斯文有禮溫柔體貼的。而容瑾，又驕傲又難纏，口舌毒辣犀利，性子又彆扭，根本不是她喜歡的那個類型。

可為什麼她竟然越來越覺得這個驕傲少年其實有一點點可愛？甚至連他斜睨的眼神都變得越來越順眼了？

寧汐懊惱地呻吟一聲，嘆息聲久久揮之不去。

第一百八十七章　會錯意

以後到底該怎麼辦？

離容瑾遠遠的，再也不要有任何牽扯——這顯然只是她一廂情願的想法。照現在這個架勢，容瑾根本不可能「配合」她。再者，她也遠遠沒有自己想像中的立場堅定……

可如果再這麼曖昧不清的繼續下去，以後她該怎麼辦？

心一旦淪陷，等待她的命運又會是什麼？容瑾不可能娶她為妻，她又不願做妾和別的女人分享丈夫。想來想去，這簡直像個死結。怎麼都解不開啊！

寧汐心裡一團亂麻，怔怔地看著門口，可眼神一點焦距都沒有。

寧有方走進來的時候，看到的就是寧汐可憐兮兮的坐著發呆的樣子，啞然失笑地走上前來。「汐兒，妳這是怎麼了？」

寧汐漸漸回過神來，軟軟的喚了聲。「爹。」聲音裡充滿了無法言語的苦惱和惆悵。

寧有方蹲下身子，柔聲問道：「怎麼了？出去的時候不還是好好的嗎？是不是和容少爺吵架了？」

之前，寧汐興致勃勃的做了飯菜，又隨著小安子一起出去，隔了這麼久才回來，不用問也知道她下午做了什麼。寧有方的想法很簡單，只要女兒高興，做什麼他都不會反對。可她現在這副要死不活的樣子又是怎麼回事？

寧汐張了張嘴，只覺得難以啟齒。

難道要告訴寧有方「沒什麼就是容瑾抱了我一下」？要是真的說出來，恐怕寧有方的反應只有一個，就是立刻拿著刀去容府找容瑾，讓他給個交代！

一想到那樣的畫面，寧汐頭皮都發麻了，話到嘴邊又改了口。「容少爺說我做的菜餚不好，挑了好多毛病。」

原來是這個！寧有方鬆了口氣，笑著安撫道：「容少爺對吃的挑剔也不是一天、兩天的，別說妳了，我都不知被嫌棄過多少次。這也沒什麼，別放在心上。忙了半天，快些去吃飯，別餓著了。」

寧汐打起精神笑著點了點頭。

眾廚子圍著坐在一起吃飯，自然是熱鬧得不得了。寧汐做了大廚之後，和張展瑜一起坐到了大廚們那一桌。因為年齡相差較大，和其他的大廚也說不了幾句話，反而和張展瑜越發的親近起來。

寧汐心不在焉地撥弄著碗裡的米粒，壓根兒沒吃幾口。張展瑜早留意到她的異樣了，特地挾了個肥肥的雞腿過來放進她的碗裡。「汐妹子，妳今晚怎麼一直沒吃東西？快把這個雞腿吃了。」

這樣的好意讓人無法拒絕，寧汐笑了笑，埋頭吃了起來。

趁著大廚們大聲說笑喝酒的空檔，張展瑜壓低了聲音問道：「妳下午去哪兒了？一直沒見到妳。」

寧汐動作頓了頓，含糊地應道：「出去有點事。」卻不肯明說到底是什麼事。

張展瑜的眼裡閃過一絲失落，卻沒追問，又頻頻挾了些好菜放到寧汐的碗裡。

這樣的舉動實在平常不過，可落在別的大廚眼底，卻立刻多了些別的意味。周大廚瞄了張展瑜一眼，忽地笑道：「展瑜，你今年也不小了吧！」

張展瑜笑道：「過了年正好二十了。」

周大廚眨眨眼，打趣道：「都二十了，也該成家了吧！別人在你這個年齡，都是幾個孩子的爹了。」

一提成親，張展瑜立刻不自在了，下意識地看了寧汐一眼。「我、我不急，過兩年再說。」

朱二喝得醉醺醺的，嘿嘿一笑。「還等過兩年做什麼，喜歡什麼樣的姑娘說一聲，讓大夥兒幫著張羅張羅。保准你今年就做新郎官。」

眾廚子都善意地哄笑起來。

雖然沒什麼惡意，可張展瑜還是被笑得脹紅了臉。「不用了，我暫時沒成親的打算。」

不知哪個廚子冒了一句。「乾脆親上加親，徒弟變女婿也是美事一樁。」

寧有方眸光一閃，笑罵道：「這麼多好吃的還堵不住你的嘴，別胡扯了。」那個廚子訕訕地笑了笑，也覺得自己失言了，忙住了嘴。

說者無心，聽者有意，深埋在心底的心事就這麼被輕飄飄的說了出來，張展瑜第一個反應卻不是竊喜，而是緊張的看了寧汐一眼，唯恐寧汐露出一絲不快。

寧汐一直沈浸在自己的思緒裡，壓根兒沒留意周圍的人在說什麼。見張展瑜侷促不安的看過來，還以為他在擔心自己沒吃飽，安撫地笑了笑。

張展瑜心裡一跳，臉上火辣辣的，心裡卻湧起滿滿的甜意。

眾廚子吃完之後，各自收拾一番回去休息，剩下的自有打雜的人過來收拾。別的廚子都走了，寧有方卻總是要多留會兒，等著所有一切收拾妥當了才會離開。

張展瑜也常留下來幫忙收拾，今天晚上更捨不得走了，一直跟在寧汐的身邊。寧汐走到哪兒，他便跟到哪兒。

寧汐笑著調侃道：「張大哥，你一直跟著我做什麼？我又不是小孩子了，不用大人照顧了。」

張展瑜被逗樂了，故意搖頭嘆息。「這年頭想做好人都沒人領情了，還被人家嫌棄，真是沒法活了。」

寧汐噗哧一聲笑了起來。從不說笑的人忽然開玩笑，這效果可真是非同一般啊！

寧有方眼角餘光瞄了談笑風生的兩人一眼，眼裡閃過一絲笑意。

等一切收拾妥當回家的路上，已經是夜深人靜了。半輪明月掛在空中，灑下一片銀白，空氣中飄浮著不知名的花香，讓人精神一振。

勞累了一天，走路自然快不到哪兒去。父女兩人就這麼慢悠悠的往前走，東扯西扯，倒也別有一番樂趣。

寧有方有意無意地把話題扯到了張展瑜的身上。「……說起來，展瑜確實也不小了，也該考慮終身大事了。」

寧汐漫不經心地嗯了一聲。

寧有方又繼續說道：「展瑜年齡大了一點，不過，性子倒是很沈穩，又知根知底的，要是妳覺得他不錯，我就找個時間跟他聊聊……」

寧汐先是點頭，旋即訝然地瞪大了眼。「聊什麼？」該不是她想的那樣子吧！

寧有方失笑，索性將話說得直白點。「汐兒，妳也是個姑娘家了，以後總得嫁人。與其等以後再找，還不如早些定下親事。展瑜是我徒弟，也是妳的師兄，你們兩個認識也夠久了，一直相處得不錯。展瑜是什麼樣的人，妳也很清楚……」

寧汐頭腦裡一片混亂。「爹，您別再說了，您的意思我都明白了。」原來是要把她和張展瑜拉攏成一對啊！這個話題轉得未免也太快了。

寧有方一臉期待地問道：「那妳覺得怎麼樣？」

寧汐嘆道：「這也太突然了，我從沒想過這件事。」這種感覺怪怪的，倒也不是很反感，可也說不上很情願。

從理智上來說，張展瑜是個不錯的選擇。如果以後嫁給他，兩人可以一起做大廚，夫唱婦隨。而且，張展瑜父母雙亡，估計以後也不會回洛陽了。若是兩人成了親，張展瑜可以住到寧家去，她也能一直留在爹娘的身邊。

可從情感上來說，她對張展瑜更多的是兄妹之情。那樣溫和又安心的感情，和男女之間的愛情是不一樣的。至少，和容瑾給她的感覺完全不同……

怎麼又想到容瑾了？寧汐暗暗嘆口氣，逼著自己轉移注意力，看向寧有方。「爹，這事以後再說吧，我現在還沒這份心思。」

寧有方顯然有些失望，提醒道：「汐兒，展瑜是個不錯的男孩子，過了這村可就沒這個店了。」張展瑜年齡也不小了，要是哪一天被別的姑娘相中了怎麼辦？當日可差一點就成寧汐的姊夫了。

寧汐笑了笑。「男女之間的事情，是要看緣分的。是我的跑不了，不是我的，強求不來。」如果張展瑜真對她有心，自然會等她，或者竭力爭取。

寧有方想了想，也笑了。「說得也是，我家閨女還愁找不到婆家嗎？誰娶到是誰的福氣。」

寧汐被逗得格格直笑，滿腹的心事倒是散了不少。

船到橋頭自然直，水到渠成的時候，姻緣自然就來了，現在想得再多也沒用。容瑾也好，張展瑜也罷，都暫且拋到一邊，還是專心點做她的大廚好了。

寧汐想得很豁達開朗，可事實卻不如人意，沒等過幾天消停日子，容瑾又開始天天來鼎香樓了。

正所謂拿人家的手短，吃人家的嘴軟。之前收了容瑾兩本食譜，還親口答應過要把食譜上的菜餚都做給人家嚐嚐，現在是怎麼也不好拒絕了。

寧汐只好每天中午做幾道拿手菜給容瑾吃，不過卻打定主意，無論如何也不到前樓的雅間去見容瑾了。

奇怪的是，容瑾似乎也轉了性子，每天只悠閒的來鼎香樓雅間坐著，吃過飯菜也就走了，並沒「騷擾」寧汐。

寧汐反而有些不習慣了，卻也不好去問容瑾。等見了小安子來端菜，寧汐半開玩笑地問道：「容少爺最近很閒嗎？怎麼天天都來鼎香樓吃午飯？」

小安子的神情有點奇怪，含糊地應道：「少爺確實不忙。」

奇怪，他眼底的那抹同情是怎麼回事？

寧汐瞄了小安子一眼，心裡暗暗奇怪起來。

這幾天每次見小安子，他都是這副欲言又止滿眼同情的樣子，難道發生了什麼她不知道的事情嗎？

第一百八十八章　他要訂親了？

寧汐心念電轉，笑著試探道：「是不是出了什麼事情？」

小安子撓撓頭，終於決定將知道的事情說出來。「寧姑娘，妳還不知道吧，大少爺大少奶奶最近正張羅著要給少爺說親呢！」

寧汐的笑容一僵。雖然早有心理準備，可乍然聽到這樣的消息，心卻狠狠地顫了一下，忽然覺得氣短胸悶，難受極了。半晌，才乾巴巴地應道：「這是好事，替我恭喜容少爺。」

小安子眼裡的同情之意更明顯了，安慰道：「這是大少爺和大少奶奶的意思，少爺自己根本不上心。早上出來的時候，少爺還對大少奶奶說別操這個心了，他暫時還不想成親。」

想不想成親又有什麼區別？他身為容府三少爺，終身大事不可能由著自己的性子來。寧汐擠出一絲笑容，故作若無其事地笑道：「好了，你別和我閒扯了，快些把菜端走吧！不然可就涼了。」

小安子點點頭，臨走之前，忍不住又說了句。「寧姑娘，妳放寬心，少爺不是沒擔當的人，對妳一定會有個交代的。」怎麼也不忍心告訴寧汐那天說起這個「負責任」的話題時容瑾的反應。

寧汐笑了笑，眼裡卻沒多少笑意。「說得好好的，怎麼扯到我身上來了。我和容少爺之間清清白白的，沒什麼需要『交代』的。」那個夜晚唐突的輕吻，還有那個無意中的擁抱，都忘了吧……

她的竭力撇清，在小安子眼裡卻變成了黯然神傷故作堅強，心裡更多了層憐惜同情。等回了雅間裡，小安子先將菜餚放到了桌子上，然後有意無意地看了容瑾一眼。

容瑾怡然自得的吃著美味佳餚，還頗有閒情逸致的小酌了幾杯。以小安子伺候多年的經驗來看，容瑾此刻的心情很是不錯。

小安子在心裡暗自嘀咕起來，少爺的心思真是越來越難捉摸了。若說他不在乎寧汐，根本是不可能的。只要不是瞎子，都能看出他對寧汐的在意。可若說他在乎，此刻的反應又是怎麼回事？

小安子咳嗽一聲，試探著問道：「少爺，大少奶奶提的幾位小姐，您到底中意哪一個？是不是張大人家的大小姐？」張敏兒容貌嬌豔家世一流，一直愛慕少爺，就是性子刁蠻了一點，也勉強有資格做容府的三少奶奶了。

容瑾斜睨了小安子一眼，似笑非笑地說道：「小安子，你近來倒是越發關心我這個主子了。」擺明是嫌小安子多嘴。

小安子厚著臉皮只當沒聽出來，連連陪笑。「少爺這說的是哪兒的話，奴才伺候您這麼多年了，不關心您關心誰。」

容瑾扯了扯唇角，淡淡地說道：「我可無福消受張大小姐那樣的刁蠻脾氣。」

也就是說，少爺不會娶張敏兒了！小安子精神一振，大著膽子繼續試探。「王府的二小姐也是個美人兒，少爺和王少爺的關係又這麼好，將來做了姻親也是件好事。」王嬌嬌也是容瑾的忠實愛慕者之一，相貌性情都算上乘。

容瑾丟了個白眼過來，不客氣地說道：「我的知交好友多得是，難道我要把他們的姊妹一個個都娶過來嗎？」

小安子早習慣了容瑾的說話方式，也不覺得尷尬，轉著眼珠繼續猜道：「少爺既不喜歡張小姐又不喜歡王小姐，那中意的一定是楚小姐了吧！」

楚雲柔同樣出身貴族世家，容貌出挑，才學過人。最重要的是，她還是楚大學士的侄女。容瑾尊敬的人不多，這位楚大學士卻正好是其中一個。要是能娶這位氣質優雅的才女過門，倒也是樁美事。

容瑾終於聽得不耐煩了，瞄了小安子一眼。「你繞了半天彎子，到底想說什麼？」

對著那雙滿是不耐的眸子，小安子哪裡還敢再說什麼，乾乾地笑了一聲便老實的退到了一邊，心裡暗暗嘆道——寧姑娘，我人小力微，實在幫不到妳了。

容瑾吃得差不多了，用乾淨的絲帕擦了擦嘴和手，隨口吩咐道：「小安子，你去廚房問一聲，要是寧汐現在有空，讓她過來，我有話和她說。」

小安子應了一聲，匆匆地跑到了廚房。不出所料，剛一問出口，寧汐便不假思索地拒絕了。「我這兒正忙呢！對不住了。有什麼話，以後再說吧！」哼，她才不會再單獨見他。他一邊說著親事，一邊還妄想著繼續招惹她，作他的春秋大夢去吧！

小安子一臉「我懂妳」的表情，點點頭便回去覆命。

容瑾有些不快，臉色沈了沈，眉頭皺了起來。「你沒告訴她，我有話要對她說嗎？」

小安子委屈地應道：「奴才說了，可寧姑娘說她很忙，實在沒時間出來。還說有什麼話，等以後再說……」

容瑾輕哼了一聲，抬腳出了雅間下了樓，毫不遲疑地向廚房那邊走過去，顯然是打算直接去廚房找寧汐。還沒等走到側門口，就聽身後響起了熟悉的聲音——

「容瑾兄，你果然在這裡。」

容瑾扭頭一看，卻原來是王鴻運和葉書懷他們幾個，只得停住了腳步，和他們寒暄起來。沒等說上兩句，就被他們幾個拖走了，自然也沒機會去找寧汐了。

日子長得很，也不急在這一時，以後總有機會和她好好「溝通」的，大不了明天再過來找她。容瑾心裡暗暗盤算著，倒也不著急了。

沒承想，接下來一連幾天都有事，容瑾根本沒時間去鼎香樓，更料不到小安子已經悄悄洩了密，寧汐正滿心煩悶呢！

從表面看來，寧汐和平常差不多，該做什麼就做什麼，一樣事都沒落下。可熟悉她脾氣的人，都能看出她的不對勁來。

趙芸和她朝夕相處，很快察覺出異樣來，趁著空閒的時候，扯著寧汐說起了悄悄話。「寧汐妹子，妳這兩天是怎麼了？是不是有什麼不開心的事情？」話比平日少了一大半，笑容都是硬邦邦擠出來的，一看就是滿腹心事的樣子。

寧汐哪裡肯承認，擠出笑容應道：「我好好的呢！妳不用擔心。」

不擔心才是怪事。趙芸嘆口氣，柔聲說道：「我雖然沒什麼本事，總比妳大幾歲，經歷過的事情也多些。妳心裡有什麼不痛快的，和我說說看，就算我幫不了妳什麼，說出來至少心裡舒服點。」

有些少女煩心事，對著爹娘反而說不出口，面對著趙芸關切的溫柔面孔，寧汐猶豫了片刻，才低低地說道：「其實，也沒什麼大事，就是……」話到了嘴邊，卻是怎麼也說不出口了。

趙芸也不催促，只靜靜的陪在一旁。

過了半晌，寧汐才咬著嘴唇擠出了一句。「就是我心裡有點亂。」

語焉不詳，讓人聽著一頭霧水，趙芸卻是一臉的了然，少女的煩心事還能有什麼，當然是感情方面的困擾了。再聯想到平日裡聽到的風言風語，趙芸頓時有所領悟，輕聲問道：「是跟容少爺有關吧！」

撇開家世，容瑾和寧汐真是天造地設的一對。可不管在什麼時候，家世背景都是沒法撇開的。相反，門當戶對才是最重要的。

寧汐不吱聲，算是默認了。

趙芸想了想，說道：「寧汐妹子，感情的事別人說了沒用，只有自己才最清楚。不過，我倒是想給妳說個故事，或許妳聽了之後，會有點啟發。」

故事？寧汐一愣，怔怔地抬起頭來。

趙芸靜靜地說道：「有一個少女，生在普通人家，可她偏偏喜歡上了一個富家少爺。這個富家少爺也很喜歡她，和家裡鬧著要娶這個少女為妻。這位富家少爺的爹娘都不同意，到最後，實在鬧得沒辦法，便勉強點頭同意這個少女過門，要求只有一個，她只能做妾。」

寧汐聽得入了神，忍不住問道：「後來呢？」

趙芸笑了笑，眼裡閃過一絲悲涼。「後來，少女就做了這個富家少爺的小妾。一開始，他們兩個很恩愛，可等另外一個富家小姐過門做了正妻之後，一切就變樣了。」

這其實是個很簡單的故事，幾句話就能交代完畢。

正牌的少奶奶為了和這個為妾的少女爭寵，不知使出了多少法子。一開始，那個富家少爺還是向著自己心愛的女子的。可所有的家人都站在妻子那一邊，幫著一起對付這個可憐的少女。少女勢單力薄，哪裡能對付得了這麼多人，經常以淚洗面。

富家少爺的耳邊總是充斥著各種對少女不利的話語，正所謂三人成虎，時間一久，富家少爺也開始漸漸疏遠了少女。到後來，因為一次再簡單不過的栽贓陷害，那個富家少爺和少女發生了激烈的爭吵。

「結果怎麼樣？」寧汐被這個故事完全吸引住了，迫不及待地追問。

第一百八十九章　我該怎麼對妳說

結果怎麼樣？

趙芸的唇角勾起一抹嘲弄的笑容，淡淡地說道：「富家少爺一氣之下休了那個少女。」故事到這兒，戛然而止。

寧汐卻不肯甘休，依舊追問到底。「那個富家少爺明明是愛她的，為什麼還要休了自己心愛的女子？」

趙芸扯了扯唇角，眼裡掠過一絲痛楚。「再深的情愛，也敵不過家世之間的差距。身邊所有的親人都不喜歡這個女子，時間久了，他的心自然也就遠了。」說到這兒，趙芸的眼中水光點點，盈盈欲墜。

再後來，身心受傷的女子無奈的回了娘家，可娘家的兄長嫂子卻並不歡迎她，周圍的風言風語更是從未停過。那個女子無奈之餘，只好出來找些活計，賺些銀子補貼家用，家人的閒話總算少了一些。

這個故事的主角是誰，已經不言而喻了。

寧汐的心裡一陣惻然。難怪趙芸從不提及自己的丈夫，難怪她總是沈默少言，原來，她有這樣一段故事……

趙芸深呼吸口氣，擠出一抹微笑。「瞧瞧我，不過是講個故事就想抹眼淚了，真是沒用。」本來是想開解寧汐，卻一不小心陷入過去的回憶裡，差點無法自拔。

寧汐體貼地接過話茬兒。「都是這個富家少爺不懂珍惜，以後他一定會後悔的。」

趙芸默然片刻，長長的嘆了口氣，定定地看向寧汐，正色說道：「寧汐妹子，如果一個男子真心愛妳，他一定會娶妳為妻，給妳承諾和尊嚴。如果一段感情，需要妳委屈自己才能維持，妳遲早會有後悔的一天。」

這段話鏗鏘有力，直直的擊中了寧汐內心深處的脆弱。

邵晏也曾口口聲聲說愛她，可卻要娶另外一個女人為妻，這樣的愛情，何其自私狹隘。她已經受夠了這樣的折磨，再也不能讓自己陷入同樣的困境。

容瑾再好，也不是她的良人，她再惦記又是何必？這一生，她絕不會再奉出自己的真心由人踐踏！

寧汐深呼吸口氣，緩緩地說道：「趙姊，謝謝妳的故事，我已經想通了。」從今以後，她不會再心軟不會再猶豫，容瑾只是她生命中的過客罷了！

趙芸欣慰地笑了，柔聲說道：「不管怎麼樣，都不要委屈了自己。只有自尊自愛，別人才會真的尊重妳愛惜妳。有些人再好，可終究不適合妳，還不如珍惜把握身邊的人。」比如說，一直默默的在妳身邊愛惜妳關心妳的男子。

趙芸的話外之意如此明顯，寧汐想裝著聽不懂都不行，一時也不知該怎麼回應，腦海裡閃過一張俊朗沈穩的面孔。或許，趙芸說的是對的。她只是個普通的平凡少女，找個同樣平凡的男子相攜終身才是最好的選擇……

「汐妹子！」說曹操曹操就到，張展瑜不知從哪兒冒了出來，笑咪咪的喊道：「妳和趙姊在幹麼？」

趙芸抿唇一笑，打趣道：「我們正在說你呢！」剛才可不是正說到他了嗎？

張展瑜明明有些不自在，卻故作若無其事地笑了。「哦？都說我什麼了，也說給我聽聽。」

趙芸瞄了寧汐一眼，戲謔地說道：「這你可得問寧汐妹子了。」

張展瑜看似鎮靜，其實一顆心早已撲騰撲騰亂跳個不停，眼底隱藏著一絲莫名的期待。

寧汐嬌嗔地推了推趙芸。「趙姊，妳又拿我開心。不閒扯了，時候不早，我得準備做事了。」藉著起身的動作，巧妙的避開了這個尷尬的話題。

張展瑜的心思並不太難猜，親近的人自然能看得出來。不過，只要不挑破那一層透明的窗戶紙，寧汐就可以坦然的和張展瑜做一對師兄妹。一旦挑破……再這麼天天大眼瞪小眼的，也太尷尬了。

看著寧汐故作忙碌的背影，張展瑜眼裡的亮光稍稍淡了些，定定神笑道：「我也有事要做，先去廚房了。要是忙不過來，妳就叫我一聲。」

寧汐頭也沒回，隨口應了一聲。等張展瑜走了，才稍稍鬆了口氣。

趙芸一直站在旁邊，忍不住笑道：「寧汐妹子，張大廚已經走了，妳可以回過頭來了。」

寧汐哭笑不得的白了趙芸一眼，正要說什麼，就見寧有方邁步走了進來，神采奕奕的笑道：「汐兒，我剛才從孫掌櫃那兒過來，今天中午有貴客包了三樓的雅間，點名讓妳做菜。」

寧汐正需要一些事情分散自己的注意力，欣然應了。隨口問了句。「是哪位貴客？我認識嗎？」

寧有方笑道：「以前也來過的，自稱五小姐。」

竟然是蕭月兒來了！寧汐的眼眸頓時亮了起來。

自從去年年底之後，她一直沒有再見過蕭月兒。天家規矩多，就算皇上再寵愛蕭月兒，也不可能允許蕭月兒常往外跑，能隔上一陣放她出宮透透氣已經算是不錯了。

一直隱藏在心底的那個秘密又浮上了心頭。現在已經是三月了，離那個日子只有短短的月餘。今天是個難得的好機會，她一定要暗示蕭月兒幾句才行。既不能惹起蕭月兒的疑心，又得讓蕭月兒相信她說的話，這可大有難度了……

寧汐抿著嘴唇，邊俐落地做菜邊琢磨著心思。雖然一心二用，可做出的菜餚倒是沒失水準，色香味樣樣俱佳。

趙芸不停地來回跑著上菜，邊笑道：「寧汐妹子，那位五小姐一直誇妳做的菜好吃呢！別看她長得斯斯文文秀秀氣氣的，吃起東西來可比大男人還要快得多。」

寧汐啞然失笑。蕭月兒整天待在宮裡，被各種規矩約束著，難得出來一趟，難免恣意縱情一些了。

等飯菜上得差不多了，寧汐整理一下衣裳頭髮，從側門的樓梯上了三樓的雅間。站在門前，深呼吸了幾口氣，才輕輕地敲了門。
荷香的聲音響了起來。「誰在那兒？」
寧汐笑吟吟地應道：「五小姐，寧汐來求見。」
兩次接觸下來，寧汐對蕭月兒的個性也稍稍有些瞭解。大概是因為身分的緣故，蕭月兒並沒什麼同齡的知交好友。所有人在她面前都戰戰兢兢的，大聲說話都不敢。
其實，公主也是人，有血有肉有感情，需要朋友。從前兩次的接觸可以看出，蕭月兒對自己很有好感。既然現在的自己「不知道」她的身分，乾脆就把她當一個普通朋友，反而更能打動蕭月兒。
寧汐所料不錯，她剛一開口，蕭月兒歡快的聲音就響了起來。「荷香，快些開門讓寧汐進來。」語氣裡的歡喜絕不是作偽。
荷香笑盈盈的開了門，讓寧汐進去。
一身粉色的蕭月兒笑咪咪的朝寧汐招手。「寧汐，好久沒見妳了，快些過來和我說話。」
寧汐也不推辭，笑著點點頭，坐到了蕭月兒的身邊，親暱地問道：「五小姐，過了年之後，我天天盼著妳來呢！」
蕭月兒嘆口氣。「我也很想來，可實在沒時間。前些日子，我天天被逼著練琴，手指都快磨破了。」說著，伸出手來讓寧汐看。「喏，妳看！」
寧汐大著膽子握住她的手，細細的看了兩眼，怎麼也沒看出蕭月兒的手指有半分被磨破的跡象。蕭月兒的手柔嫩白皙，吹彈可破，一看就知是經過了精心呵護保養。

其實，她自己的手也很漂亮，纖細修長，手形很美。可做了這麼久的廚子，手心裡早已磨出了薄薄的軟繭，和蕭月兒嬌生慣養的柔嫩截然不同。

「怎麼樣，看出來沒有？」蕭月兒噘著嘴巴抱怨個不停。「我的手指是不是有些粗了？」

寧汐忍住笑，一本正經地說道：「確實有點粗。」頓了頓，才促狹地補充了一句。「比三歲孩子的手指還粗。」

荷香一個忍不住，噗哧一聲笑了起來，寧汐更是呵呵直笑。

蕭月兒瞪圓了眼睛，本想裝出生氣的樣子來，可被她們倆的笑聲一鬧，臉怎麼也繃不住，也跟著嘻嘻笑了起來。笑鬧過後，氣氛更是輕鬆融洽。

寧汐笑著問道：「五小姐，妳上次回去之後，有沒有做些讓妳爹刮目相看的事？」

一提這個，蕭月兒頓時來了精神，神氣活現地說道：「當然有了！我讀書習字都比以前用功，練琴也刻苦多了。每次爹考問我，我都對答如流，他高興得很呢！」

以前的她，既談不上用功也說不上懶惰，功課平平，要求嚴苛的崔女官經常在父皇面前告狀。父皇雖然一直疼她，可也免不了有些失望。現在卻不一樣了，自從她發憤用功之後，父皇臉上的笑容一天多過一天，這對她來說，可是件了不得的大事。

寧汐適時的拍了一記馬屁。「五小姐，妳可真厲害！」

寧汐眼裡閃動的羨慕，讓蕭月兒的虛榮心充分膨脹起來，別提多得意開心了。接下來更是滔滔不絕的說個不停，恨不得把近日來的一切都分享給寧汐知道。

寧汐看似聽得認真，其實早已走神了。接下來，她該怎麼扯入正題？

第一百九十章　計策

蕭月兒正說到大戰崔夫子的趣事。「……前些日子，崔夫子讓我背誦文章，我在她面前故意裝著背不上來，崔夫子又去我爹面前告狀。結果，我爹來考我的時候，我背得滾瓜爛熟流利極了，當時崔夫子的臉色可真是精彩……」說到這兒，蕭月兒格格笑了起來，一臉的得意。

荷香輕咳一聲，低聲提醒。「小姐，背後不說他人過。」

蕭月兒哼了一聲，昂起了頭。「崔夫子又沒在，這兒也沒人會告訴她，怕什麼。我說荷香，難得出來一回，妳就不能讓我快活一些嗎？」

荷香討了個沒趣，不敢再多嘴了。

寧汐卻順著蕭月兒的語氣說道：「五小姐說的是。像五小姐這樣尊貴的身分，怎麼也不該受崔夫子的閒氣。」

這話大大說到了蕭月兒的心坎裡，立刻扯著寧汐的手訴起苦來。「妳可不知道那個崔夫子有多嚴苛，天天管東管西的，連我每頓吃多少飯都要管。我早就看她不順眼了，巴不得換個夫子，偏偏我爹特別信任器重她……」

寧汐微笑傾聽，腦子飛速地轉了起來，一個大膽的主意浮上了心頭，忽地壓低了聲音問道：「五小姐，妳急著回去嗎？」

蕭月兒微微一愣，一臉的疑惑不解。

寧汐笑咪咪的說道：「若是不急著回去，我倒是想帶妳去個好玩的地方。」

一提好玩的地方，蕭月兒的眼立刻亮了起來，急急地追問道：「什麼地方？說來給我聽聽！」

寧汐笑道：「這條街底有個替人看相占卜的，姓胡，有個綽號叫胡半仙，看相算卦都特別準。我以前曾跟我爹去過一次，他只看我一眼，就把我的名字生辰都說得一清二楚。五小姐若是不急著回去，我帶妳去算一卦，就當解解悶了。」

「有多遠？」蕭月兒一聽果然大為心動躍躍欲試。

「不遠，走幾步就到了。」眼角餘光瞄到荷香欲言又止的樣子，寧汐忙又補了一句。「不過，我們就這麼去太引人注目了。五小姐長得漂亮，又穿得這麼好，那個算卦的見了，肯定會使勁拍馬屁，說些好聽的來哄妳，那多沒意思。依我看，不如換一件普通的衣服，打扮得像個普通女孩子。考考那個胡半仙，看他眼力怎麼樣。」

「好好好，這個主意好。」蕭月兒興奮地直拍手。

荷香忙插嘴道：「五小姐，這可使不得，您是金枝……千金小姐，怎麼能到那些骯髒的地方去。再說了，我們出來的時候根本沒帶別的衣服……」

蕭月兒不耐地揮揮手。「行了行了，就數妳意見最多，到底是聽妳的還是聽我的？」

一端出主子的架勢，荷香立刻就軟了半截，卻依舊不死心，苦苦地哀求道：「五小姐，您就聽奴婢一句勸，別去這個相館了。要是出一點岔子，奴婢這條賤命死十次也不夠，回去可怎麼向老爺交代……」邊說邊用帕子擦拭眼角。

蕭月兒面上凶巴巴的，其實心地最是善良，一見荷香這副抹眼淚的架勢，便有些心軟了，猶豫地看了寧汐一眼。

寧汐抿唇一笑。「荷香姑娘，我只是想陪五小姐去看看面相手相解解悶，走上一會兒工夫就到了。那個相館雖然不大，可收拾得乾乾淨淨，進進出出的也都是普通的百姓，沒什麼危險的。如果妳覺得不放心，就叫上樓下的兩個轎伕一起過去。」

蕭月兒連連點頭。「這主意不錯。荷香，妳現在就下樓和他們兩個說一聲，再到附近的成衣鋪子替我買身衣服。」

荷香無可奈何地擦了眼淚，低低地應了。臨去前卻瞄了寧汐一眼。這個寧汐看起來挺憨厚老實，怎麼出了個這麼不靠譜的主意？

寧汐正盤算著接下來的事情該怎麼辦，哪有心思顧及荷香在想什麼。這主意是臨時想的，待會兒可得在蕭月兒進相館之前就安排好一切才行……

心念電轉之間，寧汐已經有了主意。笑著對蕭月兒說道：「五小姐，等荷香回來，妳先換衣服重新梳洗一番。我先跑一趟，看看胡半仙在不在，免得撲個空。」

蕭月兒不疑有他，還連連誇讚寧汐想得周到。

寧汐笑了笑，迅速地下樓，一路小跑到了街底的相館。

她之前說的話倒也不全是假的，寧有方確實帶她來過一次，只不過，胡半仙看相的功夫根本沒這麼高明，平時騙騙那些無知婦孺賺些銀子餬口罷了。這胡半仙的稱號，也是街坊隨口諁來嘲弄他而已。

此時正是午後，胡半仙喝了點酒，懶洋洋的打著哈欠。見有人進相館，頓時精神一振。「這位姑娘，妳是來求姻緣的對不對？」這是胡半仙慣用的伎倆，看見年輕的大姑娘小媳婦，往姻緣上說總是沒錯的。

寧汐笑了笑，也不廢話，把隨身帶的荷包拿了出來，將裡面所有的散碎銀子一股腦兒的倒了出來，至少也有二兩多，胡半仙看得眼都直了。

寧汐淡淡地一笑。「胡半仙，只要你按我說的做，這些銀子就都歸你了。」

胡半仙精神抖擻的一挺胸脯。「姑娘要我做什麼，儘管吩咐，我保證辦得妥妥當當。」

寧汐點點頭，壓低聲音說了一通。「……我剛才說的你都記下了嗎？到時候可千萬別露出馬腳。」

那胡半仙邊聽邊點頭。「沒問題，這是我的看家本事，保准不會出岔子的。」一雙眼不停地看著桌子上的銀子。

寧汐微微一笑，誘之以利。「這些銀子你先收下，待會兒那位姑娘來了，還會再有打賞。」

胡半仙喜翻了心，連連點頭應了。寧汐又叮囑了幾句，才匆匆地跑了回去。等回了鼎香樓一看，蕭月兒已經變了個樣子。

只見她身上穿著白底藍花的粗布衣裳，頭髮梳成了兩條長長的辮子，所有的貴重首飾都沒戴。乍一看，就是個清新俏麗的農家少女。

蕭月兒正沾沾自喜自己的新裝扮，見寧汐來了，笑嘻嘻地轉了一圈。「寧汐，我這副樣子怎麼樣？肯定沒人能認出我是富家小姐了吧！」

寧汐忍住笑，一本正經地點頭讚道：「嗯，一點都看不出來呢！」其實，一個人的氣質根本不是衣服能遮掩得了的，就算穿著粗布衣裳，打扮得和農家少女差不多，可蕭月兒一身的貴氣根本瞞不過有心人的眼睛。

對蕭月兒來說，這卻是難得又新鮮的體驗，她不停地看著自己身上的衣物，恨不得找個鏡子照一番才好。

荷香也收拾得差不多了。三人下了樓之後，那兩個一直等在樓下的轎伕也跟了上來。那兩個轎伕孔武有力、目光炯炯有神，顯然不是普通人物。有他們兩個跟在身後，荷香顯然安心多了，一路上倒也沒再囉嗦廢話打擾蕭月兒的興致。

這樣自由自在的走在人群中的感覺，蕭月兒畢生第一次領會，既興奮又新奇，別提多激動了。一路上東張西望看個不停，就像出了籠的小鳥，歡快極了。

「五小姐……」

蕭月兒笑著白了寧汐一眼。「換個稱呼！我都穿這樣了，妳再叫我五小姐，不是穿幫了嗎？」

寧汐啞然失笑。「那我怎麼稱呼妳才好？」

蕭月兒想了想，笑道：「我在家中排行第五，下面連個弟弟妹妹也沒有，從來沒當過姊姊呢！妳就叫我一聲五姊，讓我也過過乾癮。」

寧汐從善如流的改了口。「好，我就斗膽放肆一回，就叫妳五姊了。」

她喊得親熱，蕭月兒應得更是爽快。「那我就叫妳汐妹妹了。」笑咪咪的拉起寧汐的手，頭靠著頭親暱的說笑個不停。

只要鋪子前有夥計站著吆喝，蕭月兒就忍不住要進去看個熱鬧，短短的一截路，愣是走了好久還沒到。

跟在後面的荷香，忍不住在心裡暗暗感慨。寧汐叫這一聲五姊可不是白叫的，以後有堂堂明月公主照應著，還愁不飛黃騰達嗎？照蕭月兒對寧汐的喜愛程度，以後召進宮裡陪伴也是有可能的。

寧汐自然沒想那麼遠，她滿腦子盤算的，就是接下來的事，心裡暗暗祈禱著胡半仙裝得像一點，千萬別出什麼岔子才好。

總算到了相館的外面，寧汐的心也提到了嗓子眼。

相館的門半掩著，冷冷清清的，荷香瞄了一眼，一臉的嫌棄之色。

蕭月兒倒是不以為意，扭頭吩咐道：「我和寧汐進去待會兒，你們在外面等我，就別進去了。」這麼浩浩蕩蕩的一群人進去可不行。

荷香央求道：「就讓奴婢跟您一起進去吧！」

蕭月兒白了她一眼，低聲訓斥道：「我現在要扮一個普通少女，妳跟在我身邊像什麼？」一唯唯諾諾的樣子，一看就知道是丫鬟。

荷香還要再說什麼，蕭月兒卻已將頭扭了過去，興致勃勃地對寧汐說道：「汐妹妹，我們進去。」

寧汐笑著點頭，和蕭月兒一起推門走了進去。

荷香無奈地退得遠了些，一雙眼卻目不轉睛的盯著被關起的門。

第一百九十一章　裝神弄鬼

相館裡的光線有些昏暗，遠不如外面的亮堂。

一張狹長瘦臉的胡半仙，兩縷半長不短的鬍鬚，半閉著眼睛坐在那兒，沒半點仙風道骨，倒有點神神鬼鬼的。

好在蕭月兒沒什麼閱歷，竟然也被矇住了，小聲地問道：「汐妹妹，這就是胡半仙嗎？」

寧汐鄭重地應道：「嗯，待會兒妳先別出聲，他最不喜歡人家問東問西。」

蕭月兒點點頭，眼睜睜的看著寧汐走了上去，恭恭敬敬的喊了聲。「胡半仙，有勞您費神，替我的姊姊看一看。」

胡半仙嗯了聲，睜開眼，仔細打量蕭月兒兩眼，平平板板地說道：「這位姑娘先別張口，我來猜猜看。妳早年喪母，共有四個兄長，小時候便夭折了一個。我說的是也不是？」

蕭月兒眼眸倏忽睜大了，一臉的震驚。「你、你怎麼知道？」這些事情，她在寧汐面前從未提過，這個算命的怎麼會知道？

胡半仙露出一抹高深莫測的笑容，淡淡地說道：「天機不可洩漏，我若是連這點本事都沒有，也不配被人稱做胡半仙了。」

蕭月兒本還有幾分玩笑的心思，現在可是對這個胡半仙佩服得五體投地了，眨巴著一雙水靈靈的大眼說道：「胡半仙，你真是厲害，說的一點都沒錯。」

胡半仙淡淡地一笑，並不多言。

果然是靠口頭吃飯的，這份裝神弄鬼的功夫真是一流。寧汐心裡滿意地點點頭，臉上卻收斂了幾分笑意，輕聲喊道：「五姊，妳坐下來，讓胡半仙給妳看看手相。」

蕭月兒屏住呼吸，坐了下來，乖乖的伸出右手，攤開掌心。

胡半仙盯著那隻柔嫩的手看了半天，才緩緩地說道：「這位姑娘，請恕老朽直言。妳本該一生富貴，享盡榮華，可妳命中卻有一劫，如果不安然度過，恐有性命之憂。」

蕭月兒臉色一變。「你說什麼？我怎麼會命中有一劫？」如果胡半仙一開始就說這些，她不見得放在心上。可之前剛見識過胡半仙的「神通廣大」，現在再說這些，卻讓她心裡敲起了小鼓。

寧汐也皺起了眉頭。「胡半仙，你可千萬別胡說。」

胡半仙輕哼一聲，板著臉孔說道：「我替人看手相多年，還從未說錯過。要是妳們不信，現在就請離開吧！」

寧汐假意不快，瞪了胡半仙一眼。「滿嘴胡言，我們才不信你。」說著，扯了扯蕭月兒的袖子。「五姊，我們走吧！這人根本就是在胡扯。」

若寧汐一味勸說蕭月兒相信胡半仙，蕭月兒未必肯信。可這番義憤填膺的姿態，蕭月兒反而信了幾分，反手握住寧汐，低聲說道：「等等，既然來了，聽他說到底好了。」

寧汐不情願地點了點頭，緊緊的抿著嘴唇站到了一邊。

蕭月兒直直的看向胡半仙，眼眸閃過一絲亮光。「胡半仙，請你給我說一說，我這命中一劫，到底會是什麼？」收斂了笑意的蕭月兒，身上隱隱的散發著逼人的貴氣，讓人只覺得喘不過氣來。

胡半仙對著這樣的蕭月兒，心裡不由得一慌，忍不住看了寧汐一眼。

寧汐心裡一跳，輕描淡寫地說道：「胡半仙，你知道什麼就說什麼，要是說得準了，我們姊妹必有厚報。」「厚報」兩個字故意咬得重了些。

胡半仙果然鎮定了不少，定定神，裝模作樣的又看起了蕭月兒的右手。「這位姑娘的命中劫數，就在今年四月或五月。在這兩個月裡，不要到有山有樹的地方，就能避開這場命中的劫難！」

他一臉的凝重，說得煞有其事，由不得蕭月兒不信，遲疑了片刻問道：「可否說得清楚點，什麼叫有山有樹的地方？」這說得也太空泛了吧！

胡半仙卻不肯再說了，閉上眼睛說道：「我知道的都已經說了，兩位姑娘請回吧！」

蕭月兒無措地看了寧汐一眼，寧汐安撫地說道：「五姊，我們先回去再說。」說著，從懷中掏出一些散碎銀子放在桌子上，扯著蕭月兒出了相館。

就在門被關起的一剎那，胡半仙睜開了眼，看著桌子上的銀子眉開眼笑。今天這錢賺得可真是舒心啊！晚上就找個地方樂呵樂呵去！

這廂胡半仙盤算著自己的齷齪心思，那一邊，蕭月兒卻是面色蒼白的出了相館。寧汐低低地安撫道：「五姊，依我看，他就是隨口胡說而已，妳別放在心上。」

蕭月兒不假思索的反駁。「他剛看我一眼，就知道我母親早亡，還有一個哥哥夭折而死，這樣的人怎麼可能是隨口胡說。」

寧汐故意唱反調。「可是，他讓妳接下來兩個月都避開有山有樹的地方，這怎麼可能。京城附近有山有樹的地方可不少，這麼一來，豈不是妳在接下來的兩個多月裡都不能隨意出去了？」

眼看著就要到春暖花開踏春的時節了，不管是普通的百姓還是世家貴族，都會在這樣的季節裡舉家出遊，就連皇宮裡也不例外。對蕭月兒來說，要放棄這樣的機會，自然捨不得。

果然，寧汐的話剛一出口，蕭月兒便左右為難起來。一會兒想著這根本是無稽之談不信也罷，一會兒又覺得這個胡半仙說得有鼻子有眼的，萬一是真的怎麼辦？

就這片刻工夫，荷香湊了過來，見蕭月兒一臉的懊惱，頓時緊張起來。「小姐，那個胡半仙都說了什麼？」

蕭月兒此刻哪有心思說這些，隨口應道：「沒說什麼。」

寧汐迅速地說：「那個胡半仙太可惡了，居然說五小姐命中有一劫，接下來兩個月不能出門呢！」

荷香一愣，急急的追問起了經過。蕭月兒沒心情多說，寧汐卻一五一十的將剛才的經過一一道來。

以荷香的忠心，不管胡半仙說的是否有道理，肯定都會勸蕭月兒留在宮中的。

不出所料，荷香聽完之後，臉色頓時一變。「小姐，不管那個胡半仙說的是真是假，都不能掉以輕心。您還是在家裡待上兩個月，等過了五月再出來吧！」

蕭月兒心煩意亂，沒好氣地白了荷香一眼。「好了好了，別說了，先回去吧！」此刻她也沒了在外逗留的心情。

寧汐歉然地一笑，低低地說道：「五小姐，真是對不起，都怪我出了這麼個餿主意。要不然，妳也不會聽到這些胡言亂語了……」

蕭月兒擠出一絲笑容。「這怎麼能怪妳，妳也是一番好心，才會帶我去解悶。」只不過，誰也沒料到竟然會遇到這樣的事情，原本愉快的心情陡然陰霾起來。

荷香一臉的憂心忡忡，顯然已經將此事放在了心上。

等蕭月兒換衣服時，寧汐悄悄將荷香拉到一旁。「荷香姑娘，這種事寧可信其有不可信其無，為了五小姐著想，接下來兩個月妳就多勸著點兒，別讓五小姐隨意出門了。」

荷香低低地嘆道：「這些妳不說我也知道，只是小姐的脾氣妳也看見了，我說的話她哪裡肯聽。」

寧汐安撫道：「五小姐雖然稍微有點任性，可本性善良，知道妳真心為她著想，她一定會領情的。」

荷香訝然了。她伺候蕭月兒多年，對蕭月兒的脾氣自然一清二楚。可這個寧汐，只接觸了幾次，居然也摸清了蕭月兒的性子，真是聰慧伶俐……

默然片刻，荷香用力的點了點頭，眼裡掠過一絲堅決。「妳放心，我一定會好好守著小姐，不讓她有一絲危險。」

寧汐含笑點頭，心裡稍稍鬆了口氣。今天絞盡腦汁擺了這麼一齣，實在是無奈之舉。如果直言相告蕭月兒會有性命之憂，蕭月兒肯定不會相信，而且也會惹來對方的懷疑。

重生的秘密，她瞞過了所有人，包括爹娘哥哥在內。這一生，她都會將這秘密牢牢的埋在心底，絕不會告訴第二個人知曉。想來想去，也只能用這樣的法子點醒蕭月兒了，只希望她能逃過這一劫，好好地活下去。

正想著心事，蕭月兒已經換回衣服走了過來。寧汐忙迎了過去，真摯地說道：「五小姐，多多保重。」語氣中流露出的真誠和不捨，絕不是作偽。

蕭月兒心裡一陣感觸，依依不捨的拉著寧汐的手。「時候不早了，我得回去了，以後有空再來找妳玩。」

寧汐點點頭，目送著蕭月兒的身影遠去。

人與人之間的緣分真是奇妙。前世，她和蕭月兒只遠遠的見過兩次，連話都沒說過一句。蕭月兒隕落在大好的青春年華，成了當今聖上心裡永遠抹不去的痛楚，也成了大燕王朝的遺憾。

可這一生，她和蕭月兒竟然以這樣奇妙的方式相遇，並且成了朋友。這份際遇實在太過匪夷所思了，就算說出去，只怕也沒人會相信吧！

寧汐默默地看著蕭月兒的背影，心裡默默的想道——蕭月兒，我能做的只有這些了。希望妳這一生能平安的活下去。

第一百九十二章 高中

接下來的日子，容瑾依舊常來鼎香樓，可寧汐總是躲著不肯見他。偶爾碰了面，也都有外人在場，什麼私密的話也說不出口。

寧汐本就有意疏遠容瑾，對這樣的情形求之不得。對著容瑾的時候，臉上的笑容客套得不能再客套，連話都不肯多說兩句，擺明了要撇清距離。

容瑾何等聰明，寧汐態度的陡然轉變他豈能看不出來？他心裡雖然懊惱，面上卻不肯示弱。寧汐表現得冷淡，他也不甚熱情，兩人就這麼微妙的陷入了冷戰中。

小安子第一個察覺出不對勁，卻一點都不同情自家少爺。寧汐可是個清清白白的姑娘家，少爺要是真的喜歡人家，也該許個承諾才是。現在這樣曖昧不清的算怎麼回事？也難怪人家姑娘不肯搭理自家少爺了。

日子在忙碌之中滑過，轉眼間，到了四月初，會試放榜的日子終於到了！

這一天，皇榜下人頭攢動，有人歡天喜地，有人愁眉苦臉，有人興高采烈，有人唉聲嘆氣，有人眉開眼笑，有人咬牙切齒。

容玨親自陪著容瑾去看榜，心裡明明有些緊張，口中卻閒閒的笑道：「三弟，我們可都等著你高中進士光耀門楣。」

容家幾代都是武將，要嘛鎮守邊關終年難得回來一次，要嘛在戰場廝殺隨時有捐軀的危險，雖然戰功赫赫，也難免被人背地裡取笑一門武夫。現在總算出了個天資聰穎的容瑾，讀書就像吃大白菜似的輕鬆，小小年紀便中了童生，再後來便是鄉試第一，當時簡直轟動了整個京城。別說容大將軍，就連他自己也為有這樣的弟弟驕傲不已。

這一次會試，眾人都對容瑾抱了極大的期望。若是能高中第一名會元，那可真是一等一的光彩了。

容瑾倒是分外的鎮定自若，笑了笑，定睛看了過去。

此次參加會試的考生六百二十八人，共取一百二十人，皇榜上密密麻麻寫滿了名字。高高在上的第一個名字自然最引人矚目。

容瑾！

看著那簡單的兩個字，容瑾的眼眸亮了起來，唇角勾起一抹笑意，緊繃的神經緩緩的鬆了下來，渾身都輕鬆愜意起來。

不用他說，容玨自然也看見了。他比容瑾可要激動得多了。「三弟，快看！你中了，還是第一名會元！」

容瑾調侃道：「不知道的，還以為是你考中了。我說大哥，你高興歸高興，可也別用這麼大的力氣吧！我的胳膊快被你握斷了。」也不想想自己是多大的手勁，他的胳膊肯定青腫了一大片。

容玨咧嘴一笑，稍稍鬆了手，滔滔不絕地說道：「我們快些回府去，待會兒肯定有人去報喜。對了，我這就派人送信給爹和二弟，讓他們也高興高興。等殿試過後，我們擺上三天的流水席慶祝慶祝，讓所有的親朋好友都來喝喜酒，記得把你所有交好的知交朋友都請來……」

比起容玨的激動，容瑾反而淡定多了，隨意的點了點頭，忽地說道：「大哥，你先回府去，我還有點事，去去就回。」

容玨一愣，反射性地問道：「這個時候還有什麼事比回府更重要？」

容瑾笑了笑，眼裡閃過一絲淡淡的溫柔。「我很快就回去。」卻不肯明說要去做什麼，俐落地翻身上馬，轉眼間就沒了身影。

容玨對容瑾的任性也是無可奈何，只好先行回了容府。

果然，報喜的人已經到了，容府上上下下都是一片歡騰。李氏賞了大紅包給那個報喜的，又命下人去所有親朋好友的府上報信，忙得團團轉。

李氏見容玨回來，笑著迎了上去。「怎麼就你一個人回來了？三弟人呢？」

容玨聳聳肩笑道：「他說出去有點事就回來。」就不知道容瑾這麼急著出去，到底是去見誰了。

李氏不便追問，刻意將聲音壓得極低，就連一旁的丫鬟婆子也沒聽見她在說什麼。「三弟中了會元，等過幾日殿試時，再被聖上點中狀元，那可就真是風光至極了。我們暫時也別急著給三弟張羅親事了，等過了殿試，只怕我們光是應付說親的媒婆就應付不來了。」

頓了頓，李氏又低聲笑道：「明月公主年齡也不小了，也到了該訂親的時候，說不定我們容家還能出個駙馬爺。」容瑾這樣的才貌，在聖上面前一站，還愁聖上看不中嗎？

容玨心裡深以為然，和李氏對視一笑，緊接著便商議起了宴請賓客的事情來。

至於容瑾，此時已經到了鼎香樓。

他高中會元的消息還沒傳開，可眼底跳躍著的喜悅卻是瞞不過孫掌櫃的眼睛。孫掌櫃急急的迎上前來，笑著說道：「恭喜容少爺高中。」

容瑾今天看誰都比平日順眼，含笑點頭應了，毫不遲疑地向廚房走去。要去找誰，一看就知，孫掌櫃識趣的沒有跟上去。

容瑾的步伐比平日稍稍快了一些，不消片刻就到了廚房。寧汐的小廚房在裡面，容瑾泰然自若的穿過大廚房，走了過去。

廚房的門半掩著，容瑾也不敲門，就這麼隨手推開了門。

寧汐正背對著門彎腰切菜，壓根兒沒有留意身後的些微動靜。容瑾站在門邊，悄然打量著寧汐，只見她纖細的腰身一覽無遺，曲線無限美好，那條長長的烏溜溜的辮子垂在腰際，髮梢微微動著。

容瑾的心情越發好了起來，含笑喊道：「寧汐！」

正低頭切菜的寧汐被嚇了一跳，陡然轉過身來。見來人是容瑾，眼裡閃過莫名的複雜，旋即鎮定自若的笑著打招呼。「容少爺，今天不是放榜的日子嗎？你怎麼到這兒來了？」

那刻意的淡漠疏遠，聽得人不舒服極了。

容瑾心情正好，便沒和她斤斤計較，慢悠悠的說道：「我已經看過榜了。」

寧汐心裡一跳，再也做不出滿不在乎的樣子來，急急地問道：「那你考中了沒有？」從早上起來開始，她就一直心神不寧，不管做什麼都會走神。如果她肯對自己誠實一點，就會承認其實她一直都在惦記著今日放榜的結果。

容瑾眼底閃過笑意，故作漫不經心地應道：「嗯，考中了。而且，是第一名會元。」

第一名會元?!寧汐驚喜不已，再也顧不得保持距離，幾步到了容瑾的面前。「真的嗎？你真的中了第一名嗎？」

容瑾挑了挑眉，傲然地應道：「我有必要騙妳嗎？」

語氣一如既往的高傲欠扁，可寧汐聽著卻順耳極了，發自內心的笑了起來。「容少爺，恭喜你！」那笑容瞬間點亮了她本就秀美的臉龐，散發出讓人不敢逼視的美麗。

容瑾唇角微微勾起，眼神柔和。「寧汐，我很高興。所以，我想親口告訴妳，讓妳第一個知道。」

我的喜悅，只想和妳分享。因為有了妳的笑容和歡喜，這份喜悅才更踏實更充實。妳能懂我的心意嗎？

那眼神太過溫柔了，蘊含著濃濃的情意，讓人心跳加快，透不過氣來。讓人面紅耳赤，不知該怎麼回應，讓她的心裡又甜又酸又澀……

寧汐怔怔地與他對視半晌，鼻子忽然酸酸的，一股溫熱的液體湧到了眼邊蠢蠢欲動。

容瑾，我好不容易下定了決心，從今以後離你遠遠的，再也不要和你牽扯不清。可為什麼，只要你一個眼神，我的心就開始動搖……

「寧汐妹子，」一個聲音突兀的在門口響起，趙芸不知什麼時候來了，笑吟吟地說道：

「寧大廚有事叫妳呢！」原有的曖昧氣氛，被這無心的一句話消弭得乾乾淨淨。

寧汐巴不得快些逃開，忙不迭應了一聲。「好，我這就過去。」然後遲疑地看了容瑾一眼，撵人的意思異常明顯。

容瑾淡淡地說道：「那妳忙吧！我先回去了。」

寧汐一點挽留的意思都沒有，有禮地笑道：「容少爺慢走。」

容瑾的眸子暗了暗，好心情被一掃而空。氣血在心頭湧動翻騰，卻硬是按捺了回去，面無表情地轉身走了。

在他走後，寧汐強撐著的笑容也淡了下來，悵然地嘆了口氣。「趙姊，剛才謝謝妳了。」如果不是趙芸及時的來救場，她真不知道自己會不會動搖了心意。

寧汐笑容裡的落寞和黯然如此的明顯，趙芸想裝著看不出來都不行，忽然也覺得有些酸楚，隨口扯開話題。「寧汐妹子，容少爺考中了嗎？」

寧汐點點頭。「考中了，還是第一名會元。」

趙芸驚嘆不已。「容少爺真是厲害。照這個架勢，等殿試過後，狀元可非他莫屬了。」殿試的時候，狀元探花榜眼都是聖上欽點的。一般來說，會元被點中狀元的可能性很大。以容瑾的家世風度才華，這個狀元十之八九跑不了了。

寧汐笑了笑。「嗯，容府有一個武狀元，再出一個文科狀元，可要大大的風光一回了。」而她和他之間的距離也越來越遠了……

第一百九十三章　我真不是成心要偷看……

三天後，容瑾在殿試中大放光彩，被聖上欽點為狀元，直接授翰林院修撰。雖然品階不高，可卻是天子近臣，日後前途無量，自然讓人豔羨眼熱。容府上下為之振奮不已，果然連擺了三天的宴席，邀請了所有的親朋好友前來慶祝。

容府裡的廚子人手不夠，李氏便命人去鼎香樓請了寧有方來容府幫忙。

寧有方一口答應了下來，又帶了幾個廚子一起去容府幫忙。有薛大廚忙著統籌安排，寧有方倒也輕鬆。

寧汐比平日裡沈默得多，一直默默地埋頭做事，連話都很少。

周圍越是熱鬧，越映襯著她的心裡一片冷清落寞。

春風得意馬蹄疾，容瑾果然中了狀元，又得皇上青睞進了翰林院，不日就要上任，成了京城炙手可熱的新貴。容府這兩日賓客不斷，常常在宴席開始之前臨時加上一、兩桌。容瑾忙著應酬賓客，怎麼也不好擺出往日那副高傲的樣子來，忙得不可開交，自然沒空「路過」廚房。所以這幾天，寧汐連他一面都沒見過。

她反覆地安慰自己，這樣挺好，以後他要忙著自己的事情，再也不會有時間來招惹自己。時間一長，他們之間曾有過的那一點點曖昧情愫就會隨風而散直至消失不見。

可心底深處那一抹黯然卻揮之不去……

寧汐咬著嘴唇，命令自己將這些亂七八糟的思緒全數拋開，不要再胡思亂想了，還是老老實實的做事吧！

張展瑜一直留意著寧汐的一舉一動，見寧汐神情鬱鬱，心裡頗不是個滋味。湊了過來，小聲地問道：「汐妹子，妳這幾天是怎麼了？怎麼總是一副悶悶不樂的樣子。」到底是誰惹她不高興了？

寧汐擠出一抹笑容，故作輕快地應道：「沒什麼，我好得很呢！」頓了頓，又說道：「就是有點累了。」身體的累，遠遠比不上心裡的累。

張展瑜憐惜地看了一臉倦容的寧汐一眼，低聲說道：「離開席還有一會兒，要不，妳找個地方休息會兒。」

廚房裡裡外外都是人，不時有人進出，做廚子的當然不好偷懶，一個個都得打起精神做事。兩天忙下來，就算是成年男子也吃不消，更何況是嬌嬌弱弱的小姑娘。

寧汐還想逞強，張展瑜卻不給她拒絕的機會，湊到寧有方的身邊耳語了幾句。

寧有方立刻過來了，上下打量寧汐幾眼，關切地說道：「汐兒，妳的臉色太難看了，快些找個地方休息，等開席了再回來做事也不遲。」

寧有方一開口，寧汐也沒了拒絕的心思，想了想便點頭應了。

只不過，容府地方雖然不小，可到處都是賓客，想找個清靜的地方不太容易。寧有方想了半天，也沒想出個合適的地方來，就在此時，一個熟悉的身影忽然映入眼簾。

小安子來了！

寧有方眼睛一亮，連忙跑過去，低聲說道：「汐兒有些累了，想找個地方休息休息，不知道容府裡有沒有合適的地方……」

小安子啞然失笑。「這點小事哪用發愁，你們以前住的那個院子就空著，讓寧姑娘去就是了。」

寧有方笑著點點頭，朝寧汐招招手。「汐兒，妳就回我們以前住的那個院子休息會兒。我這兒還有點事，就不送妳過去了。」

寧汐打起精神，笑著應了，婉言拒絕了張展瑜要送她一程的好意。她心裡正煩亂，實在沒心情說話，只想一個人靜靜的待會兒。

畢竟在容府住了這麼久，所有的路徑景致都很熟悉，寧汐為了避開賓客，特地挑了條小路走了回去。這條小路很是幽靜，兩旁都是高大的樹木，平日裡很少有丫鬟婆子經過。寧汐漫不經心的往前走，思緒不自覺地又飄遠了。

走到中途，耳際忽然傳來了隱隱約約的說話聲。那聲音有些耳熟，分明是個十幾歲的少女聲音。寧汐本不想多事，可在聽到另一個略帶不耐的聲音時，心裡悄然一動。

容瑾……他怎麼會和一個少女單獨待在一起？

寧汐在原地猶豫片刻，終於咬牙下了決心，悄悄地往聲音處走了過去。好在這兒樹木很多，有的兩人合抱都抱不過來。她的身形又很嬌小，只要小心些，應該不會被發現。

看一眼，就看一眼好了！

寧汐在心裡反覆的念叨著，那兩個聲音越來越清晰了，似乎是從那邊的亭子裡傳過來的。寧汐躲在一棵大樹後，探頭悄悄地張望。

那個一身絳色衣衫的俊美少年，果然正是容瑾！

站在他對面的，是一個身著翠綠衣裳的美麗少女。寧汐只看一眼，便認出了對方是誰。赫然是王鴻運的妹妹，王府的二小姐王嬌嬌！

王嬌嬌不知說了什麼，就見容瑾不耐的擰起了眉頭，沈聲說道：「妳大哥讓我來這兒，說是有事相商，怎麼是妳來了？妳大哥人呢？」

這個王鴻運，到底在搞什麼鬼？竟然把他這個花癡一樣的妹妹給弄過來了。不用想也知道是什麼意思。哼！

王嬌嬌擰著帕子，紅著臉說道：「容瑾哥哥，你別怪我大哥，是、是我讓他約你到這兒來的。我、我有話想和你說。」

那一聲容瑾哥哥又嬌又媚，尾音拖得長長的。就算隔了這麼遠，寧汐也能聽得清清楚楚，心裡忍不住酸溜溜的。容瑾啊容瑾，你可真是有豔福。人家嬌滴滴的小姐約你到這麼幽靜的地方來，還能是什麼意思，當然是一訴衷情了。

容瑾顯然不想消受這樣的豔福，繃著俊臉硬邦邦地說道：「王小姐，有什麼話請妳快點說，我還有很多事，忙得很！」

王嬌嬌委屈不已。「容瑾哥哥，我們自小就認識了，你非要和我這麼見外嗎？」一口一個「王小姐」，真是太傷人心了。

容瑾淡淡地瞄了王嬌嬌一眼。「男女授受不親，我避嫌也是為了妳好。」

寧汐聽得暗暗翻白眼。他這個時候倒是挺義正辭嚴正人君子的，也不知道半夜翻牆敲人窗戶偷吻人臉蛋的是誰。還有，在馬車上摟著她不放的又是誰！

容瑾的冷淡如此明顯，王嬌嬌卻不肯退縮，依舊執著地說道：「容瑾哥哥，你叫我一聲嬌嬌好不好？」

容瑾的眉頭越擰越緊，若不是礙著王鴻運的面子，只怕早就翻臉走人了。「要是沒別的事，我就走了。」說著，就待轉身走人。

王嬌嬌情急之下，一把扯住了他的胳膊。「容瑾哥哥，你別走。」

容瑾的臉陡然黑了，反射性地甩開她的手。

王嬌嬌一個不提防，差點摔倒，淚花在眼中不停地閃動，聲音也哽咽了。「容瑾哥哥，你就這麼討厭我嗎？」她不過是碰了他的袖子，他有必要這麼大的反應嗎？她一直都很喜歡很喜歡他的啊！

容瑾也是滿心的不快，冷冷地說道：「王小姐，妳給我聽好了，我不討厭妳，但是，我也從來沒喜歡過妳。要是妳再這麼纏著我不放，別怪我不客氣。」語氣異常的冷冽，顯得無情又冷漠。

一腔少女情懷的王嬌嬌終於受不住了，哇地一聲哭了起來，再也無顏待在這裡，捂著臉跑了。

容瑾稍稍鬆了口氣，心裡暗暗發狠，待會兒見了王鴻運，非要他好看不可！

就在此時，不遠處的樹林裡忽然傳來了一聲輕響。

容瑾耳力過人，頓時皺起眉頭看了過去。「誰在那兒？」要是被多嘴的丫鬟婆子看到了剛才的一幕，還不知道會嚼什麼舌根。萬一鬧出點「花邊新聞」來，那個小心眼的丫頭又要生氣了。

容瑾的腦海裡迅速的閃過一張宜喜宜嗔的芙蓉嬌面，唇角微微勾起。又凝神看了過去，不行，一定要把這個躲在樹後的人逮出來！

樹林那邊卻沒了動靜。

寧汐躲在樹後，暗暗埋怨自己不小心。看戲看得好好的，不知怎麼的，見到王嬌嬌哭著跑走的時候，心裡居然很愉快。一不留神，就踩中了樹下的石子，要是被容瑾抓個正著，可就丟人了……

等了半晌，也沒聽到身後有什麼動靜，寧汐稍稍放了心，卻也不敢動彈，不自覺的抓緊了衣襟，心裡默默祈禱著容瑾快點走。

又等了片刻，忽然有輕微的腳步聲傳了過來，腳步聲越來越近，顯然是朝著她這個方向來的。

寧汐心裡暗暗叫苦不迭，慌亂之餘，腦中靈光一閃，忽地學了一聲貓叫。「喵嗚！」我其實就是一隻貓，偶爾路過而已。容三少爺，你就別再來找了！

那腳步聲果然停了。

寧汐還沒來得及竊喜，就聽到一個熟悉的聲音冷冷的響了起來。「別裝神弄鬼的，快點給我出來！不然，待會兒我會讓你後悔莫及！」

今天這臉是丟定了！寧汐在心底呻吟一聲，無奈的嘆口氣，苦著臉從樹後走出來，看都不敢看對方一眼。「對不起，我不是有意偷看的……」

「怎麼是妳?!」容瑾睜大了眼，一臉的不敢置信。

第一百九十四章　表白

兩人這麼大眼瞪小眼的，真是尷尬極了！

寧汐咳嗽一聲，乾巴巴地解釋道：「我一直在廚房做事，覺得累了，就想找個地方休息。小安子告訴我，以前的院子還是空的，我就打算著走小路過去，沒想到走到半路無意中聽到你和王小姐在說話……」到底心虛，說話的時候壓根兒不敢正眼看他。

容瑾眼底迅速地閃過一絲笑意，閒閒地說道：「我記得沒錯的話，小路還在那邊，妳怎麼走著走著就到樹林裡來了？」不誠實的丫頭，明明就是聽到他的聲音才一路尋過來的吧！

寧汐的臉熱熱的，被人當面揭穿的滋味可不是好受的，饒是她口齒伶俐，也不知道要說什麼打圓場了。

容瑾好整以暇的欣賞著她的羞窘，慢悠悠地說道：「還有，剛才妳真不該學貓叫，難道妳不知道容府從不養貓嗎？」李氏最討厭貓貓狗狗的，容府上上下下無人敢養貓。

寧汐啞然，心裡暗暗懊惱不已。早知如此，剛才就該頭也不回的走開，偏偏一時好奇心起，鬧了這麼一齣，接下來可怎麼收場才好？

容瑾緩緩地走近，兩人相距不到兩步，彼此的呼吸清晰可聞。

這距離……太危險了！

寧汐腦中警鈴大作，反射性地往後退一步，背部正好緊緊的靠在了樹幹上，這下可是標準的避無可避了。寧汐心裡一陣慌亂，結結巴巴地說道：「你、你別過來！」

容瑾停住了腳步，戲謔地問道：「妳在怕什麼？不是怕我輕薄妳吧！妳放心好了，我可是正人君子。」那雙漂亮至極的鳳眸裡滿是笑意。

正人君子？哼，這個形容詞跟他一點關係都沒有好吧！

寧汐瞪了他一眼。「男女授受不親，你要說什麼就站在那兒說。」

難得有這樣單獨相處的好機會，容瑾怎麼肯輕易放過，不但沒退得遠點，反而又靠近了一步。兩人呼吸近在咫尺，近得他可以清楚看到她又翹又密的眼睫毛，近得他可以嗅到她身上幽幽的體香，近得他可以稍微俯身就能一親芳澤……

看著寧汐因為緊張羞惱而分外嫣紅嬌豔的臉龐，容瑾的呼吸有些紊亂了，眼眸亮得驚人，緩緩低頭俯身湊近……

一隻柔軟的手忽然擋了過來，不偏不倚地落在容瑾灼熱的嘴唇上。

「你、你要幹什麼？」寧汐又是憤怒又是羞惱。

容瑾稍稍抬起頭，眼底似有火焰在燃燒，聲音有些沙啞。「汐兒……」那短短的兩個字，既親暱又曖昧。

寧汐只覺得渾身的血液都往頭上湧，也不知道自己的臉紅成了什麼樣子，整個人都暈乎乎輕飄飄的如履雲端，眼中只有那個漸漸靠近的溫熱嘴唇……

等等！

寧汐腦中迅速的閃過一個念頭，臉色一白，不假思索地用力推了一下。容瑾正沈浸在滿腦子的遐思裡，一個不提防，竟被推得往後踉蹌幾步。

在即將一親芳澤之際忽然受到這樣的待遇，任是哪一個男子也會惱羞成怒。更何況容瑾本就不是什麼好脾氣，被這麼一而再再而三的拒絕，一腔綺思頓時消褪得一乾二淨，容瑾不自覺的繃起了臉。「汐兒，妳到底在怕什麼？為什麼總是對我忽冷忽熱的？」

寧汐深呼吸口氣，力持鎮定。「容少爺，我不懂你在說什麼。」

容少爺？到了這個地步，她居然還叫他容少爺？

容瑾不怒反笑。「寧汐，妳到底要自欺欺人到什麼時候？妳明知道我喜歡妳，妳明明也喜歡我，現在擺出這副樣子來又是什麼意思？打算把我一腳踢開嗎？」

寧汐一直隱藏的火氣也被挑了起來，反唇相稽。「容少爺，你哪隻耳朵聽過我說喜歡你了？別往自己的臉上貼金了。愛慕你的女孩子多得是，不過很可惜，我根本不是其中一個！」

「妳……妳簡直沒心沒肺！」容瑾被氣得七竅生煙。

話一挑明，寧汐反而鎮定了許多，唇角逸出一絲冷笑。「照著容少爺的意思，我什麼樣才叫有心有肺？是不是該任由你動手動腳的欺負才對？我雖然只是個廚子，可也懂得自尊自愛這幾個字。容少爺對我們寧家有恩，我以後一定會找機會報答你。不過，你要是想憑著這些來肆意侮辱我就想錯了！」

容瑾的臉徹底黑了，咬牙切齒地說道：「妳到底在說什麼鬼話！」什麼欺負，什麼侮辱，簡直聽得人火冒三丈！

寧汐面無表情地看著容瑾，冷冷地說道：「我說的難道不對嗎？你如今是新科狀元，又要入翰林院做修撰，前途無量，以後娶個名門貴女不費吹灰之力，還來招惹我做什麼？」他想左擁右抱，她管不著。不過，她絕不會是其中一個！

容瑾瞇起雙眸，臉上徹底沒了笑意。「寧汐，妳給我說清楚了，什麼叫招惹妳？」說清楚就說清楚！寧汐哼了一聲。「你別以為我不知道，你大哥大嫂已經張羅著給你說親了，你愛娶誰就娶誰，跟我一點關係都沒有。不過，你可別妄想著我會做你的小妾或是外室什麼的。我雖然身分卑微，可絕不會任人這麼輕賤！」

容瑾訝然的挑眉，眼底的怒意褪了大半，迅速地在腦中將寧汐的話整理了一遍，總算明白誤會出在哪兒了，不由得又是好氣又是好笑。

這丫頭可真是個烈性子，不知從哪兒聽到了隻字片語，也不問個清楚明白，就這麼給他定了罪，難怪這些日子她一直躲著他……

容瑾放緩了聲音問道：「這事是誰告訴妳的？」

寧汐見他沒有否認，心裡陡然一沈。她真是太傻了，到了這個時候，還妄想著會有一絲絲的轉機……

寧汐咬了咬嘴唇，別過臉去，悶悶地說道：「誰告訴我的不重要。」重要的是，他和她之間根本沒有一絲可能，又何必糾纏不休？

容瑾忽地笑了，那笑聲如春風拂過冰凍的河面。「妳這個傻丫頭，別人說什麼妳就相信什麼。妳為什麼不來問問我，我的心裡是怎麼想的？」

寧汐賭氣地不肯正眼看他。「誰知道你是怎麼想的，我才不關心。」

口是心非的丫頭！容瑾輕嘆口氣，眼底浮起溫柔的笑意。只是他不習慣表白自己，更不習慣解釋什麼，一時也不知道該怎麼說。想了半天，才擠出了一句。「我從沒想過要妳做妾。」

什麼？從沒想過？那他是一開始就打定主意要玩弄她的感情了？

寧汐憤怒了，忿忿地瞪了過去。「呸，你倒想得美，誰想做你的小妾！」雖然她絕不肯做妾，可他這麼說分明沒打算負半點責任。

寧汐越想越是惱火，一刻都不想再待下去，抬腳就往路邊走。

容瑾一怔，連忙追了上來，一把扯住寧汐的手。「汐兒，妳先別生氣，聽我說……」

寧汐像被燙著了似地用力甩開他的手，烏溜溜的眸子裡滿是怒意。「容瑾！你再敢輕薄我，我以後再也不理你了！」

容瑾無奈地退後一步。「好好好，我不碰妳了，妳別生氣，聽我說幾句。」見寧汐仍是倔強的要走，再也顧不得顏面風度，不假思索地喊道：「汐兒，我沒打算讓妳做妾，因為我要娶妳為妻。」

這句話如同石破天驚，在樹林裡不停地迴響。

寧汐徹底怔住了，呆呆地看著容瑾。「你、你說什麼？再說一遍！」剛才是她出現幻聽了嗎？他竟然說要娶她為妻……

容瑾衝動地說出口之後，心裡略有些後悔。

他性子高傲，生平最厭惡的就是胡亂許諾的那種人。所以，一件事若沒有十分的把握，他寧願悶在心裡，絕不會說出來。他和寧汐之間的問題絕不算少，若想長相廝守，不知要費多少周折。他本來打算著等妥善解決了容府這邊的問題之後再給寧汐來個驚喜，怎麼也沒想到今天會一時口快說了出來。

可當他看到寧汐震驚中夾雜著驚喜的表情時，忽然又覺得說出來也挺好……

「汐兒，我喜歡妳，我會娶妳為妻。」容瑾一字一頓地說道。

寧汐怔怔地看著容瑾，嘴唇張了張，卻一個字也說不出口。

容瑾看著她這副傻乎乎的樣子，忽地笑了，正想再說什麼，樹林外忽然響起了小安子的聲音。「少爺，少爺！老爺和二少爺回來啦！少爺，你在裡面嗎？」聲音已經越來越近了。

容瑾神色一動，不假思索地揚聲應道：「知道了，我這就出去了！」他可不想讓別人見到寧汐現在的樣子，更不願意被人見到他和寧汐如此的親暱。問題還沒解決之前，低調才是王道。

小安子聽到容瑾的聲音，自然高興，應了一聲果然沒進來。

容瑾深呼吸口氣，然後深深地凝視寧汐一眼，無聲地張嘴。「我先走了，等會兒妳再走。」

寧汐愣愣地點頭，愣愣地看著容瑾走出了視線，然後在樹邊愣愣的站了半天。腦子裡一片空白，只是不停地迴響著容瑾說過的那句話——

汐兒，我喜歡妳，我會娶妳為妻……

第一百九十五章　刀削麵

也不知過了多久，天色漸漸暗了下來。夕陽紅通通的，天際一片絢爛的晚霞，美不勝收，這片幽靜的樹林更多了幾分靜謐。

寧汐終於從震驚中回過神來，想起剛才的那一幕，白玉般的臉頰染上一抹紅暈。

這些話，她在前世聽邵晏說過很多次，只不過，邵晏從未兌現諾言，只是隨口說些好聽的哄她罷了。她本以為自己再也不相信這樣的話了！可今天說了這些的，卻是容瑾啊……

容瑾是那樣的驕傲，從不屑於掩飾自己偽裝和善。這樣驕傲的他，怎麼可能用甜言蜜語來哄她？

他是真的喜歡她，並且打算娶她為妻！

一股濃濃的甜意從心底升起，迅速地蔓延至全身，整個人都有些輕飄飄的，眼前不斷的晃動著那張俊美的臉龐……

打住打住，寧汐！不要發花癡了！

寧汐咬著嘴唇，暗暗地告誡自己。就算容瑾確實有這樣的心意，可他們之間隔的距離太遠了。之前有容玨和李氏為容瑾張羅著親事，現在容大將軍又回來了，肯定不會由著容瑾的性子……

這一切，就當是作了場美夢吧！至少，這場夢鮮活的存在過，他是真心的喜歡自己，就算日後兩人成了陌路，也不枉相識一場。
寧汐心情忽然平靜了許多，看了看天色，便走回了廚房。
因為容大將軍和容琮的突然歸來，李氏特地到廚房叮囑了一番，一定要做一桌精細的好菜。薛大廚畢竟上了年紀，忙了兩天就覺得腰痠背痛手腳發軟，聞言便笑道：「就有勞寧大廚了。」
寧有方客套了幾句，也不再推辭，將原本手頭的事情都交給了張展瑜，便忙碌起來。正忙得不得了，眼角餘光忽地瞄到寧汐的身影，寧有方不假思索地喊道：「汐兒，快些過來幫忙，容老爺和容二少爺回來了，大少奶奶叮囑一定要做一桌好菜。」
寧汐立刻收斂心神，點頭應了，幫著打起了下手。
父女兩個本就極有默契，搭檔著做起事來又快又穩妥。一個切菜配菜，一個上鍋炒菜燒菜，動作利索得不得了。
薛大廚偶爾過來看看，忍不住讚道：「寧大廚，你有這麼個好閨女，真讓人眼饞。」
寧有方朗聲一笑，心裡別提多得意了，口中意思意思地謙虛道：「哪裡哪裡，汐兒還小，需要長進的地方還多著呢！」
薛大廚忍不住瞄了寧汐一眼。只見寧汐手中握著鋒利的菜刀，動作俐落又好看，手起刀落，砧板上的牛肉已經變成了細細的肉絲。每一根肉絲長短一致粗細相同，令人嘆為觀止。這麼年輕的女孩子就有這樣過人的刀功，簡直匪夷所思。
寧汐平日裡愛說愛笑，可在做正事的時候卻沈穩仔細，一句廢話都沒有。等切菜配菜的事情都做完了，寧汐主動地承擔起了做主食的任務。

前世的她和容府的人沒多少來往，只是因為容瑤的關係才稍稍關注了一點。只知道這位容大將軍戰功赫赫，擅使一把長槍，朝中的武將沒人是他的對手。至於容大將軍的長相嘛……能生出容玨、容瑾這等相貌的兒子，容大將軍當然不會差了。雖然年過四旬，卻是個不折不扣的美男子。

至於容瑾的二哥容琮，她就沒多少印象了，只依稀記得個子很高。

按理來說，鎮守邊關的將領是不能輕易回京的。這次是因為容瑾中了狀元的喜事才回了京城。估摸著至少會住上一陣子才會回去了。

寧汐漫不經心的想著這些，手下揉麵的動作卻沒停。

寧有方一邊照應著爐灶上的清蒸甲魚，一邊忙裡偷閒的回頭看了一眼，笑著問道：「汐兒，妳打算做麵條嗎？」

麵條既好吃又簡單，是宴席裡最常出現的主食了，寧有方本人就是做麵條的高手。

寧汐俏皮地應道：「爹，我今天做的麵條和您平時做的可不一樣，待會兒保准讓您大開眼界。」

這牛皮可吹得不小！寧有方啞然失笑，調侃道：「好好好，我等著大開眼界。」他做了這麼多年廚子，什麼樣的麵條沒見過？

不過，寧汐既然這麼說了，當然是有把握的。

容瑾曾送過她兩本食譜，她早已將食譜上的所有菜餚熟記於心。裡面記錄的一些稀奇古怪的麵點主食也不少，今天正好一試身手。

寧汐專注的抻麵，她的力氣不算大，只抻了一會兒就開始冒汗了。

寧有方等了半天，見寧汐還在抻麵也有些奇怪了。「這麵已經夠筋道了，不用再抻了吧！」這麼硬的麵，待會兒只怕擀皮都擀不動了。

寧汐笑而不答，又費力的將麵團抻了幾個來回。等硬硬的麵團被壓成了半圓狀，才算告一段落。緊接著，又將半鍋雞湯放進鍋裡，在雞湯裡放入切好的香菇、竹筍、木耳，等雞湯開了之後，才一手托著麵團一手拿著鋒利的菜刀站到了鍋邊。

她這動靜實在太新鮮了，不僅是寧有方，就連別的廚子也忍不住探頭張望。誰見過這麼做麵條的？連皮還沒擀，不會是打算就這麼一坨麵放進鍋裡吧！

寧汐微微一笑，右手拿刀飛快的在麵團上動作了一下，一塊長長薄薄的麵片就飛入了熱騰騰的雞湯裡，接著第二刀、第三刀、第四刀……

一開始動作還不算快，到後來，寧汐運刀如飛，廚子們根本看不清刀在哪裡，只看見不斷的有麵片飛入鍋裡，麵團在慢慢的變小。大大的鐵鍋裡，漂浮著滿滿的白白的麵片。

到了最後，麵團只剩下拳頭大小，刀實在削不下去了，寧汐才停了手。用勺子在鍋中攪拌片刻，又放了一把嫩嫩的小青菜，再放鹽調味。

等麵片熟了，盛在白底青花的瓷碗裡。白白長長的麵片、暗紅色的香菇、黑色的木耳、白色的竹筍，配著翠綠的青菜，別提多誘人了，那撲鼻的香氣更是把人的饞蟲都給勾出來了。

寧有方讚不絕口。「汐兒，麵條這麼做我還是第一次見。」

寧汐不無得意地笑道：「這是用刀削出來的麵，不能叫麵條了，得叫刀削麵。」這名字雖然有點怪怪的，可又異常的貼切。

寧有方想了想，也笑了。「這名字不錯。」

鍋裡的刀削麵上桌之後，還剩了不少。寧汐找來一摞小碗，盛好之後，笑咪咪的喊道：「薛伯伯，您忙了半天，一定餓了吧！先來吃一些填填肚子。」

薛大廚也不推辭，笑著走了過來，站在鍋邊便吃了起來。

雞湯的香濃不必細說，各式配料也是以鮮香為主，混合在一起，滋味自然美妙。那麵片和平時所吃的軟軟的麵條完全不同，特別的筋道，吃起來別有一番滋味。

薛大廚邊吃邊點頭，一連誇了幾個好。寧有方也美滋滋的吃了一碗，竟然也沒追問寧汐是從哪兒學來的新花樣。

事實上，寧汐從做學徒開始就和別人不一樣。她從不拘泥，做菜的時候靈感極多，往往靈機一動，就把寧有方教的菜式改動一番，成了全然不同的新菜式。

寧有方對這一點自然是很欣賞的。一個真正的好廚子，必然有自己的獨到之處。寧汐的靈氣，正是她身上最最可貴的地方。照這樣下去，不出幾年，寧汐的廚藝就會超過他了！

他們兩個吃得香甜，別的廚子不免暗暗嚥口水。

寧汐和別的廚子不熟悉，便只端了一碗遞到了張展瑜的面前。「張大哥，你也一定餓了，來嚐嚐我的手藝。」

這份另眼相看，讓張展瑜的心裡甜絲絲的，笑著接過了麵碗，慢慢的吃了起來。

寧汐忍不住打趣道：「你怎麼吃得這麼慢？是不是嫌我做的麵不好吃？」

張展瑜笑了，俊朗的眉眼舒展開來。「哪兒的話。我吃得慢，是因為這麵太好吃了。我捨不得吃。」最重要的，是因為這碗麵是她親手做的，他當然要慢慢的品味。

那份濃濃的情愫從張展瑜的眼底不小心露出一點點。

寧汐的心裡一顫，腦海裡忽然掠過另外一張俊臉，心裡浮起淡淡的苦澀。

他的喜歡，他的許諾，都是真的。可是，她卻不敢奢望今後的相守。前世她受盡情傷，早已遍體鱗傷，再也沒力氣轟轟烈烈的愛一場。

如果結局早已注定，再多的奢望也只是癡心妄想。與其將來傷心傷身，還不如……還不如早些了斷了……

寧汐垂下眼瞼，眼中閃過一絲痛苦。

張展瑜一愣，忙丟下碗湊了過來，關切地問道：「汐妹子，說得好好的，妳這是怎麼了？哪兒不舒服嗎？」

寧汐定定神，抬頭笑道：「沒什麼，就是有些累了。」眼前的這個朝夕相處的男子，時時刻刻把她放在心上。她不是鐵石心腸，自然會感動。

張展瑜這才鬆了口氣，見寧汐直直的看著自己，忽然有些莫名的窘迫，不敢再直視那雙晶瑩的眸子，隨意的扯了個理由。「我、我還有事情沒做完，先過去忙了。」

他迅速地轉身，心早已怦怦的跳個不停。

第一百九十六章 拖延

張展瑜這麼落荒而逃，倒是讓寧汐有些意外，忍不住輕笑出聲。真沒想到，這麼一個大男人竟然還會像個少女一般害羞呢！

張展瑜聽到身後如銀鈴般的輕笑聲，心裡又是甜蜜又是慌亂。

他和寧汐認識也夠久了，雖然他自己存了份心思，卻不敢奢望寧汐有同樣的心意。他一直默默的站在寧汐的身邊，暗暗期待著有一天她肯回頭看他一眼。可等她真的看過來了，他才發現自己手足無措，連大氣都不敢出。

真是沒用！張展瑜暗暗惱恨的罵了自己一句，怎麼也鼓不起勇氣回頭看寧汐一眼，卻忍不住豎起耳朵，細細地聆聽著寧汐的一舉一動。她歡快的笑聲、清脆的說話聲，還有碰觸鍋碗瓢盆的動靜，都是那麼的悅耳動聽，讓人心醉神迷。

張展瑜心蕩神馳，手下的動作也沒那麼利索了，一不小心，手裡滑了一下，竟然把盤子裡的豆芽弄灑了一地。

眾廚子唰的一聲看了過來，眼裡都是忍俊不禁的笑意。

張展瑜的尷尬懊惱就別提了，訕訕地蹲下身子撿拾，一個熟悉的身影也蹲了下來陪他一起撿。張展瑜一抬頭，看到的便是寧汐燦爛美麗的笑顏。兩人雙眸相對，彼此會心一笑。

張展瑜的心裡湧起無邊的甜意，真希望這一刻就此停住……

還沒等他想完，就見一個丫鬟模樣的少女笑盈盈的走進了廚房裡。「薛大廚、寧大廚，你們今日辛苦了，少奶奶請你們過去說話呢！」

薛大廚和寧有方俱是精神一振，笑著應了。

那個丫鬟又笑咪咪的看了寧汐一眼，補充了一句。「寧姑娘，少奶奶特地叮囑了，請妳也一併過去。」

寧汐一愣，硬著頭皮應了。心裡暗暗祈禱著，待會兒可別和容瑾碰面了。今天剛鬧過那麼一齣，再見面多尷尬……

只可惜容瑾是今日的主角，不管怎麼樣也不會少了他。寧汐剛一踏進廳子裡，一眼便看到容瑾了。

容瑾顯然喝了不少的酒，醉意至少有七、八分，眼角眉梢透著意氣風發的俊朗神采。在明亮的燭火下，狹長的鳳眸半瞇著，唇角微微勾起。就算是有再多的絕世美人兒在此，也無人能奪去他的風采。

寧汐和他的目光在空中相接，心裡俱是一顫，各自迅速地移開了視線。

寧汐按捺住心裡的波濤洶湧，不動聲色地打量起坐在上首的容大將軍。雖然年過四旬，可容大將軍卻神采奕奕極有精神，相貌堂堂極有風度，果然是個少見的美男子。

容琮年約二十，膚色略黑，面容剛正，器宇軒昂，坐在那兒背脊挺得筆直，身姿挺拔威武。

寧汐不由得暗暗喝彩，容家父子四人，各有各的特色各有各的風采，讓人一見難忘。相較之下，也算有幾分姿色的容瑤坐在一旁卻顯得暗淡無光了。

容瑤對寧汐從來沒有半點好感，見寧汐老實的垂手立在那兒，心裡湧過一陣快意，暗暗想著待會兒定要找個機會讓寧汐難堪一回……

李氏含笑看了過來。「這幾天辛苦薛大廚、寧大廚了。宴席上的菜餚做得很好，賓客們都讚不絕口，你們這次可給我們容府長了臉面了。」

薛大廚滿面紅光，連連謙虛了幾句。他是這次宴席的主廚，能得到主子這樣的讚譽，自然面上有光。寧有方不肯搶了薛大廚的風頭，只跟在薛大廚後面附和了幾句。

容大將軍今天心情高昂，難得的也誇了幾句。「嗯，今晚的菜做得確實不錯，兩位大廚都重重有賞。」

容瑾慵懶地一笑，插嘴道：「爹，是三位大廚才對。」

容大將軍一愣，旋即哈哈一笑。「對，是三位大廚。」目光很自然的落在了寧汐身上，上下打量幾眼，心裡暗暗驚訝，忍不住問道：「妳叫什麼？今年多大了？」

寧汐落落大方的走上前應道：「啟稟容大將軍，小女子名叫寧汐，今年十四。」不卑不亢，口齒清晰，絲毫沒有怯場。

容大將軍心裡暗暗點頭，眼裡掠過一絲讚許。

李氏在一旁笑道：「公爹，這位寧姑娘就是寧大廚的女兒，正所謂名師出高徒，有寧大廚這樣的好師傅，寧姑娘的廚藝也十分高超呢！」

容大將軍「哦」了一聲，饒有興致的問道：「小姑娘，今天桌上的菜餚有哪些是妳做的？」

寧汐笑著答道：「今天是我爹掌廚，每道菜都是我爹做的，我只負責打打下手……」

話音未落，就聽容瑤尖酸刻薄的聲音響了起來。「想掌廚也得有那個能耐才行！」

李氏眉頭微微一蹙，有意無意地看了容瑤一眼，堂堂容府四小姐，怎麼能說出這麼刻薄無禮的話來。

容大將軍對這個女兒卻是比較疼愛的，雖然覺得這話有點刺耳，卻也沒朝心裡去，反而笑著說道：「瑤兒，妳嚐過寧姑娘的手藝嗎？」

容瑤格格一笑，聲音分外的嬌柔。「爹，您一年多都沒回來了，恐怕還不知道吧！寧大廚父女之前可是住在我們容府裡的，我雖然沒嚐過她的手藝，不過，三哥可是領教過好多次了。不信，你問問三哥就知道了。」

這話裡話外都透著點不懷好意的味道。在場的沒有一個蠢人，誰能聽不出來？

容大將軍挑了挑眉，看了容瑾一眼。

容瑾分外的鎮定，淡淡的一笑。「四妹說的對，我確實常去鼎香樓，寧大廚和寧姑娘的手藝我都領教過不少次了。對了，有件事爹還不知道吧！寧大廚父女都是洛陽人，原本是舅舅的太白樓的主廚。」

話題一扯到陸家，容大將軍立刻動容了。

他和原配妻子陸氏琴瑟相合感情甚篤，可陸氏卻生病早亡，扔下三個兒子便撒手歸西了。之後，容府和陸家的來往便漸漸少了許多。待聽說鼎香樓是容瑾和陸家合夥開的酒樓之後，容大將軍頗為欣慰，連帶著被勾起了對亡妻的思念之情，忍不住嘆了口氣。「你們的娘走得早，以後和娘舅家要多走動走動，別疏遠了。」

容瑾點點頭。「謹遵爹教誨。」話題就此被扯了開去。

容瑤暗暗惱火不已，只可惜沒膽子瞪容瑾，眼珠轉了轉，故意笑道：「爹，三哥中了狀元，又被點了翰林，這可是我們容家的大喜事。說起來，三哥年齡也不小了，什麼時候給我娶個三嫂回來？」

眼角餘光瞄到寧汐僵硬的笑臉，心裡別提多得意了。哼，就憑她這麼一個小小的廚子，居然也敢妄想容府三少奶奶的位置嗎？呸！想都別想！

這話可說到容大將軍心坎裡了，連連點頭笑了，不問容瑾，卻看向李氏和容玨。「你們做大哥大嫂的，可要替瑾兒多上上心，要是有合適的，就說給我聽聽。趁著我這次回來，把親事定了，也能了了一樁心事。」

李氏抿唇笑道：「不瞞公爹，這事兒媳一直惦記著呢！早就請人幫著相看了幾家，不過，就是三弟他……」根本不肯點頭罷了！

容大將軍擰起眉頭，瞄了容瑾一眼。「瑾兒，你娘去世得早，正所謂長嫂如母，你大嫂為你操心親事也是理所當然，你也別太任性了！」

這樣的場合，顯然不是深談的好機會。

容瑾淡淡地一笑，輕描淡寫地應道：「爹，長幼有序，二哥還沒成家，我這個做三弟的怎麼好搶在前頭，還是等二哥娶了親再說也不遲。」

容琮年過二十還沒成家，自然是有原因的。當年容琮十四歲的時候，曾訂過一門親事。對方也是京城貴女，才貌俱佳，偏偏體弱多病，在出嫁前生了場大病便一命嗚呼，這門親事自然不了了之。容琮後來緊接著做了參將到邊關守城，親事便這麼耽擱了下來。

最關鍵的一點是，容琮生性嚴謹不近女色，根本沒有成家的念頭。

容琮冷不防被點了名，皺起濃眉瞪了容瑾一眼。「說得好好的，怎麼又扯我身上來了。」

容瑾挑眉一笑。「二哥一日不成親，我一日不說親事。」有容琮這個擋箭牌，至少還能再緩和個一年半載吧！

容琮皮笑肉不笑地白了容瑾一眼。「三弟這麼有兄弟情意，真讓我感動啊！」自己不想成親，偏要拉他下水，哼！

容瑾面皮雄厚，毫無愧色。「這是應該的，二哥不必太感動。」

兄弟兩個鬥嘴鬥得煞是熱鬧，容大將軍卻被容瑾提了醒，想了想說道：「瑾兒的親事暫時緩一緩，先把琮兒的親事定了再說。」

容琮瞪大了雙眼，想反抗卻又找不出任何合適的理由來，心裡恨得牙癢，忿忿地把這筆帳都記到了容瑾的頭上。

容瑾對容琮殺人一般的目光毫不介意，聳聳肩笑了。拖延時間的法子奏效了！他總算有時間好好籌謀一番了……

寧汐一直低著頭默默地聽眾人說話，聽到這兒，心裡掠過一絲釋然，旋即又自嘲的笑了。就算容瑾躲過了這一次，可遲早躲不過下一次，不管如何，這個容府三少奶奶的位置也落不到她的頭上……

第一百九十七章　駙馬

領了重重的紅包之後，寧有方和薛大廚便打算告退了。

容大將軍忽地問了句。「今天晚上的麵條不知是哪位大廚做的？」

寧有方一愣，忍不住看了寧汐一眼。容大將軍喜怒不形於色，這麼平板板的問出來，還真是看不出他這麼問是什麼意思。

寧汐微微一笑，上前一步。「是小女子做的，若是有哪兒不夠好，還請容大將軍多多指點，小女子日後一定多改進！」

容大將軍略有些意外，忽地笑了。「我生平最愛吃麵食，今晚的麵條很合我的胃口。」沒想到竟然是眼前這個水靈靈的小丫頭做出來的，看來倒不能小看了她。

寧汐適時地表現出一些歡喜雀躍。「多謝容大將軍誇讚。若是您不嫌棄，小女子一定再做一回給容大將軍嚐嚐。」

容大將軍啞然失笑。「難得妳有這樣的心意，也好，過幾天我會派人到鼎香樓請妳。」

此言一出，就連寧有方都是精神一振滿臉喜色。堂堂容大將軍派人到鼎香樓請一位大廚進府做菜，若是傳了出去，寧汐可就大大的風光了。

寧汐又是意外又是高興，按捺著激動的心情點頭應了。她可不是想巴結誰，只不過，眼前這個人是容瑾的爹，就算和容瑾沒緣分在一起，她也想表現得好一些。

這種心態很微妙，雲英未嫁的姑娘們都懂的。

容瑾顯然也沒料到會有這麼一齣，挑挑眉笑了。大概是酒氣上湧，也可能是心情激動忘了收斂，他灼灼的目光就這麼緊緊的盯著寧汐，壓根兒沒法子移開。

寧汐察覺到容瑾灼熱的目光，心裡一顫，耳際忽然有些熱熱的。怎麼也鼓不起勇氣正眼看他，匆匆地道謝並告退，一直到轉身離開，都沒有再多看容瑾一眼。

容瑾也沒怎麼失望，唇角噙著笑意，接下來一直心不在焉的，也不知在想些什麼。

等眾人都散了回去休息之際，容玨卻悄悄拉著容瑾到了書房裡。臉上掛著笑容，眼底卻沒多少笑意，開門見山地問道：「三弟，這兒沒別人，就我們兄弟兩個。你給我說句實話，你對那個寧汐到底是什麼想法？」

「大哥，我不懂你在說什麼。」容瑾故意裝糊塗。

容玨年紀輕輕就能做上御林軍統領，自然不是那麼好糊弄的，正色問道：「你就別在我面前裝模作樣了，你是不是喜歡寧汐那個丫頭？」

這麼顯而易見的事實，實在沒法否認，容瑾索性不吭聲，來了個默認。

容玨扯了扯唇角。「你一整個晚上都盯著人家小姑娘看，別以為就我注意到了，只怕爹也看出來了。」

容瑾漫不經心地應了句。「看出來又能如何？」

容玨眸光一閃。「三弟，你年少得志，這麼年輕就進了翰林，以後肯定前途無量。我這做大哥的奉勸你一句，千萬別兒女情長誤了正途。喜歡那個丫頭倒也沒什麼，以後娶了正妻，再納她進府就是了。至於以後你要怎麼寵她抬舉她都是你院子裡的事情，誰也管不了。不過有一條你要記清楚，現在要低調點，別鬧出大動靜來。要是這樣的事情傳了開來，對你說親一事可是有影響的。這年頭，不僅是女子有清譽，男子也得有個好名聲。如果成親前就有風流韻事，傳到聖上的耳朵裡，駙馬什麼的就想都別想了。」

駙馬？

容瑾忽地笑了，閒閒地問道：「大哥，誰想做駙馬了？介紹給我認識一下如何？」

容玨白了他一眼。「你別給我打馬虎眼。聖上只有明月公主這麼一個女兒，千寵萬寵，就差沒捧在手心裡。如今這明月公主也有十五了，聖上再捨不得，也得考慮她的終身大事。你是今年的新科狀元，才貌無人能及，我們容府幾代忠良，門風清正，聖上說不定就能看中你……」

容瑾再也聽不下去了，乾脆俐落地打斷了容玨。「大哥，我看你倒是挺合適的。要不，你休了大嫂去求娶公主吧！」話中濃濃的譏諷清晰可見。

容玨也不生氣，笑著應道：「你別說風涼話了，要是我晚出生幾年，這樣的好機會怎麼可能輪到你。」

容瑾對這個話題絲毫不感興趣，聳聳肩說道：「誰愛做駙馬誰去做，總之，我沒興趣。」

容玨對他的任性大感頭痛，嘆口氣說道：「聖意難測，這可不是你願意不願意的事情。」聖上旨意一下，誰敢違抗？

被容玨這麼一提醒，容瑾也開始皺眉了，開始深思起來。聖上這麼欣賞他，萬一真的要把明月公主嫁給他怎麼辦？不行，他得想個法子先避開這樣的「好事」……

容玨卻以為容瑾被自己說動了，笑著拍了拍容瑾的肩膀。「三弟，你想開了就好。我們兄弟三個，數你最有出息，要是你真的做了駙馬，我們也跟著沾光做了皇親國戚，今後容府就能屹立不倒了。」

一朝天子一朝臣，現在的風光不代表將來的安穩。為了容府的未來，容瑾得爭取做駙馬才行！

容瑾意味難明地笑了笑，既不點頭也不搖頭。扯開話題問道：「你跟爹說過這些嗎？」

容玨笑道：「還沒來得及說。」當然得先做好容瑾的思想工作再說。

容瑾想了想，說道：「大哥，這事你暫且別在爹面前提，以後有機會的話，我會和他親自說的。」不用想也知道，要想婚姻自主，可不是容易的事情，得提早籌謀才行。

容玨以為容瑾想通了，倒是十分高興，又拍了拍容瑾的肩膀。「好，你自己和爹說。時候不早了，我也回去睡了。」臨走前，忍不住又補充了幾句。「三弟，我剛才說的話你可要放在心上，這段日子離寧汐遠點，別傳出什麼風言風語來。」

容瑾隨意的點頭應了，目送著容玨出了書房，笑容慢慢的淡了下來。

這年頭，不只是女子婚姻大事由父母作主，男子也是一樣。看來，他和寧汐之間果然阻力重重……

這該死的封建制度！該死的階級制度！該死的門當戶對！

容瑾輕哼一聲，眼裡閃過一絲堅決。他偏偏就要娶寧汐，看看誰能攔得了他！

同樣的夜裡，寧汐在床上輾轉反側難以入眠。白天發生的一切，一點一滴的在腦中重播，甜蜜中夾雜著苦澀，歡喜中滿是悵然。

如果，她也出生在貴族世家，她和容瑾會是很好的一對吧……

不，她怎麼可以這麼想！誰也不能選擇自己的爹娘，更不能選擇自己的出身和命運。爹娘一心一意的疼她，她怎麼可以有這樣可恥的想法？

事實擺在這裡，她就是個普通少女。是一個廚子的女兒，這點永遠無法改變！容瑾再好，也不屬於她。她不該再想這些了，安心踏實的過自己的日子吧！只要容瑾不要再來找她，她一定可以很快忘記他。一定可以！

寧汐緩緩地閉上眼睛入睡，睡夢中，眼角溢出幾滴淚珠。

接下來的幾天，容瑾沒有再來鼎香樓。他初入翰林院，對人事都不熟悉，正在適應階段，沒什麼空閒。

李氏果然忙碌著為容琮操心起了親事，只可惜，任憑媒婆說得天花亂墜，容琮都是板著臉孔搖搖頭。

李氏無奈之餘，不免在容大將軍面前抱怨了幾回。

容大將軍忙於應酬之餘，特地抽空將容琮拉到面前訓了幾句。「……你也老大不小的了，也該娶妻生子安定下來了。看中哪家的姑娘就直說，讓你大嫂去提親就是了。」

容琮扯了扯唇角，乾脆俐落地應道：「爹，您就別為我費心了。我長年在外，一年難得回京一次，娶了親不是白白的讓人家女孩子守活寡嗎？我還是積點德吧！」

容大將軍惱火了，瞪了容琮一眼。「胡扯！什麼守活寡。能嫁到我們容府，是她的福氣。再說了，你遲早會回京城。」只要邊關無事，容琮回京城謀個差事就是了。

容琮看了容大將軍一眼，顯然不太樂意，卻也不敢頂嘴。

容瑾在一旁聽了半天，忽地生出一個主意來。如果能成功的話，可是一舉兩得的好事……

「爹，」容瑾忽地笑著說道：「二哥天天悶在府裡，也沒出去走動，連結識朋友的機會都沒有，更別說認識中意的女孩子了。這樣吧，明天我和幾個朋友約了出去踏青，讓二哥也跟著我一起去，說不定會有些際遇。」

明天可是個名副其實的好日子。聽說大皇子和三皇子要帶著明月公主一起去西山踏青，到時候他們也去西山，說不準會有個偶遇什麼的……

這主意倒是不錯。容大將軍點了點頭。

容琮卻莫名地覺得有些危機感，忍不住瞄了容瑾一眼。這小子，該不是打了什麼鬼主意吧！

容瑾無辜地笑了笑。「二哥，你這麼看我幹麼？我可是一片好心帶你出去解悶。你該不會懷疑你親弟弟會算計你什麼吧？」

好聽不好聽的，都被他給說光了！容琮輕哼一聲。「你最好沒有！」

第一百九十八章　對臺戲

第二天一大早，寧汐便開始心神不寧坐立難安。

記得沒錯的話，前世的時候，蕭月兒就是在這一天意外身亡。聖上勃然大怒，又傷心得難以自制，大病了一場。也是從那時候開始，三皇子失了聖眷，再也無力和大皇子一較長短。而生性敦厚的大皇子，雖占據了嫡和長兩個字，卻優柔寡斷，又沒有得力的娘舅支持。到後來幾年，竟然被四皇子後來居上，成了太子。

如果蕭月兒能逃過這次劫難，一切就會不同了吧！只要三皇子聖眷不倒，四皇子根本沒有出頭的機會，想做太子也不是那麼容易的事情了……

「汐兒！」寧有方喊了幾聲，見寧汐一點反應都沒有，索性走到寧汐面前。「汐兒，妳在想什麼，我喊妳這麼多聲妳都沒聽見？」

寧汐正沈浸在自己的思緒裡，乍然見面前多了一張臉，被嚇了一跳。待看清楚是寧有方，才稍稍鬆了口氣，埋怨道：「爹，您怎麼忽然就跑到我面前來了，嚇了我一跳。」

寧有方又是好氣又是好笑的白了她一眼。「虧妳好意思說，我喊了妳半天，妳一點反應都沒有。剛才在想什麼這麼入神？」

呃，這個嘛……寧汐笑著扯開話題。「爹，您來找我有什麼事？」

寧有方也沒心思閒扯，皺著眉頭說道：「我確實有事要和妳說，這些天我們鼎香樓的女客似乎比以前少了。」

寧汐也頗有同感。「是啊，確實少了一些。」已經連續好幾天沒客滿了。雅間居然有空餘，對鼎香樓來說是件不正常的事情，確實要重視。

寧有方嘆了口氣。「我剛才和孫掌櫃說起這個事了。一品樓如今也有了專門招待女客的雅間，掌廚的就是那個上官燕，雖然開業沒多長時間，生意倒是不錯。」把鼎香樓的客源搶走了不少。

寧汐也收斂了笑容，想了想說道：「爹，一品樓是京城首屈一指的大酒樓，固定的客人很多，在貴客中間很有名氣。上官燕的廚藝也很不錯，招待女客的名頭一打出去，難免要轟動一陣子。我們這邊的客人流失一部分也在所難免，倒也不必驚慌。等過些日子，人家嚐過了新鮮，自然會回來的。」

寧有方啞然失笑，調侃道：「妳倒是滿有把握的，萬一客人被一品樓吸引了過去，以後不來我們鼎香樓了怎麼辦？」

「不可能！」寧汐自信地挑了挑眉。「吃過我做的菜餚，她們遲早會回來的。」

這話說得豪氣干雲自信滿滿，寧有方被逗得哈哈大笑。「好好好，我閨女果然是好樣的。」一想做一個好廚子，廚藝自然最重要。不過，信心也必不可少啊！

寧汐笑嘻嘻地拍了寧有方一記馬屁。「名師出高徒，爹這麼厲害，我當然不能給您丟臉。」

父女兩個說笑了一會兒，又低聲商議起了對策。說笑歸說笑，可不能就這麼乾巴巴的等著客人回頭。總得想出點法子應付才行。

寧汐想了想，低聲說道：「爹，我們把三樓雅間的菜餚價格重新定一下。」

寧有方卻會錯意了，皺著眉頭反對。「鼎香樓的菜價比一品樓便宜多了，就算比起雲來居和百味樓，也不算高。再降價的話，以後想漲回來就難了。」

寧汐笑了笑。「誰說要降價了，我說的是漲價！」

漲價？寧有方又是一愣。

寧汐肯定的點頭。「對，漲價！不僅要漲，而且還要漲得比一品樓高！」

寧有方一時繞不過彎來，疑惑的問道：「汐兒，妳這是……」客人本就在流失，再這麼猛漲價，誰還肯來？

寧汐眸光一閃，笑吟吟地說道：「肯花五兩銀子吃一桌宴席的客人，根本不在乎再多花五兩。她們在意的，是顏面和名頭。京城這麼多酒樓，本來只有我們鼎香樓設立了專門招待女客的雅間，她們肯來，不僅是因為菜餚美味，更重要的是不想讓人比下去。現在一品樓也有招待女客的雅間了，不少客人想嚐新鮮，也有不少人是跟風湊熱鬧，所以也跟著去了。這個時候如果我們一點舉動都沒有，就被一品樓壓了一頭。日後就算客人還回來，也會覺得我們鼎香樓比一品樓差了些。」

所謂漲價，當然是個噱頭。

菜餚價格翻倍，在客人間造成的轟動一定不小，無形中給鼎香樓做了宣傳，也是嶄露出和一品樓一別苗頭的意思。客人驚奇之餘，不免要回來吃一頓試試，其餘的貴客自然也會跟著回來了。

寧有方聽了半天，總算明白過來了，激動地一拍大腿。「好，這主意好！我這就和孫掌櫃商議一下。」說著就要轉身。

寧汐忙叫住了寧有方。「爹，你等等，我還沒說完呢！我說的漲價，可不是指所有菜餚都漲價。最好是『某一個』廚子動手做的菜餚價格翻倍。」

既然要和一品樓唱對臺戲，自然要推出一個和上官燕旗鼓相當的對手，這才更能吸引客人的注意嘛！

寧有方腦筋轉得很快，立刻會意過來，笑著瞄了寧汐一眼。「妳這丫頭，一肚子鬼心眼。我懂妳的意思了，剩下的事妳就別操心了。」

寧汐笑嘻嘻地點了點頭，心裡升起昂揚的鬥志。上官燕，等著接招吧！

寧有方一刻沒停的去找了孫掌櫃，把這個法子說了一遍。孫掌櫃最是精明，自然一眼就看出了其中的奧妙，連連拍腿叫好。

一品樓推出了上官燕，短短一個多月裡就打響了名頭。鼎香樓有同是年輕美貌的少女大廚寧汐，推出來和上官燕唱對臺戲一定很轟動，這樣的噱頭不用白不用。

孫掌櫃的腦子迅速轉了一圈，笑著說道：「既然要漲價，也得有個由頭才行。讓汐丫頭先休息兩天，趁著這兩天，我們就放出風聲，要想吃寧汐大廚親手做的菜餚，必須提前一天預定，價格翻倍，每天只接受兩桌宴席的預定。」

食客都有獵奇的心理，越是不容易吃到越是好奇。只要操作得當，寧汐的風頭很快就能蓋過上官燕了。

寧有方聽了連連點頭，又補充道：「光這樣還不夠，這樣吧，我再讓汐兒做一份特製的菜單，讓食客可以任意的挑選菜式。」

孫掌櫃立刻說道：「這菜單只給預定宴席的客人，其他普通客人一律看不到。」

兩人對視一笑，又低聲商議起了細節。

這事說難不難，最關鍵的，是要把動靜鬧得大一點，最好是讓來來去去的食客們都知道，回去之後再口耳相傳，很快就能傳開了。好在寧汐廚藝高妙，本來就有不小的名氣，肯買帳的食客必然會有的，只要名聲傳開去，以後不愁沒有客人上門了。

寧汐在廚房等半天，也不見寧有方回轉，索性去前樓櫃檯找人。

孫掌櫃正和寧有方商議得熱火朝天，見寧汐過來，忙笑著朝寧汐招手。「汐丫頭，快些過來，有些事得交代妳一聲。」

寧汐湊了過去，就聽孫掌櫃滔滔不絕地吩咐了一通。「妳今天就別在廚房裡待著了，回去休息幾天，琢磨幾樣新菜式，最好再做兩份特製的菜單，以後供客人點菜……」

寧汐連連點頭應了，對孫掌櫃佩服不已。這麼短的時間裡，竟然想出了這麼多點子，真是厲害！

自從做了大廚之後，還沒告假休息過，這幾天就算是給自己放個假好了。

寧汐笑咪咪的收拾了一下廚房，便悠閒的出了酒樓，本打算現在就回家，可腦子裡忽然又想到了蕭月兒，心裡又煩悶起來。

反正時間多得是，要不，去西山那一帶打聽一下動靜好了……

寧汐下了決心，便四下張望起來。西山這麼遠，若是步行走過去，只怕走到天黑也不一定能到，還是租一輛馬車去最好。

說來也巧，路對面竟然正好有一輛馬車，雖然車廂小了點、看起來舊了點、拉車的馬老了點，到底也是輛馬車不是？

寧汐忙湊過去，問道：「我想租你的馬車用一天，要多少錢？」

那個三十多歲的車伕，性子倒也爽快，乾脆俐落地說道：「五百文錢一天，少一個子兒都不去。先付一半，回來之後再付另一半給我。」這價格倒也算公道了。

寧汐也沒心情還價，付了錢之後就上了馬車。坐慣了容府的馬車，再看這平民式的馬車，只覺得又小又簡陋，好在還算乾淨。

寧汐掀起車簾喊道：「我要去西山那邊，麻煩你快一些。」

那車伕精神抖擻地應了。「姑娘妳放心，我這馬雖然老了點，跑起來快得很。」說著，高高揚起了馬鞭，卻只在空中虛甩幾下，壓根兒捨不得落在馬上。

還別說，這匹老馬速度居然真的不錯，昂首長嘶一聲，跑得又快又穩。為了速度快些，那車伕特地抄了段近路，顛顛簸簸的繞了許久，才到了官道上，總算平穩多了。

寧汐掀開車簾遠眺，心裡頓時狂跳不已。

青山綠樹，清晰可見。西山已經到了！

第一百九十九章　遇險

此時正是春暖花開的季節，路邊綠草如茵，夾雜著五顏六色的野花，分外清新可人。輕風吹拂，長長的柳枝如同腰肢柔軟的舞姬一般扭動飄蕩，別有一番嫵媚。

寬敞的官道上，有三五成群的公子哥兒騎著駿馬招搖，也有大姑娘小媳婦三三兩兩的走在一起，顯然都是出來踏青遊玩的。

那車伕放慢了速度，忙裡偷閒扭頭問了一句。「姑娘，西山已經到了，接下來妳打算到哪兒？」

寧汐不假思索地應道：「往前走，到岔路口的時候拐彎向右。」前世的時候，她也曾來過這裡。當年明月公主意外身亡鬧得人盡皆知，時隔已久，她隱約還能記得大概位置。

車伕一愣，為難地說道：「前面往右可是通往皇莊的……」來來往往的都是皇親貴族，要是衝撞了貴人，他這條小命也別想要了。

寧汐咬了咬嘴唇，央求道：「我真的有急事，求求你了。」

那車伕停了馬車，苦著臉說道：「姑娘，算我求求妳了。妳還是換個地方吧！我這賤命只有一條，還得留著養活妻兒老小，妳就饒了我吧！」

看這架勢，無論如何是不肯去的了。寧汐咬牙下了馬車。

「好，那我自己過去，你就在這兒等我。」不管怎麼樣，她也要確定蕭月兒安然無恙才能放心！

那車伕忙勸道：「這位姑娘，妳可千萬小心點，要是見了有貴人的馬車過來，妳一定要避開，別被逮個正著，到時候可沒人救得了妳……」

後面還說什麼，寧汐已經無暇留意了，她咬著嘴唇一路跑到了岔路口，毫不猶豫地拐彎向右。這條通往皇莊的官道果然清幽多了，兩旁的樹木鬱鬱蔥蔥，麻雀在枝頭吱吱喳喳，平添了幾分春意。

寧汐快步往前走，不知怎麼的，心裡隱隱有種不祥的預感。

蕭月兒成天在皇宮裡悶著，一心嚮往出宮遊玩，不然也不會總往鼎香樓跑。難得有機會出來踏青，她會因為胡半仙的那幾句話就打退堂鼓嗎？荷香畢竟只是她身邊的宮女，不見得能勸住蕭月兒……

正胡思亂想心亂如麻之際，忽然有一陣隱隱約約的喧鬧聲傳來。

寧汐的臉唰地白了，一顆心抑制不住的狂跳不已。拔腿跑了幾步，又覺得不妥，忙轉進了樹林裡，也顧不得腳下到底會踩到些什麼，急急地往前跑。

老天保佑，蕭月兒，妳可千萬不要出事啊！

樹林越來越窄，斜坡越來越大，走起來很是吃力。寧汐一個不小心差點滑一跤，額頭冒出了涔涔的冷汗，剛站好身子，就聽到不遠處傳來嘈雜的聲音。「快快快，公主的馬車摔下去了，快點下去找……」

然後便是各種慌亂的聲響。有人嚷著，有人喊著，有人往下跑著尋馬車，不用看也知道，那邊一定亂成了一團！

寧汐身子一顫，一臉的慘白，淚水唰地湧了出來。一切還是和前世一樣……馬車摔下去了，蕭月兒命喪黃泉……

都怪她！

她只顧著自己的安危和守護著的秘密，明知道蕭月兒有這一劫，卻不肯直言相告。還自作聰明地妄圖藉著胡半仙之口讓蕭月兒有些警惕。如果她不那麼自私不那麼小心翼翼，如果她肯將知道的一切都告訴蕭月兒，今天這一幕慘劇也不會發生了……

寧汐再也忍不住心裡的自責和懊惱，無助地蹲下身子哭了起來，淚水在掌心裡四處橫流，一片冰涼。那個坐在桌前大快朵頤的少女，那個揚著甜甜笑臉的可愛女孩，那個善良可愛的蕭月兒，就這麼沒了……

不知過了多久，寧汐哭得嗓子都有些沙啞了，才漸漸停止了哭泣。愣了許久，才站起身來，用袖子胡亂的擦了擦臉。咬咬牙出了樹林，沿著官道往回走。

事已至此，再哭也沒用了。這地方不能久留，還是快些離開為妙！萬一有護衛封鎖官道搜索可疑的人，她就算長了十張嘴也說不清。

想到這些，寧汐的腳步越發快了起來。

就在此時，身後忽然響起了馬蹄聲，一個陌生男子的聲音忽然響了起來。「妳是什麼人？給我停下！」

寧汐心裡暗暗叫苦不迭，真是怕什麼來什麼。她反射性地拔腿就跑，可她跑得再快，又哪能敵得過身後的駿馬？

騎在駿馬上的青年男子怒叱了幾聲，見寧汐還不肯停下，眼裡閃過一絲戾氣。「妳再不停下，別怪我手中的利箭不客氣！」說著，便拉弓搭箭，作勢欲放。

寧汐無奈地停住了腳步，命只有一條，糊裡糊塗的死在這兒可就太虧了。

那個面無表情的青年男子哼了一聲，高坐在駿馬上打量寧汐幾眼，待見到寧汐兩眼紅腫分明是哭過的樣子不由得起了疑心，揚聲問道：「妳是誰？怎麼會在這兒？」手中的弓箭依舊維持原先的姿勢，大有膽敢不答就放箭射人的架勢。

寧汐心底直發涼，面上倒還算鎮靜。「春暖花開，小女子出來踏青遊玩。這位官爺，不知小女子觸犯了哪條王法？」

那青年男子冷哼一聲。「出來踏青，怎麼就妳一個人？還有，妳怎麼會走這條官道？難道不知道這是通往皇莊的嗎？」雖然大燕律法沒有明確規定，不過，平民百姓可是沒膽子走這條官道的。

寧汐不敢露出絲毫慌亂，擠出笑容應道：「小女子到京城沒多久，對道路不熟悉。沒想到走錯了，真是對不住，小女子這就離開！」

那青年男子哪肯放她走，冷笑一聲說道：「妳形跡可疑鬼鬼祟祟的，想走可沒那麼容易，給我留下，等我們統領大人來了，確定妳沒嫌疑了才可以走。」

統領大人？寧汐心裡一動。若記得沒錯的話，容瑾的大哥容玨就是御林軍統領吧！這個男子口中的統領大人，該不會就是容玨吧！

正想著，那男子從懷裡掏出一個形狀古怪的物件來，放在口中吹一下，發出尖銳的聲響，直沖雲霄。不遠處也響起了哨音相應。再過片刻，就見幾匹駿馬飛馳而來。領頭的那一個約莫二十七、八歲，面容俊逸，雖然緊鎖著眉頭，可那張臉卻很熟悉。

正是容玨！

寧汐莫名的鬆了口氣，在這樣百口莫辯的情況下，遇到熟人總是件讓人心安的事情。

容玨顯然沒有想到竟然會在這兒看見寧汐，訝然的瞪大了眼睛，脫口而出問道：「妳怎麼會在這兒？」

寧汐訕訕地笑了笑。「這個說來話長，麻煩統領大人，先讓您的屬下把弓箭收起來吧！」被這麼一枝利箭盯著的滋味可不好受。

容玨點點頭，朝那個男子使了個眼色。那個青年男子壓根兒沒料到這個纖弱少女竟然認識堂堂的御林軍統領，詫異的眼神不停地在容玨和寧汐之間來回的飄蕩。

容玨一看就知道自己的屬下想歪了，暗暗翻了個白眼，口中淡淡地問道：「到底怎麼回事，說來給我聽聽！」

那個青年男子一斂剛才的狂傲，老老實實地答道：「啟稟統領大人，這個女子孤身一人在此，形跡可疑，所以屬下才……」

容玨略有些不耐地瞪了他一眼。「成事不足敗事有餘，還嫌今天的事不夠多是吧！那邊正忙著把公主的馬車弄上來，正好缺人手，你快些過去幫忙！」眼前這個少女可是自家三弟放在心尖上的人，再怎麼可疑也得先護著再說。

那個青年男子不敢違命，不情願地應了一聲，翻身上馬，臨走前又聽統領大人輕飄飄的吩咐道：「對了，到那邊看見我三弟，讓他過來一下。」

寧汐本已鬆了口氣，聞言霍然抬頭。容瑾竟然也在這兒？要不要這麼湊巧……

容玨把身邊的人都打發了之後，才翻身下馬，皺著眉頭問道：「寧汐，妳不在鼎香樓裡做事，跑這兒來做什麼？」

寧汐硬著頭皮答道：「今天難得有空閒，我就一個人出來轉了轉。」

「然後，一轉就轉到這兒來了？」容玨似笑非笑地接道，那犀利的眼神竟然和容瑾有七、八分相似。

這話騙騙別人還行，拿來敷衍他可就不成了。鼎香樓離這兒至少幾十里路，就算坐馬車過來也得要半個多時辰，怎麼也轉悠不到這兒來吧！

寧汐尷尬地笑了笑，信口胡扯。「呃，我是坐馬車過來的，聽說這兒景致最好，所以想過來看看……」

容玨眸光一閃，冷不防說了句。「大皇子殿下、三皇子殿下還有明月公主就在前面不遠處，剛才出了點意外，明月公主的馬車翻下去了。」

寧汐敏感地捕捉到其中的關鍵字，眼眸陡然一亮。「你是說，明月公主安然無恙？」如果蕭月兒意外身亡，容玨不可能表現得如此輕鬆，又口口聲聲說明月公主就在前面不遠處，這一切跡象都表明，蕭月兒還好好的吧！

容玨點了點頭，正待說什麼，就聽身後響起了急切的馬蹄聲。

寧汐的目光早已越過了容玨，怔怔地看著疾馳而來的駿馬疾風和那個一臉焦灼不安的絳衣少年……

第二百章　別想走

自從認識容瑾以來，他總是那副悠然自得高高在上的樣子，何曾見過他這般情急不安？是因為擔心她，他才會如此慌亂吧！

寧汐忽然覺得鼻子酸酸的，溫熱的液體就要奪眶而出。眸子裡閃起了點點水光，再襯著那雙紅腫的眼睛，越發顯得楚楚可憐。

容瑾迅速地翻身下馬，一把拉住寧汐的手，急急地問道：「汐兒，妳怎麼了？是不是誰欺負妳了？」

寧汐哽咽著搖頭，驚恐不安的心終於稍稍鎮靜了下來。容瑾來了！有他在，一切就都好了……旋即心裡一顫，從什麼時候開始，她居然這麼依賴他信任他了？

寧汐水靈靈的眸子又紅又腫，臉上還隱隱的有淚跡，容瑾從未見過她這般可憐無助，心裡騰的冒出一股無名的怒火，繃著臉瞄了容玨一眼。

容玨無辜地攤攤手。「你看我做什麼，我可沒欺負她。」若是換了別人，此刻早被御林軍抓起來拷問了，哪能這麼輕鬆自如的站在這兒聊天。

容瑾沈著臉，不自覺地握緊了寧汐的手。

寧汐這才留意到兩人的親暱，俏臉陡然掠過一絲紅雲，掙扎著抽回了手。容瑾剛才也是一時情急才會當著容玨的面做出這樣的舉動，見寧汐渾身不自在，便鬆了手。

容玨咳嗽一聲問道：「三弟，公主那邊怎麼樣了？」

一提到這個話題，寧汐不由自主的豎起了耳朵。就聽容瑾說道：「公主沒什麼大礙，但是受了驚嚇。馬車也找到了，公主身邊的那個婢女渾身是傷奄奄一息，正讓太醫搶救……」

荷香！一定是荷香！寧汐死死地咬著嘴唇，心裡又是安慰又是酸楚。安慰的是蕭月兒總算安然無恙，酸楚的是荷香竟然身受重傷。不用多想也能猜到，荷香是因為保護蕭月兒而受的傷。

果然，就聽容玨嘆道：「小小宮女，竟然有這樣的忠心，倒也難得。」

容瑾想起當時的凶險，也是心有餘悸。「當時拉車的馬不知怎麼回事，忽然發了瘋一樣往下衝，要不是那個荷香及時的打開車門將公主推了出來，只怕……」公主可就凶多吉少了。

說到這個，容玨的臉上忽然有了笑意。「好在二弟反應快，眼明手快地救了公主。不然，公主受些傷也是免不了的。」

容琮馬術一流，在眾人還沒反應過來之際，迅速策馬衝了過去，探身接住了驚惶懼怕的公主。這一齣英雄救美，可謂是今天的意外之喜了！

容瑾挑了挑眉，唇角勾起一抹玩味的笑意。「大哥，回去之後，得把這事告訴爹一聲，讓他有個心理準備。」

兄弟二人交換一個會心的笑容，有默契地住了嘴。

寧汐聽得一頭霧水，這兩人到底在打什麼啞謎？卻也不好多問，怯生生地插嘴道：「我可不可以走了？」

「不行！」容玨和容瑾異口同聲的應道，然後都是一愣，彼此看了一眼。

容玨搶先說道：「妳暫時還不能走。今天的意外發生得蹊蹺，大皇子殿下吩咐過了，不能放過任何一個形跡可疑的人。等查出事情的始末，妳才可以離開。」

寧汐心裡急了，真正的罪魁禍首根本不在這裡，怎麼可能查得出來？若是照著容玨的意思，她豈不是要被扣押起來了？

容瑾也皺起了眉頭。「大哥，寧汐跟這事一點關係都沒有，有什麼可查的？」

容玨似笑非笑地瞄了寧汐一眼。「就憑她這個時候出現在這裡，就沒辦法撇清嫌疑。」

這麼簡單的問題容瑾居然沒想到，果然是被感情沖昏了頭腦。

容瑾一愣，下意識地看了寧汐一眼，眼眸微微瞇起。

寧汐力持鎮定，唯恐自己露出半點心虛。「孫掌櫃給我放了假，我就租了輛馬車到西山來踏青。我讓車伕在下面等我，然後自己走了上來。走到半途，又覺得累了，所以便往回走，卻被剛才那位軍爺發現了……」

容瑾定定地看著寧汐，目光銳利，卻沒出聲。

這些說辭容玨之前便聽過了，不置可否，隨口吩咐道：「三弟，我先過去看看，你好好問一問她到底怎麼回事。」頓了頓，又補了一句。「千萬不能放她走。」

然後，便翻身上馬走了，只留下容瑾和寧汐兩人四目相對，一片靜默。

過了半晌，容瑾才淡淡地說道：「好了，現在沒別的人了，就我們兩個。妳要說什麼就說吧！有我在，沒人敢欺負妳。」

寧汐擠出一絲笑容。「我要說的剛才都說了……」

「汐兒！」容瑾微微皺眉，語氣冷了下來。「我要聽真話。」

寧汐的強脾氣也冒了出來，硬邦邦地應道：「我說的就是真話。」不管怎麼樣，她也不可能把真相說出來！

容瑾的火氣蹭蹭的往上冒，若換在平時，早就不客氣的罵人了。現在卻苦苦壓抑著心裡的怒火，竭力放柔了語氣。「汐兒，妳別胡鬧，今天出的可不是小事。大哥職責所在，要盤查周圍所有的人，並不是特別針對妳。只要妳說清楚到底為什麼會出現在這裡，就沒事了。」

寧汐鎮靜的應道：「我已經說了，你不相信我也沒辦法。對了，我可是有人證的。那個車伕就在前面，你可以問問他我是怎麼來的。」

容瑾擰起了眉頭。「妳別混淆視聽，我不是問妳怎麼來的，我要問的是妳為什麼會在今天到這兒來？別說那些鬼話來糊弄我。妳天天在鼎香樓裡做事，就算告了假，也該回家陪妳娘。就算妳想出來遊玩，也不可能一個人跑到這麼遠的地方來。」

「照你這麼說，我是因為什麼到這兒來？」寧汐不答反問。「我一個升斗小民，難道會知道皇子公主殿下會經過這裡？出事的時候，我離得老遠，邊都沒沾過，你認為我有什麼機會做手腳？再說了，公主殿下出事了，對我能有什麼好處？」

這一連串的反問鏗鏘有力，容瑾也被詰問得啞口無言，半晌才嘆道：「我當然一百個一千個相信妳，可也得別人都相信才行。」

雖然他不想多心，可寧汐此時此刻出現在這裡，本身就是件詭異的事情。

寧汐抿著嘴唇，淡淡地說道：「我能說的都說了，你大哥若是不信，就把我抓去拷問好了。」

這個強脾氣的丫頭！容瑾開始頭痛了，明知她的話語有所隱瞞，偏又拿她沒法子。別說拷問了，連句重話他都捨不得對她說……

僵持了半晌，終於還是容瑾讓步了。「妳別待在這兒了，先回去吧！」

寧汐終於等到了這一句，反而遲疑了。「我要是走了，這兒怎麼辦？」容玨之前還特地叮囑容瑾不要放她走，要是她真的這麼走了，容瑾怎麼向容玨交代？

算她還有點良心！容瑾眉宇稍稍舒展開來，輕描淡寫地笑道：「大哥要是問起來，一切有我應付就是了。」畢竟是親兄弟，就算他放寧汐走了，容玨又能拿他怎麼樣？

「可是……」寧汐咬了咬嘴唇，眼裡的擔憂遮也遮不住。

容瑾忽地笑了，眼神分外的柔和。「別可是了，快些回去。」

寧汐狠狠心點頭應了，湊上前去，在容瑾灼熱的目光中，第一次主動地握了握他的手，旋即鬆開，轉身走了。

容瑾的眼眸驟然亮了起來，緊緊的盯著寧汐的背影，心裡湧起無邊的甜意。

還沒等寧汐走出幾步，身後忽然響起了馬蹄聲。那馬蹄聲整齊劃一，顯然是訓練有素。容瑾回頭看一眼，臉色為之一變。

竟然是大皇子殿下身邊的親衛兵！一共有四個人，都是身健體壯的青年男子，面容冷漠，帶著無法言語的傲氣。為首的那個揚聲喊道：「前方女子停步！」

寧汐心裡暗暗叫苦不迭，卻也不敢再往前走一步，乖乖的轉過身來。

那四個侍衛一起下了馬，剛才發話的男子對容瑾說道：「見過容大人，大皇子殿下命小的將附近可疑的人都帶過去，還請容大人行個方便。」

容瑾心裡暗暗焦急，面上倒是還算鎮靜。「我和這位姑娘相識，敢擔保她絕沒有任何問題，就不用去覲見大皇子殿下了吧！」雖說大皇子殿下脾氣不錯，可誰知道今天一怒之下會不會遷怒無辜的人？

那個侍衛扯了扯唇角，眼裡卻沒多少笑意。「容大人，小的也是奉命行事，希望您別讓小的為難。」竟是絲毫商量餘地都沒有，毫不客氣地走上前去，就要拉扯寧汐。

「慢著！」容瑾不快之情溢於言表。「我來帶她過去，你不准碰她！」

那個侍衛訕訕地縮回手，點了點頭。

容瑾深呼吸口氣，走上前去，低聲說道：「寧汐，妳別怕，我帶妳過去。待會兒若是有人問話，妳就照著剛才那樣回答就是了。」

寧汐苦笑一聲，眼下這等情形，她哪裡還有拒絕的餘地，也只能走一步看一步了！心裡更是升起一絲悔意。

早知如此，今天真不該來這一趟……

第二百零一章　波瀾

容瑾讓寧汐上了馬，自己卻牽著韁繩往前走。寧汐心裡不安，小聲地說道：「還是你上來騎吧！」讓堂堂容府三少爺為她做馬僮，實在有點說不過去。

容瑾挑眉一笑，曖昧地低語。「妳是想和我共騎一匹馬嗎？」

寧汐霞飛雙頰，狠狠的瞪了他一眼。若不是顧忌身後跟著的那幾個面無表情的侍衛，只怕早就張口罵人了。

雖然此時此地實在不適合打情罵俏，可容瑾的心裡卻滑過一絲無法言語的滿足感。自認識寧汐以來，這不是兩人最親暱的一次，卻是距離最近的一次。他清晰地感受到了寧汐對他的依賴和信任，她剛才還主動地握了他的手……

終於，她向他邁出了一步，雖然只是一小步，遠遠不能讓他滿足，可總歸是有了突破性的進展。

拐了一個彎道過後，一大堆人出現在眼前。在周邊的，自然是侍衛、宮女之流，大皇子、三皇子和公主等人都在馬車上。被撞壞的那輛馬車已經被拖了上來，滿目狼藉看得人觸目驚心。

寧汐此時才發現自己的膽子並沒想像中的大，一顆心簡直快要跳出了胸膛一般，俏臉一片慘白，掙扎著下了馬，不自覺地低低呢喃。「容瑾，我有點害怕……」

容瑾扯了扯唇角，溫和地安撫道：「別怕，最多問幾句話就會放妳走了。妳看那邊還有幾個，也是被帶過來問話的。」

寧汐凝神看了過去，容瑾說的果然沒錯，那邊還有幾個普通百姓模樣的人，其中一個被拉了進去問話，另外幾個都惶恐不安地等著。

可這絲毫不能安撫寧汐的緊張和不安，此刻她最擔心的反而不是盤問，而是蕭月兒！老天保佑，待會兒千萬別和蕭月兒打照面才好。不然，剛才說的一切謊言都會不攻自破……

寧汐俏臉蒼白，死死地咬著嘴唇，身子不自覺地微微顫抖著。容瑾憐惜之意大起，卻也無可奈何，只能眼睜睜看著寧汐被侍衛帶了過去，和那幾個倒楣的路人站在一起。

容瑾定定神，先進了內圈。

周圍到處都是人，卻鴉雀無聲，那種詭異的安靜讓人心底發毛，只隱隱約約的聽到裡面傳來的一點動靜。

寧汐不自覺地豎長了耳朵，聽了半晌也沒聽清裡面在說什麼。過了片刻，就聽到一聲淒厲的嚎叫。「草民冤枉啊——」那淒厲的喊叫聲陡然在眾人耳邊響起，把所有人都嚇了一跳。

寧汐的臉更白了，一絲血色都沒有，雙手交握在一起，抑制不住地輕輕顫抖。待眼角餘光瞄到那個被侍衛拖出來的中年男子時，心裡一陣惻然。

那個穿著粗布衣服的中年男子，一臉的憨厚老實，顯然是附近的普通農戶。貪圖這裡樹多撿柴方便，便溜上了山。沒想到遇上這樣的倒楣事，剛才被狠狠地甩了一鞭子，臉上也被波及，看著血淋淋的。

剩下的幾個人都被嚇壞了，一個個簌簌發抖。

那侍衛一腳將那個男子踹到一邊，毫不留情地說道：「你還沒洗清嫌疑，在這兒等著。」冰冷的目光在剩餘幾人的臉上一一掃過，旋即點中了一個三十歲左右的婦人。「妳過來！」

那婦人早已嚇得雙腿發軟，哪裡還走得動，口中連連告饒。「民婦只是路過，什麼也不知道啊！大人，您就饒了民婦……」

那侍衛不耐煩聽這些，粗魯地扯了她進去了。再然後，就聽到那婦人驚天動地的哭喊聲，不停地嚷著「我什麼也不知道」。後來又聽到幾聲鞭響，那婦人的哭喊又變成了哀嚎。

寧汐聽得渾身直冒冷汗，反而鎮靜了下來。

事已至此，再慌亂也無濟於事。她要冷靜些，好好地將這一切應付過去。寧汐暗暗握緊了拳頭，指甲在掌心掐出兩道淺淺的印跡。

那個婦人被拖出來的時候，滿身都是血痕，眼淚鼻涕抹了滿臉，慘不忍睹。那侍衛卻視若無睹，目光又看了過來。

寧汐深呼吸口氣，上前一步。「這位官爺，小女子願意先進去接受問話。」

她這麼鎮靜，倒讓那個侍衛意外了，打量寧汐兩眼，沈聲說道：「進去吧！待會兒問什麼妳就說什麼，免得受皮肉之苦。」難得善心地提醒了一句。

寧汐點點頭，默默地跟在侍衛的身後走進了人群。

侍衛們裡三層外三層站得密密麻麻，寧汐每走一步，都感覺到有許多審視的目光在打量著自己，渾身的雞皮疙瘩爭先恐後的豎了起來。

待停下來之後，眼前赫然坐著一個不怒而威渾身貴氣的男子，年近三十，正是大皇子。旁邊的青年男子小了幾歲，面容俊朗氣質卓越，卻是三皇子。容玨、容琮、容瑾等人都站在一旁，目光唰地落到了寧汐的身上。

寧汐目不斜視，老老實實的跪了下來，垂著頭靜待問話。

之前兩個，要嘛是嚇得一句話都不敢說，要嘛就是哭喊不休，早已惹得大皇子心煩意亂一肚子火氣，現在見這個年輕的小姑娘安安靜靜的，臉上的戾氣倒是退了幾分，朝身邊的親隨使了個眼色。

那親隨板著臉孔問道：「妳叫什麼名字？今年多大了？是哪兒人？今天怎麼會到這兒來？一樣一樣說清楚了，不得隱瞞。」

寧汐垂頭應道：「是，小女子叫寧汐，今年十四了，去年才來京城，如今是鼎香樓裡的廚子。今天告了假，便租了馬車出來遊玩。不知怎的衝撞了貴人，還請貴人大人大量，饒了小女子。」聲音清晰柔美，不慌不忙不疾不徐娓娓道來，和前面進來的兩個人比起來簡直是一天一地。

大皇子臉色稍霽，那親隨最擅察言觀色，語氣也跟著溫和了許多。「遊玩的地方多得是，妳怎麼到這兒來了？」

寧汐依舊低著頭應道：「小女子一時興起，便來了。當時還租了馬車，車伕還在那邊等我。若是不信，可以把車伕叫來對質……」
大皇子忽地張口說話了。「不用了，妳暫且退下等著。」
總算過了第一關！寧汐稍稍鬆了口氣，大著膽子抬頭看了大皇子一眼。「小女子還有幾句話想說，望您恩准！」
大皇子一愣，身邊的親隨已經板起了臉孔厲聲喝斥道：「大膽民女，讓妳退下就退下。」一旁拎著鞭子的侍衛一臉陰森，手中躍躍欲試。
容瑾臉色驟變，不假思索地站了出來。「大皇子殿下，這個女子和我是舊識，我敢擔保她和今天的事情一點關係都沒有，還請大皇子殿下明鑑！」
誰也沒料到容瑾會忽然站了出來為跪在地上的少女說話，俱是一愣。容玨早已冒出了一身的冷汗，心裡暗暗叫苦。三弟也太衝動了，這個時候怎麼可以隨便插嘴，真是膽大妄為。
大皇子對容瑾倒還算禮遇，並未動怒，只淡淡地問道：「既然你為她說情，我就聽聽她到底要說什麼。」
容瑾迅速地朝寧汐使了個眼色——丫頭，這個時候可別亂說話，要是真的惹了禍，我想救妳都不容易。
寧汐感激地看了容瑾一眼，定了定神，才說道：「大皇子殿下，小女子只是無意中路過，這裡究竟發生了什麼事情，小女子全然不知。外面的幾個路人也和小女子差不多，都是普通百姓。查問是理所當然的事情，不過，總有無辜之人，挨了鞭子豈不是平白無故受了皮肉之苦？還請大皇子殿下體恤。」

平民百姓也是人，卻被這些高高在上的侍衛們當豬狗一般對待，任意鞭打，實在有些過分了。

如果對面坐著的是陰狠的四皇子，打死寧汐也不敢說出這番話來。不過，大皇子卻是皇子中最敦厚正直的，寧汐在前世便有所耳聞，這才大著膽子奉上諫言。

寧汐此言一出，大皇子眸光一閃，看不出喜怒。倒是那親隨目光冷然，簡直像要吃人一般。要不是礙著容瑾，只怕早就破口大罵了。

一直沒出聲的三皇子忽地笑了。「皇兄，這個丫頭雖然話不中聽，可說的話也有幾分道理。皇妹安然無恙，也算不幸中的大幸。我們就別在這兒耽擱了，還是速速回宮吧！至於外面的幾個人，就給容統領去盤問好了。」

堂堂皇子在此審問平民百姓，傳出去可不好聽啊！

大皇子思忖片刻，緩緩地點了點頭。「也罷，我們先回宮再說。」

寧汐提到嗓子眼的心終於緩緩落下了，後背卻冷汗涔涔，簡直有逃過一劫的感覺。

容瑾也鬆了口氣，忍不住瞄了寧汐一眼。這丫頭倒是天不怕地不怕，這樣的話也敢說出口。不過，他最喜歡最欣賞的，不就是她的這份率真和善良嗎？

寧汐依舊跪在地上，等大皇子和三皇子上了馬車之後，才稍稍抬起頭來。

卻不料，馬車裡一直昏昏沈沈的蕭月兒竟然碰巧此時睜開了眼，和寧汐的目光遙遙看了個正著。

雖然隔了一段距離，可兩人卻一眼就認出了彼此，心裡都是一震！

第二百零二章　皇家兄妹

「寧汐！」蕭月兒喃喃地喊出了這個名字。她怎麼會在這兒？

大皇子正要說什麼，聽到蕭月兒的話陡然擰起了眉頭。「月兒，妳認識這個寧汐？」

蕭月兒下意識地點了點頭，待看到大皇子臉色不對勁時，才連連搖頭否認。「不、不認識，我不認識她。」

一說謊話就結巴，眼神閃爍不定，從小到大都改不了。

大皇子斜睨了她一眼。「妳不認識她，怎麼會知道她叫寧汐？」剛才問話的時候，蕭月兒還在昏睡，根本沒醒，不可能聽到寧汐自報姓名。

蕭月兒啞然。

大皇子輕哼一聲，掀起車簾，喊了親隨過來，低低地吩咐了一句。那親隨點點頭，直直的走到寧汐面前，面無表情地吩咐道：「寧汐姑娘，大皇子殿下有請！」說請是客氣的，她哪有拒絕的餘地？

寧汐蒼白著臉，咬牙應了，藉著起身的動作平復紊亂的心跳。

容瑾心裡一沈，試探著問道：「高侍衛，剛才不是問過話了嗎？為什麼大皇子殿下此刻又喊寧汐過去？」

高侍衛皮笑肉不笑地應道：「這個小的不知，小的只是奉命行事。要是容大人不放心，何不親自去問問大皇子殿下？」語氣裡的譏諷清晰可見。

容府一門武將聲名赫赫，容瑾更是新科狀元，又得聖上器重，親自點了翰林，正是春風得意之際。可這樣的身分，在堂堂皇子眼中也不過是個臣子而已。高侍衛平時仗著大皇子的器重，作威作福跋扈慣了，竟是沒把容瑾放在眼底。

容瑾何曾受過這等閒氣，眼裡閃過一絲怒氣。

寧汐忙低聲安撫道：「容瑾，我去去就來，不會有事的，你不用擔心我。」不知不覺中，原本疏離的容少爺已經變成了容瑾……

容瑾緊緊抿著的唇角柔和起來，輕聲叮囑道：「別亂說話。」在貴人眼中，人命如草芥，若是一言不合惹怒了大皇子，小命可就堪憂了。

寧汐擠出一絲笑容，點了點頭，隨著高侍衛走到了馬車邊。短短的時間裡，寧汐腦子裡閃過了一連串的念頭。

大皇子本已相信了她的說辭，可現在忽然又要見她……難道是蕭月兒說了什麼？如果問起來，她該怎麼解釋和蕭月兒熟識的事實？

正想著，耳邊傳來大皇子沈穩的聲音。「讓寧汐上馬車來。」

高侍衛一驚，卻不敢多嘴，連忙開了車門。寧汐抿著嘴唇上了馬車，壓根兒不敢到處張望，老老實實地跪了下來。「小女子見過大皇子殿下，見過公主。」

她沒抬頭，所以不知道蕭月兒是什麼反應，倒是聽大皇子淡淡的吩咐道：「准妳抬頭說話。」語氣中充滿了上位者的威嚴。

著。

寧汐按捺住激烈的心跳，恭敬地應了一聲，緩緩地抬起頭來，和蕭月兒的目光碰了正著。

蕭月兒剛經歷過一場死裡逃生的意外，臉色當然好看不到哪兒去，髮絲有些凌亂，身上的綢裙也有些髒了，有些狼狽。看向寧汐的目光，有些愧疚。「寧汐，妳知道我的身分了。」

於她而言，是欺騙了自己生平第一個朋友，心裡自然內疚。可對寧汐來說，她才是欺瞞了對方的那個人。本以為能安然無恙地繼續這樣的友情，怎麼也沒想到被拆穿身分的這一天來得這麼快……

寧汐苦笑一聲。「能和公主殿下相識，是小女子的榮幸。」

以前她是平易近人的五小姐，自己可以當作什麼都不知道，和她親暱的閒聊嬉鬧。可現在，她是大燕王朝最尊貴的明月公主，自己卻是身分卑賤的廚子，她們之間的距離何止千里？

蕭月兒張了張嘴，卻不知道說什麼，心裡泛起一絲惆悵和無奈。

大皇子將這一切收入眼底，心裡暗暗詫異。蕭月兒天天在宮裡陪伴父皇，幾乎沒有出宮的機會，到底是在什麼地方認識了這麼一個女孩子？

「月兒，妳是怎麼認識寧汐的？」大皇子直直地問道。

到了這時候，蕭月兒也瞞不過去了，老實地交代。「我去年偷偷溜出宮，聽說鼎香樓名頭極響，就去了鼎香樓吃飯，然後就認識她了。她不知道我的真實身分，只以為我是偷溜出家門的千金小姐。後來，我又去過兩次，和她很是投緣，就做了朋友……」

大皇子眉頭一皺，沈聲呵斥道：「胡鬧！妳若是嫌悶，就招些同齡的千金小姐入宮陪陪妳。妳堂堂公主身分，和一個廚子做什麼朋友？簡直荒謬！要是讓外人知道了，豈不是笑掉大牙？妳這個明月公主的臉也丟盡了，我們皇家的顏面何存？」

蕭月兒的刁蠻脾氣也發作了，不高興地說道：「皇兄，你別危言聳聽了。我和寧汐投緣，交個朋友又能怎麼樣，怎麼就丟臉了？皇家的顏面就容不下我一個朋友嗎？我就是看她順眼，不行嗎？」

大皇子平日裡最疼這個胞妹，哪裡捨得真凶她，見她繃著小臉來了脾氣，態度立刻軟了下來。「月兒，皇兄不是這個意思……」

「你就是這個意思！」蕭月兒強詞奪理，噘著嘴巴生氣。「我剛才死裡逃生，差點沒命，你不但不心疼我，現在還凶我，嗚嗚……」居然哭鬧了起來。

大皇子立刻慌了手腳，連忙哄道：「月兒乖，別生氣了，剛才都是皇兄不好，妳別哭……」

蕭月兒邊哭邊嚷。「我要繼續和她做朋友！」帕子捂著眼，也不知到底有沒有掉眼淚。

「好好好，一切都由妳。」大皇子只求她別再哭鬧不休。「月兒，妳今天受了驚嚇，剛才昏迷了好久，剛醒過來，不能再哭了。」

寧汐垂下眼瞼，掩去眼底的那一抹笑意。她幾乎可以斷定，蕭月兒剛才根本沒掉眼淚，只是用帕子揉眼睛，然後裝模作樣的哭幾聲而已。這一套哭鬧撒嬌的手段，她再熟悉不過，沒想到蕭月兒也如此擅長。

事實證明，最簡單的手段往往也是最有用的。

瞧瞧現在，威嚴的大皇子殿下無奈的放下身段，不知許了多少承諾出去，才把蕭月兒哄得破涕為笑。「皇兄，這可是你說的，以後不准耍賴！」放下帕子，臉上哪有淚痕，倒是眼睛被揉得紅紅的，像隻小兔子。

大皇子又是好氣又是好笑又是無奈。「妳這丫頭！」語氣裡滿滿的都是寵溺，眼神溫柔極了。

寧汐心裡忽地一動，想起了哥哥寧暉。每次她起了頑皮之心捉弄他，他也是這樣無奈又包容的笑容，沒想到大皇子對蕭月兒也是這般的疼愛……

蕭月兒一點都不心虛，理直氣壯地說道：「皇兄，我要和寧汐單獨說會兒話，你去三皇兄的馬車上坐會兒。」

大皇子瞄了寧汐一眼，顯然不太放心。「妳們要說什麼儘管說，我不出聲就是了。」

蕭月兒撇撇嘴。「皇兄，你說話不算話，剛才還說什麼都由我……」作勢揉眼欲哭。

大皇子萬般無奈，只得舉手投降。「好好好，我這就走，這總行了吧！」臨走之前，意味深長地瞄了寧汐一眼，暗含警告。

寧汐依舊跪著，雙手垂在身側，別提多老實安分了。

大皇子走了之後，一應伺候的人也跟著下了馬車，只餘下蕭月兒和寧汐兩人。

「寧汐，妳別跪著了，快起來說話。」蕭月兒軟軟地說道。

寧汐規規矩矩地磕頭謝了恩。「多謝公主！」然後，才緩緩地站了起來。不愧是皇家馬車，豪華氣派不說，還特別的寬敞，就這麼直直的站在裡面也足夠。

寧汐束手站在蕭月兒面前，既不抬頭也不說話，就這麼靜靜的等著。

蕭月兒見她拘謹得不敢說話，眼裡閃過一絲懊惱，長長的嘆了口氣。「寧汐，我不是成心要騙妳的，我只是……」只是想暫時拋開高貴的身分，只是想交一個談得來的朋友而已！

寧汐終於抬起頭，凝視著蕭月兒不無沮喪的臉龐，心裡忽然軟軟暖暖的。她是高高在上的公主，在自己面前卻絲毫沒擺公主的架子，還低聲下氣地向自己道歉……

「公主，」寧汐柔柔的喊了一聲。「我沒有怪妳。」如果是公主和一個廚子說話，自然要有尊卑的稱呼，可寧汐卻直呼「妳我」……

蕭月兒的眼眸頓時一亮。「真的嗎？妳真的沒有怪我隱瞞身分？」

寧汐含笑搖頭。「沒有，一絲一毫也沒有，只是剛才乍然知道，有點驚訝罷了。」事實上，真正有愧疚之心的，應該是自己才對。從頭到尾都在欺騙對方的，可不是蕭月兒啊！

蕭月兒甜甜地笑了，親暱的朝寧汐招手。「妳既然沒怪我就好，快些過來坐我身邊說話，剛才妳跪了半天了，一定累得很。」

這熟悉的親暱隨意，就像往日一般。

寧汐心裡一暖，也不矯情，欣然點頭應了，坐到了蕭月兒的身邊，低聲問道：「聽說妳之前差點受傷了，現在好點了嗎？」

一提這個話題，蕭月兒頓時回想起之前驚險的一幕來，俏臉唰地白了。

第二百零三章　容氏兄弟

「我天天在宮裡悶得慌，大皇兄三皇兄前兩天就計劃著要帶我出來踏青。」蕭月兒輕嘆口氣，緩緩地說起了事情的經過。「我一想到胡半仙說過的話，便有些害怕……」可實在經不起出來遊玩的誘惑，最終還是決定一起出宮。

荷香憂心忡忡，不知勸了她多少次，可她卻不肯聽。荷香無奈之餘，只得暗暗提高了警惕。今天出來之後，荷香便一直緊緊的守在蕭月兒的身邊。

因為一直有防備之心，意外發生之際，荷香眼明手快地打開了馬車的門，用力地推了蕭月兒出來。

結果，蕭月兒沒什麼大礙，荷香卻……

蕭月兒想到荷香遍體鱗傷奄奄一息的樣子，眼圈已然紅了。「都是我不好，若不是我堅持要出來，荷香也不會受傷了。」

寧汐柔聲安撫道：「妳別這麼說。荷香能救了妳，心裡一定很欣慰。好在她只是受了點傷，休養一陣子就好了。」雖然這麼想不厚道，可蕭月兒能安然無恙的躲過這一劫，寧汐真的很高興。

一切和前世都不一樣了。蕭月兒不會死，皇上不會傷心生病，三皇子不會受猜忌，大皇子也不會和三皇子反目成仇，四皇子也沒法再坐收漁人之利了……

蕭月兒眼中水光點點，哽咽著說道：「寧汐，我剛才真的好怕。要不是妳帶我去胡半仙那裡，要不是荷香一直提防小心，現在受重傷的就是我了。說不定，還會一命嗚呼……」

寧汐忙接過話茬兒。「吉人自有天相，有老天爺在保佑妳，妳不會出事的。對了，荷香推妳下馬車的時候，是容參將救了妳對嗎？」

容參將？

蕭月兒的腦子裡迅速地閃過了一雙黑亮的雙眸，不知怎麼的，臉頰忽然有些發熱。「嗯，當時確實有人接住了我。不過，我當時就被嚇暈了，沒來得及看清他是什麼樣子。」只有那一雙深邃的雙眸深深的印在了她的腦海裡……

寧汐一時沒留意蕭月兒的異樣，笑著說道：「我倒是見過容參將一次。」

蕭月兒故作漫不經心地問道：「他長得什麼樣子？」

寧汐略有些詫異地看了過來。

蕭月兒掩住心虛，一本正經地說道：「他也是我的救命恩人，我回去得稟報父皇，讓父皇重重的賞賜他。妳若是知道什麼，就說給我聽聽好了。」

寧汐眸光微微閃動，笑著應道：「他叫容琮，是容大將軍的二兒子，和御林軍統領容大人是親兄弟。和容大人長得有五分肖似，不過，比容大人高一些，膚色也略黑，生得帥氣俊朗。今年二十左右，至今還未婚配。」

蕭月兒聽得津津有味，待聽到最後一句，才會意過來寧汐的促狹之意，霞飛雙頰，啐了寧汐一口。「我只是問問他是什麼人，誰關心他有沒有婚配。」

寧汐忍住笑意。「是是是，是我多嘴。」

蕭月兒面孔紅紅的白了她一眼，好奇地追問道：「對了，他身為邊關將領，難得回京城一次，妳怎麼有機會見他？」

這個嘛……

寧汐咳嗽一聲，三言兩語地將寧家和容府的淵源道來。「……容三少爺中了狀元之後，容府辦了喜宴，請了我爹回去掌勺，我也跟著去了，這才有機會見了容參將一面。」

寧汐說得輕描淡寫，竭力撇清和容瑾之間的關係。可年輕少女對這樣的話題都是極為敏感的，蕭月兒心裡一動，笑咪咪地問道：「妳和容瑾很熟嗎？」

風水輪流轉，這次尷尬的可輪到寧汐了。說不熟吧，擺明是鬼話，剛才容瑾挺身而出為她求情的事，遲早傳到蕭月兒這裡；說熟吧，肯定要被蕭月兒拿來取笑了。愣了半天，才含糊其辭地應了句。「還算熟悉。」

蕭月兒立刻來了興致，掀起車簾的一角往外偷看。「他在哪裡，指給我看看。」

京城風頭最勁的少年莫過於容瑾了。家世一流，門風正派，氣質出眾容貌俊美，又中了新科狀元，年紀輕輕就入了翰林，這樣的少年自然是京城貴女們心中的最佳乘龍快婿人選。蕭月兒雖然沒親眼見過容瑾，卻也是聽過他的名頭的。

蕭月兒興致這麼高昂，寧汐也不好推辭，故作坦然的湊了過去，小聲說道：「那個穿著絳色衣衫的，就是他。」

不管有多少人站在一起，第一眼看到的，永遠都是容瑾。那份光華難掩的俊美，那氣質卓然的風度，牢牢的吸引住眾人的視線。

蕭月兒看了一眼，忍不住驚嘆一聲。「果然是個美少年！我從沒見過哪個男子生得這般好看呢！怪不得父皇總在我面前稱讚他。」

寧汐的笑容一僵，試探著問道：「皇上總在妳面前誇容瑾嗎？」

蕭月兒漫不經心地點點頭，目光仍然落在容瑾的身上。「是啊，殿試過後，在我面前提過兩次，父皇還從沒在我面前這麼誇過誰。」現在一見，果然不同凡響啊！

寧汐的笑容更僵硬了。

蕭月兒已經十五了，正值青春韶華，是一個少女最美的時候。到了這個年齡，婚嫁一事自然是頭等大事，皇上開始替蕭月兒物色駙馬人選也是理所當然的事情。以容瑾的才貌，被皇上看中也很正常。說不定，蕭月兒看一眼便會中意容瑾……

想到這兒，寧汐忽然莫名地煩躁起來，不知花了多少力氣，才將心裡的紊亂平復了下去。

蕭月兒忽地低聲問道：「站在容瑾身邊的，是不是容琮？」

寧汐凝神看了過去，輕輕點頭。「嗯，是他沒錯。」

容琮身姿挺拔面容冷肅，站在容瑾身邊，雖然少了幾分俊美，卻多了些男兒的剛正之氣。他警覺性極強，似乎察覺到有人在偷窺他一般，霍然看了過來。那目光機敏銳利，如同一汪深不可測的潭水。

就是他，就是這雙深邃的眸子……

蕭月兒的手一顫，陡然放下了車簾，一顆芳心怦怦亂跳不已，臉頰早已滾燙了一片。唯恐被寧汐取笑，此地無銀三百兩地解釋道：「要是被人看出我們往外偷看，可真是羞死了。」

素來伶俐聰慧的寧汐，似有心事一般，竟然沒察覺出蕭月兒的侷促不安，隨口笑道：「是啊，還是把車簾放下妥當些。」

蕭月兒悄悄鬆了口氣，正待說什麼，馬車外忽然響起一個聲音。「啟稟公主殿下，大皇子殿下說要啟程回宮了，還請公主殿下做好準備。」

蕭月兒微微蹙眉，略有些不耐地應道：「好了，知道了。」還有什麼可準備的？不過是皇兄嫌她和寧汐在一起的話太多了，想讓寧汐走而已。

寧汐立刻笑道：「我也待得夠久了，該回去了。」

蕭月兒依依不捨的拉著寧汐的手。「好，我們下次再見。」

寧汐笑著點頭，心裡卻暗暗嘆息。過了這一次，只怕蕭月兒出宮的機會就更少了。這個「下一次」不知是多久以後的事情了……

蕭月兒又嘆道：「胡半仙真是算得太準了，我今年果然命中有一劫。這裡有山又有樹，我果然不該來啊！」

寧汐正待安慰她幾句，腦中忽然閃過一個念頭，臉色陡然一白，低低地說道：「公主，這次馬匹受驚，不知道是意外還是人為，回去之後，一定要讓大皇子殿下查個水落石出。萬一真的有人心懷不軌，這次沒得逞，只怕不會善罷甘休。」以四皇子的陰狠狡詐，這絕對是有可能的事情！

蕭月兒臉色也白了。「妳、妳是說，有人故意要害我？」聲音微微有些顫抖。被寧汐這麼一提醒，她也開始察覺出事情的詭異了。幾輛馬車都沒問題，為什麼她乘坐的那一輛卻出了意外？這些馬都是經過長期馴養的，怎麼會突然狂性大作？

寧汐憐惜之意大起，柔聲安撫道：「我也只是胡亂猜測而已，多留意小心些總是沒錯的。」

蕭月兒心亂如麻，口中喃喃自語。「會是誰要害我……」她雖然有點刁蠻任性，可性子卻溫軟善良，從不與誰結怨。是誰這麼狠毒，竟然要動手害她？

寧汐還想再說什麼，卻聽到那個高侍衛不耐地咳嗽了一聲，無奈地握了握蕭月兒的手。

「公主，我走了，妳多保重！」

蕭月兒蒼白著俏臉，擠出一個笑容，眼睜睜的看著寧汐下了馬車。

高侍衛板著臉孔，對寧汐說道：「寧汐姑娘，大皇子吩咐，讓小人送妳回去。」

寧汐微微一愣，忙婉言拒絕。「不用了，我租的那輛馬車還在等我，我自己回去就行了。」

高侍衛扯了扯唇角，不容拒絕地說道：「職責所在，請寧姑娘不要推辭。」這哪裡是送，根本是押送好吧！

寧汐默默地點了點頭。大皇子讓高侍衛送她回去，顯然是要查探她之前說的話是否屬實。反正她說的都是實話，就讓高侍衛跟著去看看好了。

容瑾一直留意著這邊的動靜，見高侍衛跟著寧汐一起走過來，心裡暗暗奇怪，不動聲色地迎了上去。

第二百零四章 隱瞞

「寧汐！」容瑾低低地問道：「剛才沒人為難妳吧！」

寧汐扯了扯唇角，搖搖頭。

高侍衛皺了皺眉頭。「容大人，您這話是什麼意思？大皇子殿下難道還會為難一個弱女子不成？」

容瑾輕哼一聲，刻薄地說道：「大皇子殿下心地仁厚，當然不會為難一個女孩子。不過，那些狗仗人勢的東西就不一定了。」惹惱了他，皇子親隨也照罵不誤！

這個高侍衛氣焰囂張，仗著大皇子的聲勢狗眼看人低，實在討厭。容瑾這招指桑罵槐真是妙極了！寧汐拚命忍住笑意，心裡只覺得暢快。

「你……」高侍衛何嘗聽過這樣尖酸刻薄的話，臉上紅了又白白了又紅，最後隱隱發青。憋了半天，才擠出一句。「大皇子殿下命小的送寧姑娘回去，小的不敢耽擱，不多奉陪了。」

容瑾漫不經心地點點頭。「高侍衛職責在身，還請自便。」

高侍衛擠出一個笑容，不等他催促，寧汐已經乖乖地往前走，高侍衛沈著臉跟了上去。

容瑾權衡一番，終於放棄了跟上去的衝動。高侍衛雖然說話不中聽氣焰囂張了些，倒是不敢做什麼欺壓民女的事情。再者，容玨和容琮都在，還有一起來的幾個朋友，他總不好扔下眾人一走了之……

只是有一點實在奇怪，剛才大皇子為什麼要喊寧汐到馬車上單獨問話？還有，寧汐到底為什麼會出現在這裡？

寧汐啊寧汐，妳到底有什麼秘密在瞞著我？

那車伕在原地等了半天，才見寧汐慢騰騰地走下來，後面還跟著一個官爺打扮的男子，臉都嚇得白了，不安地低聲問道：「姑娘，妳這是……」

寧汐笑了笑。「沒事，你送我回去吧！」

那車伕忐忑不安地點點頭，等寧汐上了馬車，揚起鞭子甩了甩，拉車的老馬便昂首長嘶一聲邁開蹄子。

高侍衛剛才受了一肚子氣，現在臉色當然好不到哪兒去，一直陰沈著臉，騎著馬跟在旁邊。路人看了紛紛避讓，馬車的速度倒是快了不少。

那車伕卻是手腳發軟，好不容易熬到了鼎香樓外面，收了錢之後，立刻逃命似地駕著馬車走了。

寧汐清脆的聲音響了起來。「我已經到了，高大人一路辛苦，進去坐坐喝杯茶休息會兒再走吧！」既然清楚他的來意，索性大方磊落一些。

此言正合高侍衛心意，不客氣地點點頭，昂首闊步地進了酒樓裡。

此時已是下午時分，大堂裡空蕩蕩的沒什麼客人，孫掌櫃在櫃檯前噼哩啪啦的撥著算盤。聽到門口有動靜，孫掌櫃反射性的擠出了笑臉抬起頭來。「客官幾位……」在看清來人是誰後，聲音戛然而止。

高侍衛一副官差打扮，身強力壯，又是一臉的陰沈，走在寧汐的身後倒像是押犯人的架勢。孫掌櫃不由得心驚肉跳，忙擠出更客套熱情的笑容迎了上去。「這位官爺大駕光臨，真是我們鼎香樓的榮幸，樓上請。」目光卻向寧汐看了過去。

寧汐咳嗽一聲，介紹道：「這位是高侍衛。」為了不嚇到孫掌櫃，高侍衛是大皇子身邊親隨的事情還是不說為妙。

孫掌櫃不愧是長袖善舞的大掌櫃，想都不想就冒出了一連串的客套話，態度恭敬至極。

高侍衛聽著順耳，臉也沒繃得那麼緊了，卻不肯上樓，隨意地挑了張桌子便坐了下來。孫掌櫃張羅著讓人上茶，便朝跑堂的使眼色。那跑堂的立刻心領神會，飛速地跑到廚房去找寧有方。

寧有方一聽說寧汐被一個官差模樣的人押回來，急得臉都白了，二話不說抬腳便跑。空蕩蕩的大堂裡，高侍衛大模大樣的坐在椅子上，孫掌櫃滿臉陪笑，寧汐則老老實實的站在一旁，這場面看來實在有些怪異。

寧有方按捺下心裡的疑雲，笑著走上前去。「這位官爺，我是這裡的大廚寧有方，不知小女寧汐犯了什麼事，煩勞官爺送她回來？」

高侍衛冷哼一聲，譏諷地說道：「寧大廚，你這閨女膽子倒是不小，居然一個人租了馬車去西山。大皇子殿下、三皇子殿下還有公主殿下正巧在西山遊玩，沒想到馬匹受了驚，出了點意外。當時，寧姑娘就在附近。」

聽到這些高高在上遙不可及的名字，孫掌櫃的臉唰地白了。老天，寧汐怎麼會惹上這樣的麻煩？

寧有方反而鎮靜下來，恭敬地應道：「這位大人，小的閨女一向本分老實，絕不會做出任何不軌的事情來。」

高侍衛挑眉冷笑。「路途遙遠，她一個人出現在西山，豈不是很可疑？」銳利的眼神緊緊的盯著寧有方的臉。

寧有方陪笑著應道：「說起來都要怪我，前幾天她就鬧著要去西山，我沒時間帶她去，隨口就允諾今天帶她去。沒想到鼎香樓今天來了貴客，指名要我做菜，我實在走不開，只好讓她一個人租了馬車到西山去玩。真沒想到會這麼湊巧，遇上這樣的事情。唉！」又是搖頭又是嘆氣，說得煞有介事。

高侍衛瞇起雙眼，上下打量寧有方幾眼。「你說的都是真的嗎？」

寧有方正色應道：「在官爺面前，小人怎麼敢說謊？說的都是真話，絕無半句虛假。」語氣鏗鏘有力，十分堅定。

高侍衛冷不防地看向寧汐。「寧姑娘，之前問妳，妳怎麼沒說起這些？」

寧汐苦笑一聲。「高大人，剛才這麼多人，我被嚇得連話都說不利索了，哪裡還能想到這些。」

父女兩個的眼神都那麼真摯無辜，口徑又一致，再加上寧汐身分確認無誤，高侍衛也沒話可說了，板著臉孔扔下幾句。「寧姑娘，現在暫時先放過妳。不過，回宮之後，這件事一定會徹查到底，希望真的和妳沒任何關係！」看都不看寧汐一眼，便拂袖走了。

在場的三人都長長的鬆了口氣。孫掌櫃用袖子擦了擦汗，試探著問道：「汐丫頭，這到底是怎麼回事？」

寧有方也定定地看了過來。

寧汐想瞞也瞞不過去，只得老老實實地把事情說了一遍。當然，有些關鍵的事情是萬萬不能透露的。比如說，她和蕭月兒相識。比如說，她是怕蕭月兒出意外才會特地去西山，而不是一時興起……

雖然竭力輕描淡寫，可孫掌櫃還是聽得直冒冷汗，擦額頭的那塊袖口已經濕透了，又慶幸不已。「幸好容三少爺他們也在，不然今天妳想脫身可不太容易。」

就算寧汐再無辜，可一旦遇到了這樣的事情，也免不了要被拷問一番吃些皮肉之苦。可此刻的寧汐除了臉色有些蒼白之外，其他皆安然無恙。這其中當然有容瑾的一份功勞。

寧汐嘆道：「是啊，今天多虧了容三少爺為我求情呢！」

寧有方沒有出聲，眉頭卻越皺越深。知女莫若父，寧汐這番話不盡不實，顯然有所隱瞞。他自己心裡最清楚，寧汐在他面前根本沒提過要去西山的事情。她今天突如其來的舉動到底是為了什麼？

當著孫掌櫃的面，寧有方沒有多問，只隨口說道：「好了，那個高大人已經走了，妳先回家待著，別再亂跑了。」

寧汐乖乖地應了，老實地回了家。

阮氏見寧汐天沒黑便回來了，詫異不已，便問了幾句。寧汐不想多說，含糊其詞地應道：「孫掌櫃讓我在家休息幾天，我就回來了。」

阮氏一愣。「好好的，怎麼會忽然讓妳休息？」平時想告假一天，孫掌櫃都不大肯。總說酒樓裡生意太忙，人手不夠用，這次怎麼這麼大方？

寧汐打了個哈欠，隨口應道：「我天天又忙又累，也該讓我休息休息了。娘，我先回去睡會兒，吃晚飯再叫我。」不等阮氏追問，便溜之大吉。

這丫頭，今天怎麼古裡古怪的？阮氏心裡暗暗嘀咕不已，也沒捨得再追問，便去廚房忙活晚飯去了。

寧汐回了屋子以後，再也撐不住臉上的笑容了。這一天的經歷實在跌宕起伏驚心動魄，好在終於熬過來了……迷迷糊糊中，她和衣睡著了。

阮氏中途進來一趟，見她睡得香甜，不忍心喊她起來，將一旁的被褥扯過來，為她蓋好，又輕手輕腳地出去了。

這一切，寧汐根本不知道。不知過了多久，她才昏昏沈沈地醒來，嗓子乾澀得厲害。

「娘……」一連喊了幾聲，也沒見阮氏過來。寧汐咬牙掀開被褥下了床，腳剛一落地，身子便晃了晃，只覺得天旋地轉渾身無力，軟軟地倒了下去。

阮氏正端著粥走到了門口，見狀嚇了一大跳，手中的碗「啪」的一聲落到了地上。阮氏無暇顧及自己有沒有被燙到，一個箭步衝了過來，扶住寧汐。「汐兒，妳怎麼了？」一隻手往寧汐的額頭上探過去。

好燙！阮氏一驚，急急地說道：「汐兒，妳發高燒了。在床上躺著別動，娘這就給妳去抓藥！」

寧汐模糊地應了一聲，頭腦一片昏沈。

第二百零五章　大病一場

頭暈暈的，身上熱熱的，好難受……

不知過了多久，一勺溫熱的藥送到了她嘴邊，耳邊響起阮氏溫柔的低語。「汐兒乖，張嘴喝了。」寧汐下意識地張嘴，一股苦澀又難喝的藥便入了口中，迅速地滑了下去。

好苦好難喝……寧汐無意識地低喃。

阮氏忙哄道：「等喝了藥，娘給妳沖碗蜂蜜。乖，再張嘴。」就這麼一勺一勺餵了下去，直到一碗藥都見了底，阮氏才鬆了口氣。

寧汐懨懨無力地睜開眼，阮氏焦急的面龐映入眼簾。她的幾縷髮絲被汗打濕了，黏糊糊的黏在臉頰邊，很是狼狽。外面天已經黑透了，也不知阮氏從哪家藥鋪子裡抓的藥，又急急地熬好了藥來餵她。昏暗的燈光下，阮氏焦灼關切的眼神一覽無遺。

寧汐強打起精神，軟軟地說道：「娘，您別擔心，我睡一覺就好了。」

阮氏愛憐地摸了摸寧汐額頭，只覺得手下還是一片滾燙，心裡暗暗著急，臉上卻擠出柔和的笑容來。「妳喝點粥再睡。」

寧汐哪裡能吃得下，搖搖頭，便閉上了眼睛。

阮氏守在寧汐身邊，寸步不離，不時地用溫熱的毛巾為她敷額頭。寧有方回來的時候，一眼見到的便是阮氏坐在寧汐床邊，屋子裡還有藥味，頓時臉色一變，三步併作兩步到了床邊。「汐兒怎麼了？」

阮氏嘆道：「下午回來之後就說要睡覺，後來又發熱，我跑到藥鋪子裡抓了藥回來，剛才已經餵了她一碗藥了，可頭還是燙得很。」

寧有方伸出大手，摸了摸寧汐的額頭，皺起了眉頭。想了想說道：「妳先去睡會兒，我來守著汐兒。等到了下半夜，妳再來換我。」

阮氏自然不肯。「你忙了一天，肯定很累了。還是你去睡吧！今夜我來守著汐兒就行。」

寧有方不由分說地擺擺手。「好了，就這麼定了，妳別和我爭了。我們倆得輪流照看汐兒，不能都在這兒熬，妳先回去睡。」說著，便坐到了床邊。

寧有方的執拗脾氣，阮氏再清楚不過，見狀只得隨了他，夫妻兩人便這麼輪流照看了寧汐一夜。

到了第二天早上，寧汐又喝了一碗藥，熱度總算稍稍退了一些，也有力氣說話了。「爹、娘，我已經好多了。您們不用這麼守著我，我一個人待著休息就行。」

一夜熬過來，寧有方和阮氏都面容憔悴，尤其是寧有方，眼裡滿是血絲。寧汐看在眼裡，別提多心疼了。自重生以來，她一直身體健康活蹦亂跳的，這還是第一次生病，不知是不是因為昨天受的驚嚇太多的緣故……

寧有方笑了笑。「正好妳在告假，好好休息幾日，等身子好了，再去也不遲。」至於他自己，當然不能休息，鼎香樓還得靠他撐著呢！

至於心底的那絲疑雲，暫時就放在心底吧！等寧汐好了再問也不遲。

寧有方走了之後，寧汐悄悄鬆了口氣。她還真怕寧有方再問起昨天的事，真話不能說，就只能選擇隱瞞。每次這麼騙自己最親的人，她的心裡別提多內疚了。先拖幾天再說，最好是寧有方忘了這回事……

病來如山倒，病去如抽絲。寧汐喝了三天的藥，才算好了。一場病之後，人整個瘦了一圈，下巴尖尖的，越發顯得一雙眼眸大而明亮。

阮氏看著心疼，特地買了隻母雞回來，熬了一大鍋雞湯讓寧汐補身子。喝著熱熱的雞湯，寧汐忍不住笑道：「我也算因病得福了。」這兩年多來，她一直活得戰戰兢兢忙忙碌碌，何曾有過這樣悠閒的時光？

阮氏嗔怪的白了她一眼。「別胡說，身子健健康康的多好。」

寧汐嘻嘻一笑，坐在花叢邊，微瞇著眼睛，鼻間嗅著青草花香，別提多愜意了。之前發生過的一切，忽然變得遙遠又模糊。

這次過後，她和蕭月兒大概也不會有再見面的機會了吧！雖然失去了這樣一個朋友很遺憾，可她更願意看到蕭月兒健健康康的活著，哪怕再也見不到……也是值得的！

寧汐靜靜地想著，唇角綻放出一抹淡淡的笑容。

阮氏低頭做著針線活兒，偶爾抬頭看一眼，心裡洋溢起無比的滿足。

寧汐身上的稚嫩青澀一點一點的褪去，漸漸綻放出美麗的風姿，唇邊的那一抹笑容比初春的鮮花更動人。吾家有女初長成，這樣又歡喜又惆悵的心情，大抵是天下所有做父母的才能體會了……

咚咚咚！一陣敲門聲打破了寧家小院的平靜。

阮氏開門一看，立刻笑了。「展瑜，你怎麼有空過來？」來人，赫然是張展瑜。

張展瑜笑道：「廚房的事情做完了，我特地過來看看汐妹子。聽師傅說她生病了，現在好些了嗎？」眼睛忍不住向寧汐看了過去。

寧汐懶懶的坐在竹椅上，雙眸微微閉著，像一隻慵懶可愛的貓兒。黑亮柔順的烏髮剛洗過不久，就這麼披散在肩頭，越發映襯得小臉晶瑩剔透如玉。

張展瑜看了一眼，便覺得耳際有些發熱，唯恐被阮氏看出端倪，忙移開了視線。

阮氏眼底閃過一絲笑意，揚聲喊道：「汐兒，展瑜來看妳了。」

寧汐睜開眼，懶洋洋地應道：「張大哥，你進來坐。」身子卻不肯動一下。

阮氏又是好氣又是好笑，正待說她兩句，張展瑜忙笑道：「師娘，不用這麼客氣，我和汐妹子說會兒話就回去了。」

阮氏笑著點點頭，藉口屋裡有事走了。

張展瑜邁著輕快的步子走到寧汐身邊，坐在了一旁的小凳子上，關切地問道：「汐妹子，妳現在好些了嗎？」

寧汐俏皮地眨眨眼。「已經好啦！這幾天我什麼事也不做，吃了睡睡了吃，我娘還天天熬雞湯給我喝，我都快被養成豬了。」

張展瑜忍俊不禁地笑開了，把手裡拎著的紙包打開遞了過來。「我買了妳最愛吃的芝麻糖，嚐嚐看。」

寧汐頓時眉開眼笑，喜孜孜的拈起一塊送入口中，那股甜甜膩膩的味道頓時從舌尖瀰漫開來。見寧汐吃得歡快，張展瑜心裡也甜絲絲的，就這麼捧著紙包坐在一旁，也不覺得累。

寧汐一連吃了幾塊，才心滿意足地停了手，朝張展瑜笑了笑。「張大哥，你怎麼不吃？」

張展瑜溫柔的笑道：「我喜歡看著妳吃。」待這句話衝口而出，才覺得自己冒失唐突了，唯恐寧汐不快，吶吶的解釋道：「汐妹子，妳別多心，我不是那個意思，我是說，我……」一連幾個我，額頭已經冒出了汗珠。

寧汐噗哧一聲笑了起來，打趣道：「張大哥，你不用緊張，我沒多心。」見慣了任性肆意不把俗禮看在眼中的容瑾，現在再看張展瑜，倒是覺得他樸實又可愛。

張展瑜這才放鬆了下來，臉上還有一絲可疑的紅暈。

寧汐看了暗暗好笑，卻也知道張展瑜性子憨厚臉皮又薄，要是再打趣下去，只怕他就要落荒而逃了，便隨意扯開了話題。「我這幾天沒去，三樓雅間的生意怎麼樣？」

說到這個，張展瑜倒是自如多了，笑著說道：「妳這幾天沒在，還不知道吧！孫掌櫃卯足了勁為妳宣傳，不少客人聞風而來，就等著妳身體好了去掌勺了。」

「真的嗎？」寧汐精神一振，眼眸亮了起來。

「當然是真的，我怎麼會騙妳？」張展瑜含笑說道：「對了，師傅知道我要過來，特地讓我叮囑妳一聲，趁著有空做兩本菜單出來，供貴客看著點菜。」

寧汐點點頭。這幾天她雖然在病中，可也沒真正閒著，一直把這事放在心裡琢磨呢！一品樓的菜單很別致，是用木牌子寫了各式菜餚掛在牆上，讓客人一目了然。如果鼎香樓也這麼做，可就要被人取笑沒新意了。

要想徹底壓過上官燕一頭，除了廚藝之外，這些細枝末節的功夫也必不可少。

「張大哥，我琢磨了幾天，想了個法子，你聽聽看怎麼樣。」寧汐興致勃勃地說起了自己的構思。「一品樓用木牌寫菜單，我就用綢布來寫，做成精美的冊子，翻起來又方便又省力，還會讓客人有耳目一新的感覺。」

這主意好！張展瑜連連點頭叫好。

寧汐見他也贊成自己的主意，頓時來了精神。「還有，可以把每道菜餚的價格都寫在上面，讓客人看著新鮮。」

張展瑜啞然失笑。「妳的主意倒是多得很，不過，這說起來容易，做起來卻很費事。別的不說，妳總得請人來替妳寫菜單吧！」而且，這個人的字得寫得很漂亮才行。

再有，還得去買些乾淨漂亮的綢布來，裁剪縫邊做成冊子，這可都是很費時的事情。

寧汐胸有成竹地笑道：「你放心，人選我已經想好了。最多兩天工夫，就能把菜單做出來！」

張展瑜好奇地追問是誰，寧汐笑嘻嘻地不肯明說，心裡卻暗暗計算著日期，哥哥寧暉也該回來了吧！

第二百零六章　糯米雙棗南瓜盅

到了晚上，寧暉果然回來了。兄妹兩個見面，別提多熱鬧了。

寧汐笑咪咪的撲了上去，嚷著要寧暉揹著自己跑一圈。寧暉精神抖擻的應了，蹲下身子，催促寧汐上來。

阮氏又是好氣又是好笑，忙出言阻止。「暉兒，別胡鬧，你妹妹前幾天生病剛好呢！」

寧暉一驚，忙追問道：「妹妹，妳現在好些了嗎？」

寧汐一本正經地應道：「我現在壯得可以吃下一頭牛。」頓時把寧暉和阮氏逗樂了。

笑鬧一氣過後，寧汐才把盤算好的事情說了出來。「……哥哥，明天一大早我就去鋪子裡買塊好的綢布來，我負責剪裁縫製，你負責替我寫菜單。」

寧暉二話不說點頭應了。

到了第二天早上，兄妹兩個早早的起床洗漱，飯碗一擱便匆匆的跑到了最近的布鋪子裡。寧汐看了一會兒，便挑中了一塊月牙白的綢布。顏色素淨淡雅，還有隱隱的水紋，漂亮極了。

寧暉瞄了寧汐一眼，笑道：「妹妹，再買些別的布料吧！讓娘給妳做兩身漂亮的春衫。」別的女孩子都穿得花枝招展如同彩蝶一般，可寧汐倒好，一張素顏，一身粗布衣衫，連朵絹花都不肯戴。

寧汐顧左右而言他的笑道：「哥，還是給你扯些布料吧，你今年也沒做新衣服呢！」細細打量片刻，便伸手指著淺藍色的緞布讓夥計扯上幾尺。等付了帳，寧汐心安理得的把包裹塞到寧暉手裡，扯著寧暉往回趕。

寧暉無奈地笑道：「說好要買布料給妳做新衣服，怎麼又替我買了？」

寧汐俏皮地一笑。「大哥，你妹妹我天生麗質，不用裝扮已經是美人兒了。要是再打扮得花枝招展的，天天招蜂引蝶就夠了，哪還有精力時間做事……」

虧她好意思說，沒見過這麼自誇的！

寧暉被逗得開懷一笑，調侃道：「是啊，我妹妹那可是人見人愛花見花開，將來挑妹夫的時候，我可得睜大了眼睛慢慢挑才行。」

寧汐毫不示弱地反擊。「哥哥，你就別操心我的事了，先顧好自己要緊。你打算什麼時候給我添個嫂子啊？爹娘可都急著想抱孫子……」

「好妹妹，妳就饒了我吧！」寧暉立刻苦著臉打躬作揖。「剛才是我錯了。」寧汐被逗得格格直笑。兄妹兩個一路有說有笑的回了家，然後忙活了起來。

寧汐忙著將綢布剪開，每一塊都是一尺見方。剪開之後，還得將每塊綢布鎖邊。這可是個細緻活，對不擅針線的寧汐來說，頗具挑戰性。她低著頭努力和手中的針線奮戰，專注的程度比起做菜的時候有過之而無不及。

只可惜，在廚藝極有天分的寧汐，到了針線上可就……

「哎喲！」一聲痛呼響起。

顯然，某人又被戳中手指了。

「這是第十次了吧！」寧暉閒閒地取笑。

寧汐睜圓了眼睛抗議。「哪有十次，這才第九次好不好！」前世她的女紅平平，這一世更是從不碰針線，也難怪手法生疏手指總是遭罪了。

阮氏又是心疼又是好笑，嗔怪的走上前來。「妳這丫頭，不會針線偏要逞強，我之前就說讓我來做了，白白耽擱這麼長時間。」

說著，接過寧汐手中的針線和綢布，利索的飛針走線，針腳細密平整，速度又快，看得寧汐眼花撩亂，忍不住驚嘆。「娘，妳的針線活兒做得可真好。」

阮氏抿唇一笑，繼續低頭忙活，邊數落寧汐。「妳也是大姑娘了，別整天都圍著爐灶打轉，針線活兒也該好好學一學。不然等以後出嫁了，連衣服鞋襪都做不好，婆家不嫌棄妳才是怪事……」

寧汐天不怕地不怕，最怕阮氏「唸咒」，連連陪笑。「娘，我和哥哥先去書房了，您忙完了就叫我。」不等阮氏點頭，扯了寧暉就跑。

阮氏又是無奈又是好笑，這丫頭，一說到這個就岔開話題，要不就是溜之大吉……阮氏搖了搖頭，嘆口氣繼續忙活。

兄妹兩個剛到書房，寧暉就不客氣的放聲笑了起來。「妹妹，原來妳有怕的時候。」

寧汐沒好氣地白了寧暉一眼。「換成你天天這麼被念叨試試，保准你比我還怕。」寧暉天天在學館裡讀書不回來，當然沒這個困擾。

寧暉悶笑不已，總算沒再取笑，和寧汐研究起了菜單的內容。寧汐識字沒問題，寫字卻不算好看，索性口述，讓寧暉先在紙上記錄一遍。

寧暉先還邊笑邊記，可寫了小半個時辰還沒記完，臉頓時苦了下來。「妹妹，已經寫了這麼多張了，還要寫啊！妳到底有多少拿手菜？」

寧汐得意洋洋地挑眉一笑。「拿手菜多得很，這才寫了一半。」

寧暉懊惱地呻吟一聲，抱怨道：「我的胳膊都寫瘦了。」這才是打底稿，待會兒還得再謄寫一遍呢！

寧汐甜甜的一笑，討好地湊了過去。「我替你揉揉胳膊。」殷勤的替寧暉揉了半天。

寧暉被哄得繼續做苦力，等底稿都打完了，阮氏也捧著軟軟的一摞綢布過來了。那綢布摸在手裡舒服極了。不過，在上面寫字可是件很辛苦的事情。有一筆寫錯，一塊綢布就白費了。

寧暉打起全部精神，聚精會神地寫了起來。每寫完一塊，寧汐便小心翼翼地將綢布平攤晾開。等所有都寫完晾乾之後，再由阮氏出馬，將綢布縫製成冊。

等晚上寧有方回來的時候，寧汐得意地將做好的菜單拿出來獻寶。「爹，菜單已經做好了，您快些來看看。」

放在手中軟軟滑滑的，翻開一看，裡面的字跡清俊端正。寧有方雖然不識幾個字，可也看得出這字寫得不錯，連連誇道：「好，暉兒的字寫得真好。」再看看針腳，又誇道：「汐兒她娘的針線做得越來越好了。」

寧汐噘著嘴巴抗議。「爹，您怎麼也不誇誇我？」

寧有方忍住笑，一本正經地問道：「這針線活兒是妳娘做的，字是妳哥哥寫的，這兩本菜單妳出了多少力氣？」

寧汐理直氣壯地說道：「這綢布是我買的。」此言一出，一家人都被逗得哈哈大笑。

笑鬧一會兒之後，寧汐才和寧有方商議起了正事。「爹，我也休息不少日子了，明天就回鼎香樓吧！」

寧有方笑著點頭。「也好，孫掌櫃這些天可給妳做了不少的宣傳，已經陸續的有客人開始來打聽妳了，客人的胃口也被吊得差不多了。」

寧汐眼睛一亮，心裡湧起一陣激動。

正如寧有方所說，第二天寧汐剛到鼎香樓，孫掌櫃便樂顛顛的跑來告訴她。「汐丫頭，昨天就有客人預定過了，妳今天好好準備兩桌宴席，不要讓客人失望。」

這是宣傳造勢之後寧汐第一次掌勺，萬萬不能失手，務必要讓客人吃得滿意，這名頭也就很快響了。

寧汐自信地笑了笑。「孫掌櫃，你就放心好了！我這就去做準備。對了，菜單已經做好了，以後客人預定的時候，可以順便點菜，我也能早做準備。」

孫掌櫃滿口應了，笑咪咪的把菜單拿走了。

寧汐想了想，便開始動手準備。

做廚子的都有自己的拿手菜，寧汐自然也不例外。她味覺靈敏，調味精準，刀功極好，又擅長花式拼盤，做出來的菜餚賣相特別精緻漂亮。為了迎合女客的口味，寧汐還特地嘗試了不少帶甜味的菜式，諸如糯米甜藕、山藥甜湯、拔絲蘋果之類的。事實證明，這些菜餚頗受客人歡迎。

今天，寧汐要做的是糯米雙棗南瓜盅。

這道菜餚做起來比較費事，又能做菜又能當主食，也是以甜味為主。先將糯米浸泡備用，再將南瓜、蜜棗、紅棗、枸杞、玉米洗淨瀝乾備用。然後，寧汐便忙起了其他的菜式。等客人來了之後，按著慣例上了冷盤、熱炒、燒菜。

然後，寧汐才忙起了今天的壓軸菜式。

先將糯米上鍋蒸熟，再將洗乾淨的南瓜從四分之一處切開，耐心地用勺子將南瓜的瓤掏乾淨，再將蜜棗、紅棗去核，分別切成兩瓣。

等這些準備功夫都做好了，再將鍋裡放油，等油熱了，再將鍋端開，將蒸熟的糯米和準備好的各式配料都倒入，再加入砂糖拌勻，然後用勺子將拌好的糯米等物舀起放入南瓜中。

最後，再將南瓜盅放入鍋上蒸熟。

出鍋的時候，南瓜盅金黃誘人，裡面的糯米、蜜棗、紅棗、枸杞、玉米噴香撲鼻，色澤鮮豔奪目，讓人看了便食慾大開。

最妙的是，等裡面的食物吃完之後，南瓜盅也是可以吃的。用勺子舀了軟軟甜甜香香的南瓜送進口中，滋味簡直絕妙。

寧汐看著趙芸端走了她精心炮製的糯米雙棗南瓜盅，心裡居然有些緊張和期待。那種心情，和當年第一次掌勺的時候差不多，既自信滿滿又有些微妙的忐忑。

等了片刻，趙芸總算回來了。

寧汐迫不及待地問道：「趙姊，客人們嚐過南瓜盅沒有？說什麼了嗎？」

第二百零七章　京城雙姝

寧汐眼巴巴的等著誇讚之詞，那副樣子別提多可愛了。趙芸忽地起了促狹之心，故意擰起眉頭嘆了口氣。

寧汐心裡一沈，遲疑的問道：「是不是客人覺得南瓜盅味道不好？太甜了？還是味道不夠香濃？」

趙芸忍住笑，搖搖頭。

寧汐擠出笑容。「趙姊，客人到底說什麼了，妳就告訴我吧！妳放心，我能撐得住的。」

趙芸一本正經地說道：「客人說了，吃了這道南瓜盅，以後再吃家裡的菜餚哪裡還能吃得下？只好常來我們鼎香樓了。」說到最後一句，格格笑開了。

寧汐這才知道自己被捉弄了，嘻嘻笑著去撓趙芸的癢。兩人嬉鬧了一會兒，趙芸才笑咪咪地說道：「寧汐妹子，看今天的樣子，客人們對菜餚都很滿意呢！照這架勢，妳以後可有得忙了。」

孫掌櫃之前不遺餘力的為寧汐造勢，甚至放出風聲，鼎香樓的寧汐比一品樓的上官燕廚藝更勝一籌。客人們本就懷著好奇嚐鮮的心理而來，寧汐又表現得精彩出色，想不出名都難了。

不出眾人所料，之後的半個月，鼎香樓三樓座無虛席。有不少女客都是慕名而來。雖然寧汐每天只接待兩桌客人，菜價又很高昂，可名頭卻越來越響，一舉壓過了上官燕的風頭。

一品樓不甘示弱，不停地推出新菜式吸引客人。一時之間，兩家酒樓如同打擂臺一般爭鬥不休。

同是廚藝高超的廚子，又都是妙齡少女，如今又唱起了對臺戲，自然引起了食客們的矚目。有好事的食客，把寧汐和上官燕並稱「京城雙姝」。

這個外號飛速的傳了開來，很快地傳到了寧汐的耳中。寧汐當時正在喝水，在聽張展瑜戲謔的說起這個稱呼之後，頓時被嗆到了，一口水噴出老遠。

寧有方遭受了池魚之災，衣襟上沾了不少，卻顧不得低頭查看，忙湊到寧汐身邊為她拍背。等寧汐氣順不咳了，才打趣道：「怎麼了？這個外號不好聽嗎？」

寧汐撇撇嘴。「確實不太好聽。」聽著怪怪的，一點也不像廚子的綽號，倒像是花魁歌姬似的，給廚子起這樣的綽號是什麼意思嘛！

張展瑜笑道：「我倒是覺得挺好的。師傅是京城四大名廚，妳是京城雙姝，名頭都挺響的。」

寧汐翻了個白眼。「張大哥，你要是喜歡，這個名頭讓給你好了。」

張展瑜連連擺手。「這是食客們給妳的綽號，我可不敢要。」

其他的廚子也跟著湊趣。「就是就是，展瑜這副長相要是叫京城雙姝，非把人家上官燕氣壞不可。」眾人一起哄堂大笑。

正說得熱鬧，孫掌櫃神采奕奕的走了進來，目光落到寧汐身上。「汐丫頭，告訴妳一個消息，妳一定會樂壞不可，有食客把妳和上官燕並稱……」

「京城雙姝嘛！」寧汐流利的接過話茬兒，長長的嘆了口氣，神情有些鬱鬱。

孫掌櫃見寧汐反應如此平淡，心裡暗暗奇怪，不由得瞄了寧有方一眼。寧有方忍住笑，解釋道：「汐兒覺得這個外號不好聽。」

孫掌櫃爽快地笑道：「要是覺得不好聽，我們另取個綽號叫出去，別人自然也就跟著改口了。」

這提議倒是不錯，寧汐立刻來了興致。「對對對，改一個好了。大家都來幫著想想，取個響亮好聽的。」

孫掌櫃想了想，笑道：「有了，叫京城雙珠！」

京城雙……豬？寧汐又被嗆到了，頭搖得像博浪鼓似的。「不好，這個堅決不行。」

孫掌櫃默唸幾遍，也覺得不妥，訕訕地笑了笑。

朱二搖頭晃腦地插嘴。「女孩子就像花一樣，依我看，還是叫京城雙花好了。」

寧汐打了個寒顫，苦著臉抗議。「不要，我不要叫什麼花。」也太俗氣了！

朱二聳聳肩攤攤手，不吭聲了。做廚子的大多是粗人，大字不識幾個，哪裡會取什麼綽號，一個個絞盡腦汁也沒想出什麼像樣的來。待聽到有人提議叫「京城美豔小廚娘」之後，寧汐徹底舉手投降了，無力的說道：「算了，還是叫京城雙姝好了……」

寧有方忍了半天再也忍不住了，終於哈哈笑了起來。他這麼一笑，別的廚子哪裡還忍得住，哄笑聲不絕於耳。

寧汐一個綳不住，也跟著笑了，再細細的回味這個綽號，又覺得也不算很差了。

自此之後，京城雙姝的名頭就叫開了。雖然還不及四大名廚來得響亮，可在貴族公子哥兒的圈子裡倒是傳得特別快。不免有些浪蕩成性的公子哥兒找上酒樓，想親眼見一見京城雙姝到底是什麼樣子。

只不過，一品樓的架子向來不小，上官燕從不見外客，而鼎香樓將寧汐保護得也很徹底。除了熟悉的女客之外，其他客人一律不見，不知多少人吃了閉門羹。

遇到脾氣好的也就罷了，可總有個別色心不死的糾纏不休。尤其是那個叫李奇的，曾在四皇子辦宴席的時候見過寧汐一面，一直念念不忘，三不五時的找上門來。

孫掌櫃第八次委婉的回絕道：「李公子，真是對不住，寧姑娘不見外客。」

李奇仗著自己的爹是當朝二品大員，平日裡作威作福慣了，哪裡忍得下這樣的閒氣，立刻瞪眼罵人。「本公子想見她是她的福氣，你給我立刻叫她過來！不然，以後這鼎香樓也別想再開了！」

孫掌櫃心裡暗暗叫苦，點頭哈腰的賠不是，可怎麼也不肯鬆嘴去叫寧汐出來。大堂裡的客人聽這邊吵吵嚷嚷的，都好奇的伸長了脖子豎長了耳朵，等著看好戲。

正鬧得不可開交之際，忽然聽到一個冷冷的聲音在門口響了起來。「誰在鼎香樓裡大呼小叫？」

孫掌櫃聽到這熟悉的聲音，心裡頓時一鬆。是容瑾來了，太好了！

李奇也是飛揚跋扈之輩，見來人是容瑾，竟還笑著說道：「容瑾你來得正好。鼎香樓有這樣不識時務的掌櫃，真該換一換了。」京城幾家名頭極響的酒樓背後都大有來頭，鼎香樓的幕後東家是誰，李奇當然清楚得很。

容瑾扯了扯唇角，眼裡卻沒有一絲笑意。「不知孫掌櫃哪裡惹惱李兄了？」

李奇大言不慚地挑眉笑道：「聽說京城雙姝廚藝高超，我特地來拜會，可這孫掌櫃卻咬住了不讓我見，好像我是來上門挑釁一般，簡直可笑。我李奇像那種貪花好色的人嗎？」

果然無恥，不但不肯承認自己無理糾纏，反而倒打一耙。

孫掌櫃氣得臉都白了，死死按捺著心頭的火氣。

容瑾安撫地看了孫掌櫃一眼，然後淡笑道：「李兄，酒樓有酒樓的規矩。今天是你倒也罷了，要是阿貓阿狗來了，自以為是亂吠一通，酒樓還怎麼做生意。」所謂罵人不帶髒字，容瑾顯然是其中高手。

有客人會意過來，偷偷樂了。敢把堂堂李府二公子罵成阿貓阿狗，也就只有眼前這位年少得志的容翰林有這個膽子了。

李奇也不是傻子，自然聽懂了容瑾的言外之意，臉色頓時變了。「容瑾，你說這話是什麼意思？」

容瑾故作訝然。「李兄，我剛才可不是在說你，我說的是那些不知廉恥仗勢欺人的混帳東西，你可別對號入座。」

論口舌，李奇哪裡是容瑾的對手，臉色青了又白，白了又青。想翻臉吧，一來自己理虧被人家逮了個正著，二來忌憚容府聲勢，三來容瑾此人性子高傲極不好惹。想來想去，還是三十六計走為上計……

李奇咳嗽一聲，裝模作樣地說道：「我今天還有點事，就先走了。」

容瑾意思意思地拱手。「我也有點事，就不送李兄了！」

李奇灰溜溜地走了，看熱鬧的客人意猶未盡，盯著容瑾看個不停。容瑾年少得志，風頭正勁，親眼看過的人可不少。尤其是鼎香樓的常客，見他的機會又稍微多了些。

容瑾對這些好奇的目光視而不見，低低地叮囑孫掌櫃。「以後遇到這樣來找茬的，千萬別客氣，直接攆出去就是了，一切後果有我擔著。」

孫掌櫃精神一振，連連點頭應了，順便吐兩句苦水。「現在寧汐的名頭可是越來越響了，普通客人倒也罷了，世家公子找上門來的可著實不少。」脾氣好有風度的，好說歹說還能打發了。像李奇這樣跋扈的，可著實難應付。

容瑾冷哼一聲，眼裡閃過一絲冷厲的光芒。「你放心，很快就沒人敢了。」

孫掌櫃一愣，眼裡滿是疑惑，可容瑾卻一字都沒解釋，逕自上了二樓雅間，隨口吩咐小安子。「你去廚房看看，要是寧汐有空，讓她做幾道菜。還有，請她忙完了之後到雅間來，我有話要和她說。」

小安子利索地應了，麻溜地跑到了廚房。

寧汐正忙活著，見小安子來了很是意外。自從那次西山事件過後，已經好久沒見容瑾來鼎香樓了……

第二百零八章 公主有請

雖然好多天沒見容瑾了，不過，寧汐卻一直留意著有關容瑾的小道消息。

聽說，容瑾進了翰林院之後，負責誥敕起草、史書纂修，頗得皇上器重。

聽說，容瑾的二哥容琮也留在了京城，做了昭武校尉，容府一門三傑，在朝中名聲大振。

還聽說，有女方主動登門說親，只是不知道容瑾到底花落誰家……呃，這個形容詞不恰當，應該是不知道容瑾會娶哪一家的嬌貴小姐。

寧汐淡淡地想著，心情居然還算平靜。只有心底某處，隱隱的有些莫名的酸澀。

小安子自然不知道寧汐心裡的千迴百轉，笑嘻嘻地說道：「寧姑娘，少爺說了，等妳忙完了請妳到雅間一敘，他有重要的話要對妳說。」

重要的話……寧汐抿著嘴唇，本打算搖頭的動作又改成了點頭。「好，我知道了。」

容瑾會有什麼話要對她說？寧汐一邊做菜一邊琢磨這個問題，好在她廚藝高超，就算一心二用，做出的菜餚仍然是色香味俱全。

等手中的事情忙得差不多了，寧汐便去見了容瑾。推門前的那一刻，寧汐下意識地理了理衣襟，又將耳際散亂的髮絲理好。待做完這些，寧汐不由得自嘲地笑了笑，收拾起紛亂的心情，平靜地推開了門，一抬頭，便見到了容瑾。

暖陽透過窗子灑下一片耀目的光芒，他就這麼悠閒地站在窗邊，唇角一抹淡淡的笑容。

寧汐心漏跳了一拍。一直覺得容瑾的風華氣度遠勝常人，那張俊美出塵的面孔反而會被有意無意的忽略。可在此時，那清俊的眉眼在陽光下閃耀出光澤，有種讓人屏息的美麗。

容瑾也沒有出聲，就這麼靜靜的看著寧汐。兩人明明一句話都沒說，可空氣中卻隱隱流淌著曖昧不清的氣氛。

小安子識趣地退出了門外，順手將門帶好，雅間裡只剩下容瑾和寧汐。

寧汐垂下眼瞼，沒有說話。

容瑾挑了挑眉，忽地笑了。「汐兒，一個多月沒見，妳見了我難道連一句話都沒有嗎？」

心意挑明之後，她反而躲得更遠了。如果不是他主動來找她，想見她一面都不容易……

寧汐淡淡地應道：「容少爺，是你說有話要對我說，我才過來的。」言下之意很明顯，又不是她主動要見他。

容瑾若有所思地笑道：「我又變成容少爺了嗎？我還以為上次西山過後，在妳心裡我只是容瑾。」她的依賴她的信任她的感動，她低低軟軟的呼喚，她惶恐卻又故作堅強的眼神……都哪兒去了？這翻臉無情的速度未免也太快了吧！

一提西山，寧汐不免有些心虛，不敢直視容瑾，將目光移了開去。

容瑾似笑非笑地走近兩步。「汐兒，我還以為我已經說得很清楚了。看來妳還沒明白我的心意，我要娶妳為妻，誰也阻擋不了！」

寧汐霍然抬頭，明亮美麗的眼眸裡不但沒有感動，反而滿是怒意。「容瑾，你說這些輕薄的話是來羞辱我嗎？」

羞辱？容瑾皺眉，兩人所想的，簡直不在一個頻道……

「你喜歡我，我也……不討厭你，可就算這樣又能怎麼樣？你是容府三少爺，現在又中了狀元入了翰林，我只是個廚子，就算廚藝再好名氣再響，我也還是個廚子。你覺得，我配做容府的三少奶奶嗎？」寧汐一字一頓地說道，眼眸閃動著兩簇火苗，點亮了她本就秀美的容顏，散發出異樣的美麗風情。

容瑾看得心蕩神馳，竟然忘了接過話頭。

寧汐冷冷地繼續說道：「這些不僅我清楚，你也心知肚明。既然是不可能的事情，你又何必總掛在嘴邊？」這不是羞辱又是什麼？

容瑾見寧汐真的發火了，俊臉浮起一絲無奈的笑意，放軟了語氣安撫道：「汐兒，妳先別生氣，聽我說……」

「還有什麼可說的？」寧汐一臉的冷然。「我自知配不上你，也從來沒存過這個妄想，還請你以後別來找我了。免得人家背地裡說三道四的，若是毀了我的清譽，以後我想嫁個好人家都難了。」

一腔熱情被這麼一而再再而三的澆冷水，容瑾也動怒了。「寧汐，妳不要仗著我喜歡妳，就隨意地踐踏我的心意。」

寧汐面無表情地看了過來。「你的心意是什麼？口口聲聲說要娶我，你想過怎麼過你爹那一關沒有？你想過怎麼說服身邊的親人沒有？」

容瑾迅速回道：「我當然想過！今天來找妳，就是要和妳說……」

就在這關鍵時候，忽然響起了敲門聲。那敲門聲又急又響，把容瑾所有的話都堵了回去。容瑾憋了一肚子火氣，硬邦邦地揚聲問道：「誰？」

門外的人顯然也被容瑾的火氣嚇了一跳，咳嗽一聲應道：「容少爺，是我！」赫然是寧有方的聲音。

容瑾就算有天大的火氣也發不出來了，下意識地看了寧汐一眼。孤男寡女共處一室，怎麼都有點說不過去……

寧汐也是一愣，旋即擠出笑臉迅速地開了門。「爹，您怎麼來了？」

寧有方無心客套，急急地說道：「汐兒，樓下有人來找妳，說是要接妳進宮去見公主殿下，妳快些收拾收拾下樓去。」

什麼？寧汐一驚，腦子裡頓時一片空白。

那次西山遇險之後，她倒是戰戰兢兢了好幾天，唯恐再被抓去問話之類的。可時隔一個多月卻風平浪靜一點動靜都沒有，她便以為此事已經過去不會再有麻煩了，怎麼也沒想到今天會有這麼一齣……

容瑾也是面色一變，眸光閃動。「寧大廚，來的是哪些人，現在在哪兒？」

寧有方嘆口氣應道：「一共來了三個，領頭的是一個姓崔的女子，其他兩個應該是宮女。孫掌櫃本想請她們到三樓待會兒，可她們卻不肯，還站在大堂裡。」這個時辰大堂裡的客人還沒散光，有這麼三個女子站在大堂裡可想而知是多麼轟動。

寧汐定定神，說道：「我這就下去。」

「等等！」容瑾忽地出聲。「我陪妳一起下去看看。」生氣歸生氣，他可不放心寧汐被這麼帶到宮裡去。

寧汐張張嘴，本想說什麼，可眼角餘光卻瞄到寧有方鬆了口氣的表情，只得又閉了嘴。在這種關鍵時候，有容瑾出面詢問幾句總比別人好得多。

一行三人下了樓，大堂裡的情形赫然映入眼簾。

一個滿頭珠翠衣飾華貴的女子面無表情地站在櫃檯前，身後跟著兩個年輕的女子。孫掌櫃戰戰兢兢滿臉陪笑，大堂裡的客人伸長了脖子看熱鬧。

被這麼多人看著，那個姓崔的女子卻鎮定自如，下巴微微抬起，無形中流露出一股高雅矜持的氣質。

這個女子，莫非就是蕭月兒曾多次提起過的崔女官?

寧汐心裡暗暗思忖著，忍不住又細細看了她幾眼。

年約二十五、六，長相中上，不算很美，可她卻很擅於裝飾自己，將六分姿色硬是妝點到了九分，站在那兒紋絲不動，姿勢優美，顯然有良好的教養。不管孫掌櫃說什麼，她都不動聲色的微微點頭，卻不接話。待眼角餘光瞄到了寧汐一行人下來，這才有了點表情，淡淡地看了過來。

她的目光直直的落在寧汐的臉上，打了個轉之後，又看向容瑾。顯然一眼就看出容瑾才是這裡身分最高的人，禮貌地笑著點了點頭。

容瑾心裡暗暗一凜，這個女子絕不是普通宮女。這份眼力這份精明，應該是公主身邊女官之類的人物……

容瑾的心裡掠過一連串的念頭，面上卻是一派從容，緩緩地走上前來。「不知可是崔女官？」

崔女官笑了笑。「不敢當，我奉了公主殿下的旨意，請寧姑娘入宮一敘，還請容大人行個方便。」一身絳色衣衫，俊美無雙的容貌，略帶高傲的風度，稍微一聯想就能猜到容瑾的身分了。

容瑾沈吟片刻，淡淡一笑。「崔女官，請恕我冒昧問一句。公主殿下怎麼會忽然召寧汐入宮？上次西山遇險的事情，不是已經解釋清楚了嗎？」

崔女官淡淡地應道：「我只是奉命行事，具體緣由我也不知。」

容瑾微微皺眉，正待追問，就見崔女官禮貌地朝寧汐說道：「寧姑娘，我已經等候多時，若是遲了，只怕公主殿下會怪罪。如果方便的話，我們現在就出發如何？」看似彬彬有禮的商議，實則不容拒絕。

事到臨頭，寧汐反而鎮定下來，輕輕點了點頭。「好，我現在就跟妳們走。」

寧有方心裡一驚。「汐兒，妳……」

「爹，」寧汐微微一笑，安撫道：「您放心，我很快就回來。」

寧有方啞然，愣愣的看著寧汐跟著崔女官等人出了大門上了馬車，心底那股強烈的不安怎麼也抹不去。

容瑾目送著馬車遠去，悄然擰起了眉頭。

公主為什麼忽然要見寧汐？寧汐聽到這樣的消息之後，為什麼如此鎮定坦然？

這其中到底有什麼他不知道的秘密……

第二百零九章　入宮

馬車很平穩，如履平地，車內寬敞整潔，陳設精美。

崔女官坐在裡面一動不動，唇角有三分笑意，眼底卻沒什麼笑意，探究的目光在寧汐的身上掃來掃去，像是在審視眼前這個少女究竟有何特別之處，能令公主殿下念念不忘。

寧汐老老實實地坐在崔女官的對面，眼觀鼻鼻觀心，從頭至尾，一言未發。

崔女官終於緩緩的張口問道：「妳的全名可是寧汐？」

寧汐恭敬地應道：「是。」

「妳今年多大？妳祖籍何處？什麼時候來的京城？妳爹可是名廚寧有方？妳也是鼎香樓的大廚嗎？」

一連串的問題接踵而來，寧汐不慌不忙，一一老實作答。

崔女官銳利的目光一直緊緊的盯著寧汐的俏臉，冷不防地問道：「妳是在什麼時候見過公主殿下的？」

寧汐絲毫沒有遲疑，恭恭敬敬地答道：「是在去年的時候。當時我還沒出師，跟在我爹的身邊打下手。公主殿下微服到鼎香樓來吃飯，當天我爹沒在，正好是由我掌勺，因此結識了公主殿下。不過，當時我並不知道她的真實身分，只知道她排行第五，稱呼一聲五小姐。後來，公主殿下又來過幾回，每次吃過飯之後都會喊我過去說說話，便算熟識了。直到在西山的那一天，我才知道公主的真實身分。」

這番話流利至極，中間連停頓都沒有。是因為說的都是實話，還是因為早就打好了腹稿？崔女官眸光一閃，冷冷地說道：「寧汐，妳說的可都是實話？」

寧汐正色應道：「絕沒有半句假話。如果崔女官不信，待會兒可以問一問公主殿下。」她可不怕當面對質，在蕭月兒的眼裡，這一切本來就是事實。

崔女官哼了一聲。「最好如此！」閉上眼睛，不再說話，像是多看寧汐一眼都會降低了自己的身分一般。

寧汐扯了扯唇角，無聲地笑了笑。怪不得蕭月兒這麼討厭這個崔女官，現在看來，果然一點都不討人喜歡。又精明又厲害，凌厲的眼神似乎能洞悉一切，又一副高高在上的樣子，讓人不自覺地戰戰兢兢生出懼怕之意。

殊不知，真正身分高貴的人，根本無須借這樣的舉動來彰顯自己的身分。只有底氣不足的人，才會張牙舞爪故作聲勢。

寧汐將思緒從崔女官的身上移開，開始靜靜地思索起來。

時隔一個多月，蕭月兒為什麼突如其來的召她入宮？是大皇子對她仍心存疑竇？還是調查幕後黑手有了進展？這對自己來說，會是好事還是禍端……

時間悄悄地流逝，馬車外的嘈雜聲音漸漸沒了。又拐了個彎，不知走到了哪條路上，竟是一點聲響都沒有。只能聽到噠噠的馬蹄聲。這種異常的寂靜，讓人莫名的心慌，像堵著什麼似的，呼吸都不敢用力。

寧汐悄悄瞄了一眼，車簾被拉得嚴嚴實實的，根本看不見外面如何，又瞄了閉眼假寐的崔女官一眼。看這架勢，她是不會再搭理自己了，還是老實點為妙。

正想著，崔女官忽然睜開眼，又是那種高高在上的眼神。「待會兒到了宮門處，妳什麼也別說，我自然會帶妳去見公主。」

寧汐點點頭應了，不管心裡如何的波濤翻滾，面上倒還算平靜。

崔女官口中不說，心裡卻暗暗點頭。這個寧汐能得公主另眼相看，倒也有幾分特別之處。別的不說，單這份處變不驚的鎮定功夫，就遠遠勝過其他同齡少女了。

過了一會兒，馬車終於停了。

崔女官取出腰牌，讓宮女遞了出去。看守宮門的人見了腰牌，立刻熱情客氣多了。「原來是崔女官，快些打開宮門。」

這處宮門專供宮裡的太監宮女出入，像崔女官這等品階的女官，自然是看守宮門的太監們巴結的對象。

那個一臉笑容的中年太監，見了緊跟在崔女官身後下馬車的年輕少女，頓時一愣。「崔女官，這位是……」

崔女官淡淡地笑道：「公主殿下命我在宮外帶進來的。」

一聽明月公主的名諱，那太監立刻識趣的不再多問，滿臉陪笑的送了崔女官幾步才回去了。

寧汐秉持多看多聽少說話的原則，老老實實地跟在崔女官的身後，很小心地用眼角餘光打量著周圍的一切。從前世到今生，這還是她第一次真正的進皇宮。雖然這裡是皇宮比較偏僻的一角，可目光所及處，依然令人嘆為觀止大開眼界。

腳下的路是由一式的青色方磚鋪成的，兩邊是高高的圍牆，一眼看不到盡頭。偶爾經過幾個太監宮女，都是一臉的嚴肅凝重，無人敢隨意放聲說笑。

壓抑，沈悶，莊嚴！寧汐默默的想道，難怪蕭月兒總迫不及待的想出去看看。這樣的地方對年輕的少女來說，和籠子沒什麼兩樣。

轉了幾個彎，周圍的景致漸漸明豔起來。各種名貴的花草樹木，奇形怪狀的假山流水，精緻漂亮的亭臺樓閣軒榭，讓人目不暇接。剛才的話需要更正一下，這裡就算是個牢籠，也一定是天底下最最豪華漂亮的籠子！

寧汐忍住東張西望的衝動，依舊老實的跟在崔女官身後。

崔女官對她一路上的表現顯然還算滿意，語氣也稍微柔和了一些。「前面就是公主殿下的寢宮，妳先在外面等著，我進去通報一聲。」

寧汐點點頭。崔女官抬腳進去了，那兩個宮女卻一直守在她身邊，寸步不離，顯然是留下來監視她的一舉一動。

惴惴不安地等了片刻，就見崔女官優雅矜持的走了出來。「公主殿下宣妳進去，妳跟我過來。」想了想，又補充一句。「待會兒見了公主殿下，別忘了行禮。」

寧汐畢恭畢敬地應了。

崔女官在前領路，寧汐緊隨其後，繞了幾個走廊，又過了幾間屋子，總算見到了蕭月兒。

隔著精緻的珠簾，那個面容嬌憨可愛的少女穿著華麗的宮裙，一臉的淡然，輕輕撥弄著手中的琴弦，發出悅耳動聽的聲響。明明再熟悉不過的臉龐，卻陡然間變得陌生起來。她顯然聽見了腳步聲，卻連頭都未抬，依舊專心地撥弄著琴弦。

這是堂堂大燕王朝最尊貴的明月公主，再也不是那個隨和可愛的五小姐了……

寧汐的心裡滑過莫名的苦澀，恭恭敬敬地跪下磕頭。「小女子寧汐，見過公主殿下。」

半晌，才聽到悅耳動聽的少女聲音響起。「免禮。」寧汐規規矩矩地起身，垂下眼瞼，不敢到處亂看。

崔女官恭敬地笑道：「公主殿下，奴婢已經把寧姑娘帶來了。」

「嗯，這件差事妳辦得不錯。」蕭月兒漫不經心地說道：「好了，妳先暫時退下吧！」

崔女官略一猶豫。「公主殿下，您身分尊貴，容不得半點閃失，請容奴婢在一旁伺候……」

「崔女官！」蕭月兒板起了臉孔，略有些不悅地瞄了過來。「本宮說得不夠清楚嗎？退下！」

公主的架勢一擺出來，崔女官也不敢違抗，只得應了一聲退下了。

蕭月兒又吩咐一旁伺候的宮女都退下，待屋子裡只剩下她和寧汐兩人了，面容忽地一改，笑嘻嘻地起身走了過來，歡快地笑道：「寧汐，妳可總算來了，我等了妳好半天呢！」

這態度變化得也太快了吧……寧汐有些傻眼了，一時沒反應過來，愣愣地看著蕭月兒。

蕭月兒噗哧一聲笑了起來，打趣道：「瞧瞧妳這傻乎乎的樣子，被我嚇著了是不是？」可不是嘛？之前還一副冷冷淡淡高高在上的樣子，轉眼就變成了那個熟悉的五小姐，這驚嚇可真不是一星半點啊！

寧汐自嘲地笑了笑。「是啊，我到現在心還怦怦直跳呢！」

蕭月兒樂得格格直笑，眼眸瞇成了月牙兒。「平日在崔女官和宮女們面前，我就得裝出剛才那副樣子，別提多累了，沒想到把妳給嚇住了。」越想越是得意，笑得越發開心，像個淘氣的孩子一般。

寧汐也忍不住笑了起來，心裡掠過一絲淡淡的憐惜。

一個活潑嬌憨的少女天天被壓抑著本來的性子，確實夠辛苦夠累的……

蕭月兒兀自抱怨著。「那個崔女官的脾氣，妳也該見識到了吧！她天天跟在我身邊，不停的提醒我這樣那樣。要是我有一點率性的舉動，她就要嘮叨半天，說我沒有天家公主的威嚴，會丟了皇家的顏面什麼的，唸得我耳朵都要起繭子了。偏偏我父皇覺得她說得有道理，讓她嚴厲督促我，只要我有什麼不合禮儀的舉動，她就會在我父皇面前告狀……」

寧汐滿眼的同情。「有這樣的人在身邊，真夠妳頭疼的。」

崔女官平日裡為人嚴苛，治下頗嚴，宮女都很怕她。蕭月兒雖然討厭她，面上卻也得保持幾分尊重，難得有人和她站在同一陣線，別提多高興了。一個勁兒的點頭附和。「就是就是，我見了她就頭痛。」一邊說邊拉了寧汐坐下。

第二百一十章　親近

寧汐稍一猶豫，便坦然地坐在了蕭月兒的身邊。

蕭月兒貴為公主，身邊的人都敬她怕她。她平日裡得端著公主的身分，連個輕鬆說話的人都沒有。今天特地召自己入宮，大概也是在宮裡太悶了，才想找自己來說說話。如果自己也像別人那樣戰戰兢兢的，蕭月兒一定會很失望。倒不如和以前一樣，只當蕭月兒是個普通少女，兩人相處反而會愉快得多。

果然，蕭月兒一見寧汐這麼泰然自若，分外的高興。「好寧汐，我可真怕妳見了我連話都不敢說，現在這樣再好不過了。」

寧汐抿唇輕笑。「只要公主殿下不嫌我冒犯就好。」

「別叫我什麼公主殿下了。」蕭月兒笑嘻嘻地說道：「有外人在的時候，妳喊一聲裝裝樣子就行了。這兒就我們兩個人，不用這麼拘束。還和以前一樣，妳叫我五姊，我叫妳汐妹好了。」

寧汐一驚，正待婉言拒絕，蕭月兒卻已經繃起了臉。「公主的話妳敢不聽嗎？」

寧汐心裡一暖，微笑著說道：「我還是叫妳五小姐吧！」叫五姊未免太親暱了。若是一個不小心讓人聽見了，還不知會被人編排成什麼樣子。

蕭月兒想了想，便知道寧汐在顧忌什麼，也不再勉強她。「好，妳叫我五小姐，我叫妳寧汐。」

兩人對視一笑，越發覺得親近了一層。

寧汐猶豫片刻，試探著問道：「荷香姊姊現在怎麼樣了？好些了嗎？」當日在西山遇險，多虧荷香忠心護主，在千鈞一髮之刻將蕭月兒推出了馬車，自己卻落了個遍體鱗傷。

一提到荷香，蕭月兒的笑容便淡了下來，嘆道：「荷香傷得不輕，一直在養傷。太醫說至少也得休養個半年左右才能下床走動。別的倒也罷了，偏偏臉也被磕碰得厲害，只怕……」是要破相了！

對一個青春嬌美的少女來說，這是何其殘忍的事情。

寧汐聽了這些，心裡沈甸甸的，很不是個滋味。

皇宮裡規矩多，荷香受了傷之後，便不能留在蕭月兒的寢宮裡，被送到別處養傷去了。就算以後身子養好了，最多是賞賜些金銀俗物，想回蕭月兒身邊卻是不容易了。

「若不是為了救我，荷香也不會受傷了……」蕭月兒想起那驚險的一幕，眼中水光隱現，聲音有些哽咽。「寧汐，我真不該不聽胡半仙的話，要是那天沒出去，就什麼事都不會發生了。」

寧汐見蕭月兒心情低落，連忙安撫了幾句。「吉人自有天相，妳安然無事總算是好事一樁。荷香奮不顧身的救妳，也是她的一片心意。妳更要好好保重自己，才能對得起荷香的一番情意。」

蕭月兒吸吸鼻子，點了點頭。「等荷香身子好了，不管她的臉變成什麼樣子，我都不會捨了她，一定把她要到身邊來，讓她過些好日子。」

寧汐順著蕭月兒的話音說了幾句，待蕭月兒心情漸漸平穩了，才扯開了話題，看似隨意的問道：「對了，這樁意外是因何而起，後來徹查清楚了嗎？」

蕭月兒蹙眉搖頭。「父皇很生氣，讓皇兄徹查這件事，可查來查去也沒找到背後做手腳的人是誰。」幾匹馬當時就被處決了，還有負責餵馬的人也遭了殃，可真正的幕後黑手卻是沒查出來。

寧汐心裡暗暗嘆息，這樣的結果早在她意料之中。四皇子既然出手，當然不會留下任何的把柄，大皇子再怎麼查也是查不出來的，只好找幾個替死鬼了事……

蕭月兒見寧汐面色凝重，誤以為她在擔心自己，倒是有些感動了，輕拍著寧汐的手說道：「妳不用擔心，現在父皇又加派了人手保護我，只要我不隨便出宮，絕不會有事的。」

說得輕鬆，可眼裡的悵然卻瞞不過寧汐。

寧汐柔聲安撫道：「不出宮也好，在宮裡待著安全多了。」四皇子膽子再大，此時也不敢在宮中做什麼手腳吧！畢竟，現在的四皇子還只是個不得寵的皇子，只能韜光蓄銳。

蕭月兒故作歡快地笑道：「是啊，我天天在宮裡也挺好的。實在悶了，就讓崔女官去接妳入宮來陪我。對了，今天妳有沒有被嚇了一跳？」

何止被嚇了一跳！寧汐自嘲地笑道：「我爹和孫掌櫃他們都被嚇壞了，還以為我是被抓來問話。我一路上和崔女官坐一輛馬車裡，連頭也沒敢抬。」

蕭月兒樂得格格直笑，寧汐被她的笑聲感染，忍不住也笑了起來。

久違的笑聲在明月宮裡響起，守在外面的宮女不由得面面相覷，心裡暗暗詫異不已。這一個多月來，公主天天綳著臉，連個笑容都沒有，沒想到這個叫寧汐的少女一來，她竟然笑得如此快活開心……

崔女官並未走遠，聽到這邊動靜不小，忍不住走了過來。屏息聽了片刻之後，便蹙起了眉頭，這樣嬉鬧實在有損天家公主的威嚴……

崔女官用力咳嗽一聲。

屋子裡的嬉笑聲頓時一停。寧汐和蕭月兒對視一眼，不由自主的將聲音放低了些。

蕭月兒嘟囔著發牢騷。「這個崔女官，我讓她退下，她也不退得遠點。」只不過笑聲大了那麼一點點，又咳嗽著來提醒她，她生平最討厭的莫過於崔女官的咳嗽聲了。

寧汐輕笑一聲。「既然如此，我們聲音小一些好了。」

蕭月兒嘆口氣。「妳不瞭解崔女官，我可是最清楚她的性子了。妳等著看吧，最多一盞茶工夫，她就要找個理由進來了！」

「她要進來做什麼？」寧汐半信半疑。

「看看我們倆在做什麼，提醒我不要有失公主身分，順便暗示時間差不多了，該送妳出宮了。」蕭月兒扳著手指頭，一一數著。

寧汐啞然失笑。正想說什麼，忽然聽到響起了敲門聲，崔女官的聲音在門外響了起來。「公主殿下和寧姑娘聊了這麼久，一定口渴了吧！奴婢命人送些茶水糕點進去。」

蕭月兒嗯了一聲，順便得意地朝寧汐眨眨眼，瞧瞧，她說的沒錯吧！

寧汐掩嘴偷笑，再一次見識了蕭月兒的變臉絕技。只見蕭月兒迅速的坐直了身子，燦爛的笑容變成了含蓄矜持的淺笑，聲音也冷然多了。「進來吧！」

崔女官應了一聲，便開了門，領著幾個宮女走了進來。宮女們手中的托盤裡有各式的糕點茶水，一一放到了茶几上。

崔女官微笑著說道：「公主殿下，這是菊花茶，最是清熱去火。還有幾樣宮中的點心，請寧姑娘嚐個新鮮。」在蕭月兒面前，崔女官對寧汐的態度客氣多了。

寧汐忙起身道謝，順勢站了起來。之前和蕭月兒並排坐在一起閒聊也不覺得突兀，可被崔女官的眼睛這麼一瞄，頓時覺得渾身都不自在，還是站著好了。

崔女官見寧汐如此識趣乖巧，倒也滿意，又指揮著宮女們倒茶水伺候糕點。

蕭月兒早已習慣了被人無微不至的伺候照顧，吃了一塊之後，正想吃第二塊，就聽崔女官又咳嗽了一聲，無奈地縮回了手，眼裡閃過一絲哀怨。

寧汐想笑不敢笑，忍得好痛苦。怪不得蕭月兒每次出宮都這麼能吃，原來平日裡吃東西根本不能盡興嘛！

「寧汐，妳也來嚐嚐。」蕭月兒顯然早已習慣了崔女官的嚴格管制，也不惱怒，朝寧汐笑道：「看看宮裡的糕點味道如何。」

寧汐確實也存了好奇之心，聞言笑著點頭應了，拈起一塊核桃酪送入口中。不由得暗暗點頭。鬆軟甜香，回味悠長，算是上品了。

蕭月兒笑道：「這可是宮裡的御廚做出來的，味道如何？」

寧汐笑著讚了幾句。「味道好極了，甜味適口，有濃濃的核桃香味，火候把握得也極好。如果換了是我來做，只怕也沒有這樣的味道。」

「妳就別自謙了！」蕭月兒笑吟吟地說道：「妳的手藝怎麼樣我可清楚得很。」

崔女官心裡一動，笑著插嘴道：「聽說寧姑娘是鼎香樓的大廚，廚藝十分高超，公主殿下可是念念不忘呢！」

寧汐忙自謙幾句。

蕭月兒看不慣她這副拘謹的樣子，很自然地為她撐腰。「是啊，我親自嚐過幾次，寧汐的手藝好得很，我們宮裡的御廚雖然不少，比她強的可沒幾個。」

崔女官顯然不信，卻也不和蕭月兒爭辯，只淡淡地笑了笑。「公主殿下，這時候也不早了，是不是該……」

蕭月兒立刻接過了話頭。「離天黑還早著呢！我還有話要和寧汐說，妳們暫且退下吧，等我傳召再進來。」

崔女官不太情願地退了下去，一併宮女也退了個乾乾淨淨。

等她們都退下了，蕭月兒才鬆了口氣，笑咪咪的扯了寧汐重新坐下。「別站著了，過來坐著說話，我有悄悄話要對妳說。」

悄悄話？寧汐微微一怔，凝神看了過去。

蕭月兒不知想到了什麼，白皙的臉頰飛起一抹紅暈，欲言又止。

第二百一十一章　悄悄的告訴妳

寧汐心裡悄然一動，蕭月兒接下來要說的，只怕是和終身大事有關吧！

果然，就聽蕭月兒低低的說道：「我父皇要替我選駙馬了。」眼角眉梢透露出抑制不住的嬌羞。

寧汐定定神，笑著恭喜道：「那可要恭喜妳了。不知是哪一家的兒郎有這樣的幸運，能有幸娶到我們又漂亮又可愛的公主殿下？」

蕭月兒咬著嘴唇，俏臉一片嫣紅。「那個人，妳也認識的……」

自己也認識？寧汐的腦子裡飛速的閃過一張俊臉，心裡陡然一沈，難道真的是容瑾？

放眼整個京城，出色又未婚的貴族少年著實不少，可容瑾絕對是其中翹楚，又得皇上另眼相看，被相中也是大有可能的事情吧！

這對容瑾來說，自然也是件天上掉下的喜事。蕭月兒貴為公主，備受皇上寵愛，又是大皇子的胞妹，若是能娶到這樣高貴的少女，對他的前途大有裨益，對整個容府也是件大大的喜事，她應該為容瑾感到高興才對……

寧汐將心底的那抹酸楚按捺下去，擠出一抹笑容。「那個人，是姓容嗎？」

蕭月兒的俏臉羞紅得像塊紅布，輕輕的「嗯」了一聲。

這輕輕的一個字，落在寧汐的耳中，卻無異於晴天霹靂！

寧汐身子顫了一顫，俏臉隱隱發白，縮在袖口中的拳頭不自覺的握緊，心頭的苦澀難以形容，不知花了多少自制力，才勉強撐著沒有失態。

蕭月兒沈浸在自己的喜悅中，壓根兒沒留意到寧汐的異樣，兀自羞澀地說道：「我只見了他一面，可怎麼都忘不了他。父皇本來中意的另有其人，我大著膽子求了父皇好久，他才改了心意。再過幾日，父皇就要召他入宮，正式的下聖旨了……」

寧汐擠出一抹難看的笑容，聲音有些顫抖。「恭喜妳，能嫁給自己喜歡的人……」嗓子莫名的乾澀，怎麼也說不下去了。

原來，她一點都沒有想像中的堅強！

原來，她比自己想像中的更在意容瑾！

原來，她一點都不想看著容瑾娶別的女子……

溫熱的液體忽然湧到了眼眶邊，若不是寧汐強忍著，只怕淚水已經滑落了下來。

蕭月兒終於察覺到寧汐的不對勁了，遲疑地問道：「寧汐，妳怎麼了？」聽到這樣的好消息，她的臉色為什麼這般難看？眼圈還隱隱的泛紅，像是隨時都會哭出來一般。

寧汐深呼吸口氣，將到了眼角邊的淚水又強自壓了回去，力持平靜地應道：「我是在為妳高興呢！我這人一高興就這樣，忍不住就想哭。」

蕭月兒不疑有他，抿唇笑了起來。「我有時候也這樣的呢！對了，我把這樣的秘密都告訴妳了，妳也該把妳的心上人是誰告訴我才對。」

心上人……寧汐心裡尖銳的疼痛著，卻硬是擠出坦然的笑容。「我哪有什麼心上人。」

蕭月兒嗔怪的白了她一眼。「妳長得這麼漂亮，肯定有很多男孩子喜歡妳，說給我聽聽嘛！要是不說，就是不拿我當朋友，我可要生氣了。」

寧汐默然片刻，低低的說道：「很久很久以前，我喜歡過一個男子。」

蕭月兒來了興致，托起下巴洗耳恭聽，順便提出疑問。「妳才十四歲，很久很久以前，妳才多大？」小小年紀就懂得男女情愛了嗎？

寧汐含糊其辭地應道：「我比較……早熟，那時候大概十一、二歲吧！」頓了頓，緩緩地說道：「那個男子長得斯文俊俏，說話溫柔有禮，對我也很好，我以為我喜歡的男子就是這樣的。」

「後來呢？」蕭月兒聽得入了迷，不自覺地追問道。

「後來，我受了很多傷害，那個時候才知道，原來我年少無知，愛錯了人。」寧汐淡淡地說道，明明臉上掛著笑容，可周身卻散發著悲涼的落寞。

蕭月兒心裡莫名的一緊，不知該說些什麼安慰寧汐，只用力地握住了寧汐的手。

寧汐扯了扯唇角，目光柔和了一些。「再後來，我下定了決心，再也不要這樣毫無保留的喜歡一個人。我還想過，等長大以後，嫁一個老實憨厚的男子，過些平淡的日子就好。所以，我拒絕了一個男孩子……」

「為什麼要拒絕？」蕭月兒脫口而出問道：「他長得不好看嗎？還是他對妳不夠好？」

寧汐淡淡地一笑。「不，他很好。長得好，家世又好，對我也很好。雖然有時候說話毒辣態度高傲些，可對我實在沒話說。」

「那妳為什麼要拒絕他。」蕭月兒一臉的不解。「妳不喜歡他？」

寧汐沈默了片刻，才低低的說道：「我一直以為，沒了他我也能過得很好。」所以，她總是倔強的不肯承認自己的心意，總是倔強的逃避這一切，以為自己隨時可以走開。

直到剛才那一刻，她才知道，他在她心底的分量，早已比她想像中要多得多。只可惜，一切都已經遲了……

蕭月兒看著寧汐落寞黯然的面孔，心裡湧起一陣憐惜，安慰道：「現在知道這一切也不算晚，妳去找他，告訴他妳的心意……」

「遲了……」寧汐輕輕地吐出兩個字。「他已經要訂親了。」

蕭月兒愣了一愣，旋即勃然大怒。「這個負心漢，明明說喜歡妳，怎麼又和別的女子訂親。告訴我他是誰，我一定饒不了他！」

寧汐又是感動又是無奈又是苦笑，如果蕭月兒知道那個「別的女子」其實就是她自己，不知道是何反應。算了，到了這一步，再想這些又有什麼用？

寧汐強打起精神，擠出笑容。「其實，就算他沒訂親，我也配不上他。我只是個廚子，他的家人不可能接納我這樣的平民女子。」只有蕭月兒這樣的天之驕女，才配站在容瑾的身邊吧！

蕭月兒輕哼一聲。「這些狗眼看人低的東西，廚子又怎麼了？沒有廚子做飯，一個個非餓死不可！再說了，妳可是我見過的廚藝最好的女孩子了，又長得這般美麗，哪個男子娶到妳才是他的福氣。寧汐，我既然喊過妳妹妹，就真心的把妳當妹妹了。以後誰要是敢欺負妳，妳只管告訴我，我一定為妳出氣！」

寧汐的眼眶又濕潤了，這一次，卻是因為蕭月兒的語出真摯。真沒想到，一次偶然的結識，卻得來這麼一個真心待她的好友……

「五姊！」寧汐哽咽著喊了一聲。

蕭月兒的眼圈也紅了，心裡一處莫名的酸軟，摟著寧汐嗚嗚的哭了起來。不知是感嘆寧汐的所遇非人，還是在心疼寧汐的傷心落寞。

寧汐忍了半天的淚水，也簌簌地落了下來。

少女的心情就像天氣，有時晴有時陰，有時會為一朵落花感傷，有時會因一陣微風吹拂開懷。此刻，兩人摟在一起哭成了一團，心底所有的不如意都冒了出來，竟是哭得不能自已，就連咚咚響的敲門聲都沒聽見。

在外敲門的崔女官卻越發的焦灼不安了，也不知裡面出了什麼事情，只聽到隱隱的哭泣聲。敲了幾遍，裡面仍然沒有回應。崔女官咬咬牙，伸手推開了門。

蕭月兒和寧汐相擁哭泣的一幕頓時映入眼簾。

崔女官一愣，旋即皺起了眉頭，急急地湊上前來。「公主殿下，到底出了什麼事情？」陰冷的目光瞪向眼睛紅腫的寧汐。公主之前還開開心心的，轉眼就哭成這樣子，肯定和這個寧汐有關！

早在崔女官推門而入的那一刻，蕭月兒便回過神來，再見到崔女官盯著寧汐的不善眼神，心頭的火氣立刻湧了上來，厲聲呵斥。「崔女官，本宮沒傳召，妳居然敢推門而入，還有沒有把我這個公主放在眼底?」

清秀可愛的臉龐一繃起來，竟有種異樣的威嚴。

崔女官心裡一顫，不假思索地跪了下來。「公主殿下恕罪，都是奴婢無狀!」伺候蕭月兒幾年來，這還是蕭月兒第一次讓她如此難堪。

蕭月兒冷哼一聲，看都沒看她一眼，卻柔聲對寧汐說道:「寧汐，時候不早了，我讓菊香送妳回去。等過些天，我再讓人去接妳來陪我。」

寧汐點點頭，旋即小聲地為崔女官求情。「崔女官也是著急才會推門進來，妳就別生她的氣了。」真正惹怒蕭月兒的，只怕是剛才崔女官盯著她的眼神太過陰冷尖刻了吧!

蕭月兒笑了笑，若有所指地說道:「有些人不受些教訓，就不知道自己的身分，把自己當成半個主子為所欲為了。」

崔女官的臉色白了白，頭垂得更低了。

蕭月兒迅速地又換了笑臉。「瞧妳哭得臉都花了，去洗一洗拾掇一番再回去，別讓妳爹以為是我這個公主欺負妳了。」說著，親暱的拉著寧汐進了內室，又招呼宮女進來為寧汐梳妝。

宮女們魚貫而入，眼角餘光瞄到跪在地上的崔女官，心裡都是一凜。

崔女官在這明月宮裡幾乎可以算半個主子，何曾這麼狼狽過?就不知她是怎麼惹惱公主的，她們可得引以為戒才是。

第二百一十二章　選擇性坦白

送寧汐出宮的，是一個年約十七、八歲的宮女菊香。

比起秀麗端莊的荷香，菊香不算漂亮，姿色平平，可說話行事卻圓滑周全，唇角一直掛著得體的笑容，顯然是蕭月兒身邊得用的人。

菊香和荷香一起伺候蕭月兒多年，對蕭月兒的脾氣自然再清楚不過。今日蕭月兒大費周章地派崔女官接了寧汐進宮，又突如其來地發作了崔女官一通，不用多想也知道肯定和寧汐有關。

蕭月兒如此重視寧汐，又特地派了她這個算得上心腹的宮女送寧汐回去，這意味著什麼菊香當然懂。所以，她對著寧汐越發的客氣，邊走邊低聲為寧汐介紹各處景致。

寧汐心情沈鬱，哪有心思聽這些，又不好拂逆了菊香的好意，打起精神應對了幾句。待出了宮門上了馬車之後，不用裝也是一副困倦疲乏的樣子。菊香果然識趣，立刻住了嘴。

馬車平穩地向前行駛，又拐了幾個彎，外面漸漸有了聲響。不知過了多久，馬車終於停了下來，車伕恭恭敬敬地說道：「菊香姑娘，鼎香樓到了。」

菊香嗯了一聲，開了車門，先下了馬車，又小心地攙扶著寧汐下了馬車。

寧汐不習慣有人這麼伺候自己，擠出一絲笑容。「菊香姊姊，多謝妳送我回來。」

菊香抿唇輕笑。「我得回去覆命，免得公主擔心，就不送寧姑娘進去了。」說著，微微躬身，便轉身上了馬車離開了。

寧汐目送著馬車消失在眼前，才打起精神繞到後門進了廚房。

趙芸正巧從裡面走了出來，見了寧汐眼眸一亮，急急地湊上前來，一把攥住寧汐的手上下打量個不停。「寧汐妹子，妳可總算回來了，聽說妳被人帶走了，我們都替妳著急呢！」

寧汐心裡一暖，暫時把心事都拋到了一邊，笑著說道：「我這不是好好的回來了嗎？」

正說著話，張展瑜一個箭步衝了過來。「汐妹子，妳下午到底去了哪兒了？怎麼半天都不見人影？」師傅明明知情，卻是怎麼也不肯說實話，他越發的忐忑不安，已經擔心一個下午了。

趙芸笑著說：「是啊，張大廚這一個下午走來走去，都快把鼎香樓的門檻給磨破了。」

張展瑜被這麼一打趣，黝黑的臉上頓時浮起一絲紅暈，卻又捨不得否認，索性心一橫應了句。「我確實擔心，要不是師傅不肯告訴妳在哪兒，我早就出去找妳了。」

她一個下午都在皇宮裡，張展瑜怎麼可能找到她……

寧汐看著張展瑜焦灼的眼神，心裡忽地一軟，低低地說道：「公主殿下派人來接我入宮，我這一個下午都在陪她說話。」

張展瑜錯愕不已，又驚又喜。驚的是不知寧汐什麼時候竟認識了這樣的貴人，喜的卻是寧汐竟肯將這樣隱密的事情告訴他。

這是不是代表著，寧汐開始漸漸對他敞開了心扉？

張展瑜的訝然和歡喜，都明明白白的寫在了臉上，寧汐看著他，心裡忽然有些莫名的酸澀。他對她的心意，她其實很清楚，只是一直裝著不懂而已……

「汐兒！」寧有方大步流星地走了過來，急切地打量寧汐幾眼，見寧汐安然無恙，一直高高提起的心終於放了下來。「妳總算回來了！」

寧汐的眼眶忽然有些濕潤，哽咽著點點頭。「爹，都是我不好，讓您也跟著擔驚受怕。」

寧有方最見不得她這副樣子，忙安撫道：「妳平安回來就好，有什麼事進去再說。」

寧汐吸了吸鼻子，點頭應了。

廚房裡到處都是人，想找個清靜的地方說話實在不容易。寧有方想了想，便到了寧汐的小廚房裡。

趙芸很識趣，點了燭檯之後，便藉口有事走了。

張展瑜猶豫片刻，也笑道：「汐妹子安然回來就好，我先回去做事了。」將空間留給了他們父女二人。

不等寧有方追問，寧汐便主動張口說道：「爹，我們鼎香樓以前有位女客，自稱是五小姐，您還有印象嗎？」

寧有方點點頭，正奇怪著好端端的寧汐怎麼會提起這個人，腦中忽然靈光一閃，眼睛倏然睜大。「難道那個五小姐就是……」

「是，她就是公主殿下。」寧汐接過話頭。「之前我也不清楚她的真實身分，只覺得和她很投緣，怎麼也沒想到她就是明月公主。那一天我無意中去了西山，才知道了她的身分。

我本以為今後和她再也沒了接觸的機會，沒想到她竟然會派人來接我入宮。」頓了頓，又繼續說道：「今天去了皇宮之後，公主特地將身邊的人都支開，和我說了半天的話。還說，以後有空再讓我去宮裡陪她。」

寧有方愣愣地張大了嘴巴，一臉的不敢置信，一時反應不過來。「妳、妳是說，妳和公主交上了朋友？」老天，這也太荒唐了吧！簡直像戲文裡的戲碼一樣！

寧汐微微一笑。「雖然這聽起來有點荒誕，可確實是事實，公主殿下很喜歡我。」事實上，她說得還算含蓄了，蕭月兒簡直恨不得認她做了妹妹才好。

如果蕭月兒只是一個富家千金，寧汐反而能坦然的接受這份情意。可對方卻是大燕王朝最尊貴的公主，她若是真的喊蕭月兒一聲姊姊，沒人編排她攀龍附鳳才是怪事。

寧有方又愣了半天，非但沒驚喜，反而皺起了眉頭，在廚房裡來回踱起步來。這件事實在太出人意料了！寧汐雖然說得輕描淡寫，可他總隱隱覺得其中有什麼不對勁的地方……

寧汐也不吭聲，任由寧有方一個人琢磨了半天。過了許久，寧有方才停住了腳步，定定的看著寧汐，沈聲問道：「汐兒，妳告訴我實話，妳是不是有什麼事在瞞著我？」

「沒有！」寧汐不假思索地答道，平靜的回視。「爹，事情就是這樣，我一個字都沒騙您。」她確實沒騙他，至少說出來的部分都是事實，只是隱瞞了一些些「小細節」而已。

寧有方的目光前所未有的銳利。「好，我相信妳說的都是實話。那妳能不能告訴我，一個多月前的那一天，妳為什麼會一個人悄悄地去西山？那天發生的事情又是怎麼回事？那個高侍衛為什麼會押送妳回來？」

問題一個接著一個拋了過來，饒是寧汐有心理準備，也有點措手不及的感覺。在心中迅速的權衡片刻，便有了決定。

那些秘密，她不能讓寧有方知道。所有痛苦的往事，就讓她一個人來背負！

「爹，那天的事情，我確實瞞了您一些。」寧汐垂著頭，囁嚅著說道：「我聽說……容瑾去了西山，所以才想去西山湊湊熱鬧。」想來想去，也只能用這樣的理由來應付寧有方的疑問了，只希望寧有方能相信她的說辭才好。

寧有方顯然沒料到會是這樣的答案，又愣了半天，半晌才苦笑道：「原來如此……」怪不得寧汐一直不肯直說呢！這丫頭，明明心裡也喜歡人家，嘴上卻從不肯承認的。

寧汐悄然鬆口氣，總算過了這一關。

還沒等這口氣徹底鬆完，就聽寧有方笑咪咪的說道：「既然妳也對容少爺有意，下次見了容少爺，爹就親自問一問他，看看他到底有什麼打算……」

寧汐臉色白了一白，不假思索地打斷寧有方。「不，不能問！」

寧有方挑了挑眉。「為什麼不能問？容少爺對妳有情，妳又對他有意，兩廂情願的事情，又不是我們上趕著巴結容府這門親事。」

寧汐的笑容苦澀極了。「爹，這些以後別再提了，容瑾他……就要做駙馬了！」他怎麼可能再娶自己？

她說出的話一句比一句勁爆，寧有方壓根兒反應不過來，愣愣地重複。「妳說什麼，他要做駙馬了？這消息可靠嗎？」

寧汐自嘲地一笑。「我聽公主殿下親口說的，再有幾天就要下聖旨了，您說可不可靠？」

何止是可靠，簡直是板上釘釘的事情，再也不可能更改了！

寧有方這次徹底沒了脾氣，長長的嘆了口氣，眼中滿是憐惜。「汐兒，妳和容少爺沒這個緣分，以後妳別再惦記他了，天底下好兒郎多得是，爹以後給妳找個更好的。」

若是別的女子，倒還能爭一爭，可對方偏偏是大燕王朝最尊貴的明月公主，還怎麼爭？

寧汐心裡一陣翻湧絞痛，臉上卻擠出一個勉強的笑容。「爹，您放心，我已經想開了。公主殿下人長得漂亮，性子又好，和容瑾是天造地設的一對，我也為他們高興呢！」

寧有方心裡酸溜溜的，又嘆了口氣。「傻丫頭，在爹面前還逞什麼強。想哭就趴在爹的懷裡哭一會兒。」瞧她的笑容，比哭還難看。

寧汐眼圈早已紅了，卻倔強地不讓眼淚落下來，咬著嘴唇慢慢的說道：「不，我不哭。不是我的，我不稀罕。」話說得乾脆漂亮，可她的心裡卻像被撕扯一般的疼痛……

第二百一十三章　一訴情衷

自己的女兒是什麼脾氣，沒人比寧有方更清楚。見她倔強得不肯掉眼淚，寧有方心裡別提多難過了。

只可惜，他縱然願意為女兒去摘星星捧月亮，也沒這個能耐改變皇上的決定。只能泛泛地安撫道：「妳說的對，不是咱的，咱們不稀罕。妳今天一定累了，別在廚房待著了，我讓展瑜先送妳回去。」

寧汐本想搖頭拒絕，不知怎麼的，話到嘴邊又改成了：「也好。」

寧有方點點頭，揚聲喊了張展瑜過來。張展瑜本就在隔壁，一直豎長了耳朵聽著這邊的動靜。寧有方這一聲嗓子又十分響亮，他自然聽得清楚，立刻匆匆地丟下手中的事情跑了過來。「師傅，有什麼事只管吩咐。」

寧有方吩咐道：「天晚了，汐兒一個人回家不方便，你替我送她回去。」

張展瑜不假思索地點頭應了，心裡泛起一絲喜悅。送寧汐回去，意味著他有了和寧汐獨處的時間，這可是他一直默默期盼的好事……

寧汐默然地從後門走了出去，走過長長的幽靜的巷子，然後拐彎，走上一段之後，再拐一個彎。天已經黑了，路上的行人極少，偶爾路過一個，也都是匆匆忙忙的。像寧汐這般慢悠悠的如同散步一般的，著實少見。

寧汐一直不說話，張展瑜也不吱聲，默默地走在寧汐的身邊，偶爾看寧汐一眼。寧汐卻毫無所察，依舊一臉的漠然和平靜。

張展瑜忽地低低的問道：「汐妹子，妳是不是遇到了什麼不開心的事情？」

若在平時，寧汐一定會擠出笑容，若無其事的應一句「我很好，沒什麼不開心」。可今天，她遇到的事情實在太多了，心裡的疲憊已經聚集到了極點，很想找個人傾訴一番。只是，她心底的傷痛落寞該怎麼說給張展瑜聽？

寧汐自嘲地笑了笑，低聲應道：「我今天確實遇到了一些不開心的事，不過，很快就會好了，你不用為我擔心。」

張展瑜心裡微微一顫，忽地停下了腳步，寧汐也隨之停了下來。「怎麼了？」

閃爍的星光下，張展瑜的眼眸異常的明亮灼熱，略有些急促地說道：「汐妹子，這些話我本不應該說，可我實在忍不住了……」

寧汐心裡一跳，下意識地就想逃避。「有什麼話以後再說吧，現在天已經晚了，我該回家了……」

「不，我現在就要說。」張展瑜的語氣前所未有的果決，沙啞的說道：「汐妹子，我知道我什麼都不出眾，什麼都比不上容少爺。可有一點他不如我，我一心一意的喜歡妳，只喜歡妳一個。如果我有幸能娶了妳，這一輩子我都不會看別的女子一眼，永遠只對妳一個人好。」

赤誠滾燙的話語，自然而然地傾洩出來。可卻遠遠及不上他的眼神灼熱。「我喜歡妳很久很久了。我自知配不上妳，從來不敢說出口。其實，師傅師娘他們都知道我的心意，或許，妳也知道，只不過沒放在心上。汐兒，我不知道妳今天到底遇到了什麼，可我真的不願意看到妳那麼傷心難過。我希望妳永遠都那麼開心快活。」

寧汐不知該說什麼，默然片刻，才輕嘆口氣。「張大哥，我現在心很亂，不想考慮這些……」

張展瑜一口氣將憋了許久的心裡話都說了出來，倒是輕鬆坦然多了，很自然地接過了話頭。「汐兒，我說這些沒別的意思，我只是想告訴妳我的心意。我知道，容少爺一直對妳很好，妳……心裡也一直有他……」

「沒、沒有的事，我才不喜歡他。」寧汐不自在地否認。

張展瑜苦笑一聲，低聲說道：「汐兒，妳不用騙我，也別再騙自己了。妳的心裡明明也是有他的，只是口中不肯承認而已。如果和他在一起，妳會幸福開心，我會衷心的祝福你們。當然，我更希望妳能給我一個機會，說不定，我才是最適合妳的那一個。」

這一刻，張展瑜的眼神十分真摯，讓人毫不懷疑他的真誠。

寧汐心裡一片紛亂，一時也不知該說什麼。半晌，才吶吶地說道：「張大哥，我現在心裡很亂，你讓我好好考慮考慮。」

她竟然沒有立刻拒絕自己，還說要考慮。這是不是說明她其實不討厭他，甚至有可能對他有一絲絲好感？張展瑜心花怒放，眼眸熠熠閃亮。「好，妳慢慢考慮，我會一直等妳。」

聽到這樣類似承諾的話，寧汐卻不安了。「張大哥，你不用一直等我。如果你遇到了中意的姑娘……」

「汐兒，我只中意妳。」張展瑜一字一頓地緩緩說道：「這兩年多來，我的眼裡心裡，從沒有過別的女子。」

到底什麼時候開始喜歡上她的？他也說不清楚。

一開始，其實他並不太喜歡寧汐。

當年，他一心想做寧有方的徒弟，甘願跟在寧有方的身邊做二廚，希望能藉著平日的表現打動寧有方收他為徒。眼看著寧有方的心意已經鬆動了，偏偏寧汐來了。他的一腔期待落了空，心裡別提多失落了，對寧汐自然沒什麼好感，甚至暗暗盼著寧汐笨拙一些出些醜。

只可惜，這一切都只是奢望。隨著寧汐嶄露出過人的才華和天分，他驚嘆之餘，也開始對拜師一事絕望了。

而寧汐，卻揚著沒心沒肺的笑容，整日裡張大哥長張大哥短的叫著，他根本沒辦法討厭她，內心越發的陰鬱。

直到那一次……

張展瑜凝視著寧汐的面孔，腦海中浮現的，卻是兩年前的那一幕。當時的他，似乎被鬼迷了心竅一般，做出了傷害她的事情來。師傅狠狠地罵了他一頓，又不客氣地將他趕走。他又羞又愧又懊惱，只覺得天都塌了，再也無顏見她了。

沒想到，她不但沒記恨，還求寧有方收了他做徒弟。那一刻，對著她的寬容和微笑，他心裡是那樣的感動和羞愧，那種感覺這一輩子他都忘不了。

或許，就是在那一刻，他心裡的那顆名叫愛情的種子發了芽，然後漸漸的茁壯成長，到現在，已經成了參天大樹，再也無法拔除。

他本以為自己會一直默默地等下去，等到她明白他的心意，可鼓起勇氣將心裡話說出口之後，他忽然前所未有的輕鬆。

寧汐，我只中意妳。妳也會有中意我的那一天嗎？

那目光太過灼熱專注，寧汐一時竟不敢直視他的目光，心裡竟然有些隱隱的內疚感。

他一直默默的喜歡她，她何嘗不知道？只是一直裝糊塗而已。她也曾暗暗想過，等再過幾年，到了該嫁人的年齡，要是張展瑜還沒成親的話，她和他或許可以成為一對。或許他們之間永遠不會有驚天動地的愛情，可平平淡淡的相守未嘗不是一種幸福！

她尊重他喜歡他信賴他，可這些，卻和愛情無關……

「汐兒，妳不用覺得內疚。」張展瑜像是窺破她的心意一般。「我告訴妳這些，不是為了博妳的同情，也不是哀求妳的施捨，妳沒有一口拒絕，我已經很高興了。」就算只有一絲希望，他也願意等下去。

寧汐無言以對，良久，才輕聲說道：「前面就到了，你不用再送了，我一個人回去就行。」再這麼說下去，她簡直快羞愧了。比起他的寬容豁達堅定，她是何等的自私，只想著自己，卻從未替張展瑜考慮過。

張展瑜已經二十了，如果一直等著她，有沒有結果都不好說。就算有可能，那也是幾年後的事情。若是空等一場，豈不是耽誤了張展瑜的終身大事？

張展瑜溫柔卻又堅持地說道：「不，我要親眼看著妳進家門才放心。汐兒，不管妳作什麼決定，我永遠都是妳的張大哥。」

寧汐鼻子微酸，輕輕點了點頭。兩個人誰也沒再說話，默默的相伴著前行。

前世她對邵晏死心塌地，今生她和容瑾糾纏不休。可不管是邵晏或是容瑾，對她都不曾有過這般不求回報的溫柔深情。

張展瑜的好，只有細細的品味才能體會。他不算特別俊美，卻也算得上五官端正俊朗。他無父無母無家產，卻努力勤奮上進。他不擅長甜言蜜語，卻字字樸實打動人心。不管何時何地，一回頭，他總默默的站在她的身邊。

她一直想要的，不就是這樣一份溫柔守候嗎？

可為什麼，她的一顆心還在空中飄蕩，遲遲下不了決心？明明看見了張展瑜眼中隱含的期盼，卻躊躇著不肯回應……

家門在望，寧汐的心卻越發的紛亂。張展瑜穩穩地走上前去，輕輕地敲了敲門。剛敲了沒幾聲，門便開了。

「汐兒，妳可總算回來了，容少爺在這兒等了妳快一個晚上……」阮氏邊開門邊絮叨，抬頭一看，頓時愣住了。「展瑜，怎麼是你？」

張展瑜擠出一絲笑容。「師娘，師傅抽不出空，就讓我送汐妹子回來了。」目光隔著阮氏，和昂首屹立的容瑾遙遙相接。

第二百一十四章 激怒

寧汐略帶倦意的聲音響了起來。「娘，您說什麼？誰在等我……」目光落在了容瑾的臉上，也是一愣。半晌，才淡淡地說道：「容少爺，你怎麼來了？」

語氣是刻意的冷淡，在場的人都能聽得出來。

此時，她和張展瑜正巧並排站在一起，靠得很近，說不出的親暱。

容瑾微微瞇起眼眸，心頭的火氣蹭的冒了出來，也淡淡地應道：「怕妳出事，就過來看看。」

自從她被那個崔女官帶走之後，他擔心了一個下午，還特地到寧家小院等她回來。沒想到，等來的卻是她的冷淡疏離，真是各種懊惱鬱悶不痛快！

還有，她靠那個張展瑜這麼近做什麼？

雖然隔了一段距離，雖然月色不甚明朗，可容瑾眼眸中那一抹隱隱的怒火卻異常的清晰。不用看，她也能想像出他此刻的神情。

他生氣的時候，唇角會微微向下，眼眸會微瞇，眼神冷淡又犀利……

寧汐的心裡滑過一陣苦澀，語氣卻越發的淡然。「多謝容少爺關心，我好好的，什麼事也沒有。若是沒別的事，就請容少爺自便。」

逐客令下得這麼明顯，容瑾豈能聽不出來？唇角抿得緊緊的，眼眸亮得刺眼。「寧汐，妳剛才說什麼，再說一遍！」語氣中寒意森森，整個寧家小院都跟著降了溫度。
張展瑜皺了皺眉頭，很自然地上前一步將寧汐護在身後。「容少爺，汐兒剛回來不久，現在又累又乏，需要好好休息，你有什麼話以後再問她……」
汐兒？誰允許他叫得這麼親熱？容瑾冷冷的看著張展瑜，周身散發出生人勿近的凜冽。「我在和寧汐說話，你算什麼人也來插嘴？給我滾一邊去！」
這話語十分的不客氣，張展瑜何曾受過這般羞辱，臉上一陣青一陣白，卻固執的不肯挪動身子，身子挺得直直的。「汐兒的事就是我的事，今天有我在，你別想欺負她！」
容瑾怒極反笑，目光直直的越過張展瑜，落在掩了半個身形的寧汐身上。「寧汐，妳是不是打算一直這麼躲著我？」
寧汐緩緩地從張展瑜的身後走了出來，一直走到容瑾身前兩步左右才停了腳步。瑩白的月光下，她的俏臉隱隱有些蒼白，唇角卻抿得極緊，烏黑如漆墨的眼眸定定的看了過來，緩緩地張口。「容少爺，你到底要問什麼？煩請你現在就問，我很累了，想早點休息。」
頓了頓，又淡淡地補充了一句。「還有，張大哥是我師兄，不是外人。請你說話尊重客氣些。」
容瑾被氣得七竅生煙，眼裡都快冒出火花來了。雙手緊握成拳，憋了半天才吐出幾句。「好，很好！我今天是頭腦抽風了，才會送上門來讓妳糟踐。妳放心，我以後不會再來打擾妳和妳的張大哥了！」說完，便僵直著身子走了出去。
在經過寧汐身邊時，容瑾絲毫沒有停頓猶豫，就這麼直直的走了出去。他的步伐比平日快了許多，很快便消失在夜色裡。

寧汐面無表情地站在原地，自始至終沒有回頭，更沒有張口喊住容瑾。

阮氏站在旁邊一直插不上嘴，此時重重地嘆了口氣。「汐兒，妳今天是怎麼了？容少爺也是一番好意……」

「娘，我很累了。」寧汐垂著頭，聲音說不出的疲倦。「有什麼話明天再說吧！」沒有回頭看任何人，就這麼離開了。

阮氏愕然，看向張展瑜。

張展瑜定定地看著寧汐的背影，微不可察地嘆了口氣，旋即打起精神笑道：「師娘，您別擔心，汐兒可能是心情不太好，睡一覺就沒事了。我還得回鼎香樓，就不多待了。」

阮氏點點頭，送張展瑜出了門。回來之後，思前想後滿心疑慮，終於忍不住去敲了寧汐的房門。「汐兒，快些開門！」

敲了許久，寧汐才來開了門，眼睛紅紅的，臉上的淚痕卻被擦得一乾二淨。

寧汐若無其事地擠出笑容，聲音卻有些沙啞。「娘，有什麼事嗎？」

阮氏又是心疼又是生氣。「妳這丫頭，就愛逞強，有什麼事都悶在心底不肯說，在娘面前還裝出這副要死不活的樣子做什麼？」

說著，上前摟住寧汐，輕輕的拍著寧汐的後背，低低地哄道：「要是心裡不痛快，就哭出聲來。有什麼不開心的，說給娘聽，嗯？」

寧汐的身子微微一僵，可冰涼的心卻抗拒不了這份溫暖，眼眶裡忽然濕潤了一片，趴在阮氏的懷裡低低的嗚咽起來。哭聲斷斷續續，身子微微顫抖，像極了受傷又無助的小獸。

阮氏的鼻子也酸酸的，溫柔的撫摸著寧汐的髮梢，口中無意識地哄著。

不知哭了多久，寧汐的哭聲終於漸漸停了。

「好了，別哭了。告訴娘，到底出什麼事了？」阮氏柔聲問道：「好好的，妳怎麼和容少爺鬧起彆扭來了？」

寧汐咬著嘴唇，用袖子擦了眼淚，沙啞著應道：「娘，以後別再提他了，我不想再見到這個人！」最後一個字說出口之後，只覺得全身都疲累不堪，分明用盡了全身的力氣，才說出了這樣決絕的話。

阮氏一驚，急急地追問道：「到底怎麼了？妳和容少爺不是一直都挺好的嗎？」做娘的總希望女兒幸福，雖然明知兩人身分地位懸殊太大，可阮氏一直隱隱抱著期望，盼著寧汐和容瑾將來能走到一起。

事實上，容瑾除了性子高傲些，實在是無可挑剔，對寧汐也好得沒話說。寧汐嘴上不肯承認，分明也是喜歡容瑾的。可今晚這一齣又是怎麼回事？

寧汐喉嚨乾澀，半晌才擠出一句話來。「他要訂親了！」

什麼？阮氏臉色一變。「是哪一位小姐？」

開了頭之後，剩下的話倒是好說多了。寧汐深呼吸口氣，將對寧有方說過的話又說給阮氏聽了一遍。「……這話是公主殿下親口對我說的。還說過些日子，皇上就會親自下旨了，他很快就要做駙馬了。」

阮氏的嘴巴微張，半晌都沒有說話，顯然被聽到的一切驚到了。公主、駙馬……這些稱謂離普通的升斗小民實在太遠太遠了。

寧汐的笑容苦澀極了。「娘，我也不瞞您。容瑾確實喜歡我，還親口說過要娶我。我明知這事情不太可能，心裡卻是高興的，一直暗暗抱了一絲希望。」

可這一絲希望，卻無情的幻滅了。不管容瑾願不願意，不管她心裡怎麼難過，此事已經成了定局，不可能更改！她能做的，就是盡快地忘記容瑾，忘記他們之間曾經的一切。

所以，她今天晚上故意氣走了容瑾，以他的心高氣傲，應該也不可能低頭再來找她了。以後，他做他的駙馬，她做她的廚子，互不相干……

阮氏長長的嘆了口氣。「傻丫頭，妳這樣做又是何苦？妳利用展瑜氣走了容少爺，他心裡一定怨恨極了。」寧汐故意這麼氣走容瑾，只怕也是為了容瑾著想。只有乾脆俐落地斬斷這縷情絲，容瑾才能安心地做他的駙馬吧！

寧汐沒料到自己最隱晦的心思居然被阮氏料中，心裡一陣酸楚，眼中又是淚光點點。「娘，我寧願他氣我恨我，總比惦記著我好。」

不然，以容瑾的性子，萬一做出抗旨之類大逆不道的事情來怎麼辦？她寧願站得遠遠的被他怨恨著，也要看著他過得好好的。

阮氏的眼圈也紅了，一時也不知該說什麼是好，只喃喃地說著。「傻丫頭，真是個傻丫頭。」這樣的心意，容瑾根本不會知道啊！

寧汐再也忍不住，兩行淚水迅速地滑落。還沒等擦拭乾淨，淚水又源源不斷地湧了出來。

阮氏心疼極了，摟著寧汐，陪著一起落淚。如果無情，此刻就不會這般傷心。情意越深，心裡的傷痛便越多。寧汐這麼傷心難過，是因為她的心裡一直有容瑾啊！

哭了許久，阮氏和寧汐才漸漸平靜下來。阮氏去擰了毛巾，為寧汐和自己擦了臉，寧汐的眼睛早已又紅又腫。

阮氏心疼得直嘆氣。「妳這樣子，明天還怎麼出去見人？」

寧汐擠出一絲笑容。「睡上一覺就好了，大不了明天早上敷點脂粉，總能蓋過去。」

阮氏腦中忽地靈光一閃，試探著問道：「汐兒，妳和公主殿下是不是很熟悉？」

話題轉得也太快了。寧汐微微一怔，點了點頭。「嗯，見過幾次，算是熟悉了。」人與人之間也是看眼緣的。有些人天天相處，未必有交情。有些人只見一面，便能結下友情。

真正說起來，她和蕭月兒見面的次數並不太多，相處的時間也不算特別久，可卻很是投緣，在一起似乎有說不完的話。不然，蕭月兒也不會對她念念不忘，非要接自己入宮陪她了。

阮氏聽著，眼眸越發亮了。「既然公主殿下這麼喜歡妳，這事就簡單多了。」

寧汐聽得一頭霧水。「娘，您到底要說什麼？我怎麼一點都聽不懂？」

第二百一十五章 洋蔥宴

阮氏說道：「公主殿下這麼喜歡妳，這可是件好事。等將來容少爺做了駙馬，說不定公主殿下肯讓妳過門做二房……」

寧汐先是一愣，旋即苦笑。「娘，您這算什麼主意，以後千萬別提了。公主殿下是個很好的女孩，值得世上最好的男兒一心相待，我怎麼可以打這樣齷齪的主意。」

退一萬步說，就算蕭月兒願意，她也絕不肯做什麼二房。感情的世界很小，容不下第三個人。她也有她的驕傲，就算容瑾再好，她也不會這般委屈自己。

寧汐拒絕得乾脆俐落，阮氏也察覺到自己的主意不妥，訕訕地笑了笑，不再多提。去廚房做了碗麵端來，寧汐雖然沒什麼胃口，卻逼著自己吃了幾口，好不容易吃了半碗，再也吃不下去了，才擱了筷子，歉意地一笑。「我吃飽了。」

阮氏見她沒胃口，便收拾了碗筷。

寧汐匆匆地洗漱一番，便上床睡了。這一天下來，心力交瘁疲憊不堪，竟是很快便睡著了，只是在睡夢中也一直蹙著眉頭。

晚間，寧有方回來之後，阮氏一五一十地將今晚的事情告訴了寧有方。

寧有方聽得揪心不已，半晌，才重重地嘆息。「這個傻丫頭！」傷了別人，傷心的卻是自己啊！

阮氏眼圈頓時紅了。「她哭了一個晚上，才睡下不久。你說，這事只能這樣了嗎？有沒有挽救的餘地？」

寧有方苦笑一聲。「妳也犯傻了，皇上挑中的女婿，我們哪裡有什麼挽救的法子。正因為汐兒和公主殿下有些交情，什麼做二房的事情更加不能提。不然，汐兒成了什麼人？」

「你說的這些我何嘗想不到，我就是心疼汐兒……」說到這兒，阮氏再也忍不住，低低地啜泣起來。

寧有方心裡也分外的酸楚。「妳當我不心疼嗎？可這事只能到此為止，以後再也不要提起容瑾了。時間一長，汐兒慢慢忘了也就好了。」

除了這樣，也沒別的法子了。阮氏用袖子擦了眼淚，輕輕點了點頭。

寧有方想了想，低聲問道：「妳覺得展瑜怎麼樣？」齊大非偶，容瑾再好，也不是寧汐的良配。這麼一想，倒是覺得張展瑜挺合適。

阮氏自然聽懂了寧有方的話中之意，仔細想了片刻，才說道：「展瑜倒是個不錯的孩子。年齡大了幾歲，性子也很沈穩，又和汐兒朝夕相處彼此熟悉，以後招贅上門也是好事一樁。」

寧有方點點頭。「是啊，我也捨不得女兒遠嫁，要是能招個女婿上門，一家人和和美美的在一起也挺好。展瑜在我身邊也待了不少年了，他什麼性子我一清二楚。沈穩持重，又勤快踏實，不出幾年，一定能成為一個好廚子，養活妻兒總不成問題。」而且，張展瑜本人就是個廚子，自然不會反對寧汐做大廚。

阮氏邊聽邊點頭。夫妻兩個越商議越覺得張展瑜才最適合寧汐。

「要不，過兩天我探探汐兒的口風，要是汐兒也願意，你就和展瑜提一提。」阮氏建議。

寧有方不以為然地搖頭。「這事不能操之過急，還是等過一陣子再說吧！」寧汐現在心緒不穩，未必有這個心情考慮這些。

阮氏口中應了，心裡卻暗暗盤算著要找個合適的時機和寧汐說一說。

第二天早上，寧汐倒是起得挺早，除了眼睛略有些浮腫外，神情倒還算平靜。阮氏小心翼翼地試探道：「汐兒，要不，讓妳爹替妳告個假，在家裡休息一天……」

寧汐笑了笑。「不用了，娘，我好好的呢！」一個人待著只會胡思亂想，還不如去鼎香樓做事。人一旦忙碌起來，很多煩惱自然就會拋在腦後了。

阮氏只好隨了她，眼睜睜地看著寧汐隨著寧有方走了。

剛一到鼎香樓，寧汐便鑽進了自己的小廚房裡，東擦擦西抹抹。本就乾淨的廚房被收拾得乾乾淨淨，案板被擦得都能照見人影了。

趙芸進廚房的時候，被嚇了一跳，急急地湊上前來。「寧汐妹子，妳怎麼做起這些粗活來了？快些把抹布給我。」

寧汐隨意地笑了笑。「我今日來得早，反正也沒事，就收拾了一下。」邊說邊忙著擦起了灶臺。

趙芸無奈地一笑，只得拿起抹布陪著寧汐一起收拾廚房，像平日一樣，邊做事邊隨意的閒聊。片刻過後，趙芸便察覺出寧汐不對勁來。前言不搭後語，看似專注的做事，其實眼神很飄忽，唇角那一抹笑容更是恍惚，顯然有什麼心事。

「寧汐妹子，妳是不是遇到什麼不開心的事情了？」趙芸試探著問道。

寧汐一怔，旋即掩飾地笑道：「沒有的事，我好得很。」若無其事地又去收拾食櫃，不著痕跡地避開了趙芸探究的眼神。

臨近中午，孫掌櫃派人送了客人預定的菜單過來。寧汐駕輕就熟地做了兩桌菜餚，從頭至尾都沒出半點差錯。等最後一道菜餚都上完了，趙芸才鬆了口氣。

這口氣鬆得太明顯了，寧汐忍不住問道：「趙姊，我做的菜餚有問題嗎？是不是有客人說什麼了？」

趙芸眨眨眼。「這倒沒有，我就是怕妳心情不好，會把糖當成鹽。」

寧汐扯了扯唇角，倒是沒有再否認。趙芸心細如塵，又和自己熟絡得很，有些事想瞞也瞞不過她。

趙芸正想說什麼，就見寧汐從菜籃子裡翻出了幾個洋蔥來，不由得一愣。「妳拿洋蔥做什麼？」

寧汐淡淡地說道：「反正我有空，做些菜待會兒大夥兒一起吃。」廚子們每天吃的飯菜都是輪流做的，今天正好輪到張展瑜了。

趙芸瞄了寧汐一眼，沒再吭聲。

寧汐利索地切起了洋蔥，那股辛辣的味道漸漸瀰漫開來，寧汐低著頭，眼睛一陣陣的刺痛，很自然地溢出了眼淚。

寧汐用手背抹了抹眼淚，繼續切洋蔥，眼淚便又流了出來。寧汐又用袖子擦了擦，朝趙芸笑了笑，自嘲道：「今天的洋蔥真是衝得很。」

趙芸擠出笑容附和。「是啊，洋蔥味道太刺鼻了，我每次切洋蔥的時候，都會被辣得直流眼淚。」心裡卻一陣惻然。

洋蔥味道確實衝，普通人切洋蔥難免被辣得流眼淚。可寧汐一向刀功高超，閉著眼睛也能將洋蔥切成細絲或是片狀，何曾這般狼狽過？

籃子裡共有八個大洋蔥，寧汐一鼓作氣，切了四個。眼睛紅紅的，眼角淚跡未乾，偏又伸手把第五個也拿了過來。

趙芸心生憐惜，忙阻止道：「寧汐妹子，妳已經切了四個洋蔥了，足夠用了。」洋蔥是最常見的配料，有些菜餚裡必不可少。可旁邊已經有了小半盆洋蔥絲，做兩桌菜餚也用不了這麼多的洋蔥啊！

「都切了才夠用。」寧汐頭也不抬地說道，切起了第五個洋蔥，淚水自眼角處滑落至臉頰。

趙芸又是心疼又是無奈，卻也不好勸她什麼，只能眼睜睜的看著寧汐自虐一般切了半盆的洋蔥。

洋蔥炒牛肉，洋蔥炒雞蛋，魷魚炒洋蔥，洋蔥燴雞翅，洋蔥爆炒腰花，洋蔥炒蟹肉，最後再加一道番茄洋蔥湯。廚子們坐到飯桌邊之後，看著桌上的菜餚面面相覷。

寧汐笑著將洋蔥土豆燜飯放到桌上。「今天我掌廚，大家嚐嚐看味道怎麼樣。」眼睛略有些紅腫，顯然是洋蔥切得太多被嗆出了眼淚。

周大廚咳嗽一聲，笑著打趣道：「廚房的採買今天洋蔥買多了吧！是不是桌上用不完，就打算讓我們多吃點？」何止是多吃點，桌上滿眼看到的都是洋蔥啊！

寧有方笑著接過話頭。「有好吃的還堵不住你那張嘴。」率先拿起筷子吃了起來。他這麼一說，其他大廚也不好再打趣，各自笑著拿起了筷子。

洋蔥味道濃烈，可炒熟之後，卻有股奇異的甜香。配著各種食材，倒是十分的美味。不管是洋蔥炒牛肉還是魷魚炒洋蔥，味道都好極了。洋蔥燴雞翅鮮美可口，洋蔥炒蟹肉更是又麻又辣，滋味絕妙，就連洋蔥土豆燜飯吃來也別有滋味。

眾大廚邊吃邊暗暗點頭。寧汐年紀不大，可對火候的把握卻十分精準到位，讓人嘆為觀止！真沒想到最普通的洋蔥也能做出這麼多美味來。

別人都吃得香，寧汐卻匆匆地吃了幾口就擱了筷子，朝朱二笑道：「朱伯伯，明天的飯菜我來替你做吧！」

朱二咧嘴一笑。「只要妳不嫌辛苦，我當然樂意。」每天應付完食客的點菜就累得夠嗆，誰想再忙這一口。難得有人主動請纓，他別提多情願了。

然後，在一連吃了三天的「洋蔥宴」之後，朱二再也不敢這麼想了。洋蔥再好吃，花樣再多，也架不住這麼天天吃的吧！

別的廚子不好意思張嘴說，攛掇朱二去找寧汐「談談」。朱二仗著和寧汐熟悉，便來了，見寧汐又在低頭切洋蔥，嘴角忍不住抽搐了一下。

不行，今天他再也不要吃洋蔥了！

第二百一十六章　安慰

「汐丫頭，」朱二擠出大大的笑容，滿臉的殷勤。「這幾天辛苦妳了，今兒個妳休息一下，飯菜由我來做。」

寧汐用手背擦了眼邊的淚水，若無其事地笑道：「不用，還是我來做吧！」

朱二一愣，笑容更燦爛了。「妳天天這麼忙，身體哪能吃得消……」

「朱伯伯，你是不是嫌我做的菜餚不好吃？」寧汐幽幽地吐出一句，眼神有些哀怨。

在這麼一張楚楚動人的俏臉前，哪個男子也狠不下心說個不字。朱二也不例外，立刻哄道：「哪有的事，妳做的菜餚好吃得不得了，我很喜歡……」

他這麼一說，寧汐又展顏笑了。「喜歡就好。」又低頭切洋蔥，見朱二還不肯走，又補充一句。「放心，今天不吃炒洋蔥了……」

「真的？」朱二精神一振。

寧汐認真地點頭。「天天吃炒洋蔥，確實容易發膩，我今天做個洋蔥雞蛋餅。」

朱二的笑容立刻僵在了嘴角。「洋、洋蔥雞蛋餅？」

寧汐用力點點頭。「是啊，做起來不算費事，把洋蔥切成碎丁，加雞蛋和麵，再用油煎熟就行，大家一定會喜歡的。」說著，又歡快地切起了洋蔥丁。

朱二的嘴唇動了動，看寧汐那副專注的樣子，剩下的話明明到了嘴邊，卻是怎麼也說不出口。

於是，當天中午，眾位大廚們吃到的是美味又營養的洋蔥雞蛋餅。大家邊吃邊用鄙視的眼神射向朱二，虧他還好意思拍胸脯保證今天的飯桌上絕不會再有洋蔥了……

朱二羞愧得不敢抬頭，埋頭吃了三盤洋蔥雞蛋餅。

寧有方本想說點什麼，可在瞄到寧汐微紅的眼睛之後，只暗暗嘆了口氣，便將話又嚥了回去。這幾天她心裡一定不好受吧！就讓她藉著這樣的舉動發洩一下好了。

張展瑜也在悄然凝視著寧汐。這幾天，寧汐做事加倍的勤快，還將替眾廚子做飯的累活兒也搶了去，自己卻吃得極少。本就不算圓潤的臉蛋清瘦了一圈，下巴尖尖的，明亮的雙眸略有些紅腫，只因為切洋蔥的緣故嗎？

張展瑜低頭默默地吃了幾口，只覺得口中索然無味。

眾廚子吃了飯之後，各自找了地方休息去了。寧汐卻不肯休息，又忙著收拾起了碗筷，一滴滴晶瑩的汗珠從額角冒了出來。寧汐卻顧不上擦汗，捧著高高的一摞碗往外走去。

「我來吧！」一雙寬大有力的手伸了過來，從寧汐手中接過了碗。

寧汐一怔，低低地說道：「張大哥，你忙了半天一定累了，這些活兒我做就行了……」

張展瑜淡淡地一笑。「妳不也忙了半天嗎？妳都不嫌累，我一個大男人有什麼累的。」說著，穩穩的托著碗放在了專門盛放碗筷的木桶裡。

然後，他又捲起了袖子，悶不吭聲地將剩餘的事情做完。直到桌子都被抹得乾乾淨淨了，張展瑜才停了手，淺笑著看向寧汐。「還有什麼沒做的事？一併做完再休息。」

寧汐無言以對，垂下了頭。

這些收拾碗筷桌子的事，本是有打雜跑堂的人做的，大廚們根本不需上手。這幾天她一閒著就會胡思亂想，不想停手，才會做起這些平日根本不會碰的瑣事……

張展瑜也不著急，極有耐心地等著。兩人就這麼僵持著，過了半晌，寧汐才低低地說道：「好吧，我這就休息。」算是妥協了。

張展瑜稍稍鬆了口氣，看著她消瘦的臉頰，心裡掠過一絲憐惜，柔聲說道：「妳剛才根本沒吃幾口，我現在去做碗麵給妳吃好不好？」這幾天她像拚命三郎似的幹活，吃飯的時候卻懨懨的不肯動筷子，他一一都看在眼底。

寧汐勉強笑了笑。「不用麻煩了，我不餓。」

張展瑜也不和她爭辯，溫和的說道：「妳坐這兒等我，一會兒就好。」抬腳便去了廚房。

寧汐怔怔地看著他高大的背影，心裡五味雜陳。

呆立了許久，寧汐終於緩緩地坐了下來。廚子們都走得差不多了，飯廳分外的安靜，她坐在角落處的飯桌上，微微垂著頭，目光無意識的盯著桌面，思緒又飄遠了。

已經第四天了！容瑾一點消息都沒有，也沒有來找過她。他這次是真的生氣了，再也不會來找她了……

一碗熱騰騰的湯麵忽然出現在眼前。

寧汐回過神來，張展瑜俊朗的臉龐出現在眼前，小心翼翼地說道：「汐兒，稍微多吃些好嗎？妳這樣天天不肯吃東西，身子很快會垮的。」

寧汐接過筷子，眼圈隱隱泛紅。

「我們都很擔心妳，」張展瑜柔聲哄道：「師傅雖然嘴上不說，可他這幾天也沒吃好睡好，就算有再多的心事，也得吃飽了再說。」

寧汐吸了吸鼻子，輕輕的點頭。挑起一根麵條送入口中。張展瑜師承寧有方，做出的麵條味道像足了九分。麵湯是雞湯，上面漂浮的黃油盡數被撇除，只放了些青菜，味道清淡，美味適口。

這幾日已經麻木的嗅覺味覺慢慢甦醒過來。

寧汐吃得不快，可總算一口一口的吃了下去。張展瑜靜靜地凝視著低頭吃麵的寧汐，眼中的溫柔似要溢出來一般。他們一個專心吃麵，一個專心看人，都是異常的專注，只要長了眼睛的，都能看出一點苗頭來。

飯廳本還有一、兩個廚子，見這架勢識趣地走了。

寧有方沒見到寧汐正覺得奇怪，便找了過來，走到飯廳門口，一眼看到的便是這副情景。腳步陡然停了，想了想，又輕輕轉身離開了。

對這一切，張展瑜和寧汐渾然不知。

不知不覺中，寧汐竟是將一碗麵吃了大半。胃裡暖暖的，總算有了飽的感覺，剩下的卻是怎麼也吃不下了。

寧汐抬頭，歉然一笑。「張大哥，我吃不完了。」

張展瑜笑了笑。「妳能吃這麼多，我已經很高興了，剩下的扔了怪可惜的，給我吧！」不待寧汐拒絕，就將麵碗端了過去，拿了雙筷子三口兩口便將剩餘的麵吃得一乾二淨，甚至連湯都喝得光光。

這一連串的動作俐落極了，寧汐連阻止都來不及，愣愣地睜圓了眼睛，俏臉飛起兩抹紅暈。他、他怎麼可以吃她剩下的麵？這也太親暱了……

張展瑜放下碗筷，見寧汐一臉尷尬羞澀，咳嗽一聲解釋道：「我沒有別的意思，浪費食物總是不好的。」

他這麼坦然，寧汐倒也不好表現得扭扭捏捏的，只好若無其事的笑著點頭。

張展瑜捨不得就此走開，小心翼翼地問道：「汐兒，妳現在心情好些了嗎？」

寧汐哪裡肯承認。「我心情一直都很好啊！」

張展瑜微微嘆息。「汐兒，在我面前妳還藏著掖著做什麼。妳這幾天心情不好，不肯說話，也不肯吃飯，天天埋頭做事。別說我了，就連大夥兒也都看在眼底呢！」要不然，眾位大廚們也不會一連忍著吃了幾天的洋蔥宴了。

寧汐自嘲地笑了笑，她還自以為隱瞞得很好。原來，大家的眼睛都是雪亮的，早就看出來了，只是沒人戳穿她的偽裝罷了。

張展瑜低低地說道：「有什麼不高興的事情，別總憋在心裡，說出來總會好受些。我知道我沒什麼本事，什麼也幫不了妳，只能聽妳訴訴苦。妳若是不嫌棄，就說給我聽聽，多一個人分擔，總要好些。」

「張大哥，你別這麼說。」寧汐扯了扯唇角，聲音放柔。「你對我這麼好，我心裡一直都知道的。」

張展瑜的包容體貼溫柔，讓人感受到春風般的溫暖和舒適，也讓人安心。

容瑾……和張展瑜卻是不同的。他的柔情是那樣的稀少，被表面的驕傲和冷漠掩蓋著，讓人不敢奢求。就算再喜歡她，他也絕不可能毫無原則的遷就自己。一怒之下，忿然離去，再也不肯低頭來找她……

好好的，怎麼又想到他了？

寧汐唇角浮起一抹苦澀的笑意，努力的揮開腦海中閃現的俊臉。

那一剎那的失神沒有躲過張展瑜的眼睛，他的笑容暗了一暗。明明她就坐在自己的對面，距離近得不能再近，可她的心裡想的卻是另一個男子……

「你……」兩人不約而同的一起出聲，旋即露出會心的笑容。

「你不用為我擔心，」寧汐搶著說道：「我前幾天心情確實不太好，不過，現在已經好多了，很快就會把不愉快的事情都忘掉。」像是強調似的，又重複一遍。「你放心，我一定可以。」

張展瑜假裝沒看見她眼底的黯然，笑著應道：「那就好，妳也別再用洋蔥做菜了。大廚們這幾天都快吃得反胃了。」就是在寧汐面前不好意思直說罷了。

寧汐略有些尷尬地點點頭。

正說著話，趙芸匆匆的跑了進來。「寧汐妹子，總算找到妳了。孫掌櫃讓我告訴妳一聲，讓妳快點到櫃檯那邊去，說是容府有人來找妳。」

容府？寧汐心裡陡然漏跳一拍，聲音不自覺地有些顫抖。「是誰來了？」

第二百一十七章　不懷好意的邀請

寧汐一定不知道，她的眼眸倏然一亮，充滿了期待。她是在隱隱的期盼著誰來嗎？

張展瑜呼吸一頓，一起看向趙芸。

趙芸笑道：「來的是個女子，看打扮像是容府裡的丫鬟，叫什麼名字我就不知道了。」

寧汐一愣，一臉的疑惑。來的既不是容瑾，也不是小安子，會是誰？容府裡的丫鬟她可認識不了幾個，該不會是翠環來了吧？

算了，別胡思亂想了，去看看不就知道了！

寧汐打起精神笑道：「好，我這就過去。」

張展瑜自動自發地跟了過去，趙芸心裡也很好奇，也厚著臉皮跟過去湊熱鬧。

櫃檯前果然站著一個俏麗的丫鬟，卻不是翠環。寧汐看清來人的面孔後，又是一愣。

「綠竹姑娘，妳怎麼來了？」來人居然是容瑤的貼身丫鬟綠竹。

綠竹淺淺一笑，福了一福。「寧姑娘，再過兩天，就是我們四小姐生辰，小姐打算邀請幾位相熟的小姐聚一聚。特地命我前來請妳到容府裡掌廚，不知妳是否有空？」

寧汐下意識地想拒絕，她和容瑤天生不對盤，她可沒那個心情去給容瑤掌廚。可話到嘴邊，不知怎麼的又變成了——「有空。」

綠竹眼眸一亮，喜孜孜地說道：「那就太好了，我正擔心妳沒空去呢！到時候四小姐一定怪罪我辦事不力了。多謝寧姑娘了！到時候我會來接寧姑娘到容府，至於酬勞，也一定不會虧待了寧姑娘的。」

話一出口，寧汐就開始後悔了。可說出去的話潑出去的水，現在想改口也不行了！只得擠出笑容應對了幾句。

容瑤向來不喜歡自己，這次巴巴的讓丫鬟來請自己去掌廚又是什麼意思？也不知道打了什麼鬼主意……

綠竹走了之後，孫掌櫃才笑道：「汐丫頭，這可是個好機會，妳要好好把握，爭取讓幾位小姐都留下好印象才是。」

女子出門畢竟不方便，更多的是在家中舉行宴會。如果能把握機會好好表現，讓眾人都留下深刻印象，以後這樣的好事一定會越來越多。

寧汐笑著應了。既然已經答應要去了，不管容瑤存著什麼心思，她都不會讓人挑出毛病來。不知道那一天，容瑾會不會在……

真是沒出息！

寧汐暗暗罵自己，已經下定決心不再想他的，怎麼又想起他來了？

張展瑜一直沒出聲，此時忽地笑著問道：「汐兒，妳一個人去只怕忙不過來，要不到時候我陪妳一起去吧！給妳打打下手，總比妳一個人忙碌要好多了。」

寧汐想了想，婉言拒絕了張展瑜的好意。「不用了，還是我一個人去好了。容四小姐生辰，邀請的一定都是相熟的貴族小姐，你去反而不太方便。」

趙芸笑著插嘴。「要不，我去幫著打下手吧！」

寧汐這次倒沒有拒絕，欣然點頭應了。

接下來的兩天，寧汐的心情平靜多了。至少，大廚們不用再吃洋蔥宴了。寧有方知道寧汐要去容府的事情之後，含蓄地問道：「汐兒，要是不想去，爹替妳去吧！」萬一容瑾也在，見了面豈不是很尷尬？

寧汐淡淡地一笑。「沒關係，我能應付。」

她如此堅持，寧有方也不好再說什麼，只得隨她。

終於等到了這一天，寧汐一大早起來便翻騰著找衣服。阮氏被屋子裡的動靜吸引了過來，訝然地問道：「汐兒，妳這一大早的在找什麼？」

寧汐頭也沒抬的問道：「娘，您給我做的新衣服呢？」

阮氏嗔怪地笑道：「妳這丫頭，去年前年給妳做的新衣服，妳一律不肯穿，說什麼在廚房裡容易弄髒，還不如穿粗布衣裳方便。今年我索性就沒替妳做新衣裳，妳倒好，又鬧著要穿新衣了。今天到底是要去哪兒？為什麼想起要穿新衣裳？」

是啊，她只是去掌廚，要穿新衣幹什麼……

寧汐動作一頓，訕訕地笑了笑。「沒什麼，我隨口問問。」將平日穿慣的衣服穿好，又熟稔的將頭髮梳成油光水滑的辮子。

阮氏兀自念叨著。「我待會兒就去鋪子裡扯幾尺花布，給妳做些新衣裳。女孩子就該穿得漂亮點，總是穿這些粗布衣裳，灰撲撲的一點顏色都沒有，十分的顏色也只有八分了。」

寧汐充耳不聞，隨意地瞄了一眼鏡子中的自己。

容顏漸漸長開，散發出少女的風韻。胸脯鼓了起來，腰肢纖細，腿修長漂亮，這一切都被掩蓋在不起眼的粗布衣裳下。若是換上漂亮的新衣，好好的修飾一番，一定會令人驚豔。

可是，女為悅己者容，她打扮得再漂亮，又打算讓誰看？

寧汐自嘲地扯了扯唇角，抬腳出了屋子。吃了早飯之後，便和寧有方一起趕到了鼎香樓。趁著綠竹還沒來，她將自己用慣的刀具包好。

正忙著，趙芸也來了，二話不說便湊過來幫忙，邊打趣道：「寧汐妹子，今天去容府，妳不打算穿得漂亮點嗎？」

寧汐隨意地笑了笑。「我是去掌廚，又沒打算和那些小姐搶風頭。」

趙芸連連搖頭嘆氣。「妳也太暴殄天物了，長得這麼美，偏又穿得這麼樸素。要是換了我是妳，一定要穿得美美的，讓所有人都眼前一亮。」

所有人這幾個字被拉得長長的，顯然別有所指。

寧汐不肯接茬兒，故作忙碌的走了開去。她和容瑾之間的事情，實在有些複雜，沒辦法向任何人解釋。趙芸只以為她和容瑾在鬧彆扭，肯定想不到其實他們連鬧彆扭的資格都沒了……

過了不久，容府的馬車便到了。

綠竹殷勤地迎著寧汐上了馬車，趙芸忙也跟著上了去，懷中抱著結結實實的包裹。綠竹好奇地詢問，待知道裡面放的是刀具之後，不由得抿唇輕笑。「我們容府裡什麼都有，哪裡需要帶這個。」

趙芸笑著解釋道：「這些都是寧汐妹子用慣的，還是帶上方便些。」

綠竹聳聳肩，不再多嘴了。早就聽說大廚們都有些怪癖，帶幾把刀倒也不算什麼。

寧汐坐在馬車裡，目光所及處，說不出的熟悉，卻又隱隱的有些陌生。以前天天坐著容府的馬車往返，只隔了短短幾個月，竟然有恍如隔世之感。

或許是她臉上的恍惚太過明顯了，就連綠竹都察覺出不對勁了，笑著試探道：「寧姑娘，妳這是怎麼了？」

寧汐定定神，笑道：「沒什麼，我正在想今天中午要做什麼菜餚。」

綠竹不疑有他，笑著說道：「挑美味的菜餚做，至於食材妳不用擔心，容府裡應有盡有。實在缺什麼東西，到三少爺的院子裡去找就有了。」

那個在心頭千迴百轉的人，被綠竹就這麼輕飄飄地說出了口。寧汐忽然發現自己所做的心理準備毫無用處，只聽到他，她的心就劇烈的顫動起來。

一定要鎮靜！光是聽到他就失態，要是親眼見了他，豈不是要丟人到家了？

寧汐定定神，淺笑著問道：「對了，容府裡不是有薛大廚在嗎？四小姐向三少爺借薛大廚來掌廚就是了，怎麼非要大費周折的把我請過去？」以薛大廚的廚藝，應付這樣的場面根本不費什麼力氣。

綠竹的笑容有些不自然。「這是小姐的意思，我只奉命行事，別的我也不清楚。」眼神有些閃躲。

寧汐雙眸微微瞇起，不對，綠竹分明在說謊！這其中肯定有些蹊蹺……

綠竹被寧汐意味深長的目光看得坐立不安，陪笑道：「寧姑娘，反正已經來了，正所謂既來之則安之，等到了容府，自然一切就明白了。」

也就是說，容瑤果然不懷好意，不知設下了什麼局在等著她呢！

寧汐忽地笑了。「放心，正如妳所說，我來都來了，總不會半路再跑回去，不會害得妳沒法交差的。」

綠竹被窺破了心思，頗有些尷尬。知道些內情的她，很清楚寧汐今天的日子絕不會好過。躊躇了半晌，才含蓄地暗示道：「寧姑娘，待會兒到了容府，不管看見了誰，妳都別太過驚訝。」

這話又是什麼意思？寧汐挑了挑眉。「哦？不知我會看見誰？」聽這話意，這個人絕不會是容府的人了。

綠竹卻又不肯說實話了，支支吾吾地應道：「等到了容府自然就知道了。」

寧汐心裡暗暗冷笑，也不再追問了。連入宮見公主的事情她都有過了，還能有誰讓她大吃一驚？容瑤未免也太小看她了吧！

趙芸的好奇心也被挑了起來，低低地問道：「寧汐妹子，妳和容府的四小姐沒結過仇怨吧！」怎麼看這次邀請都是不懷好意的樣子啊！

寧汐扯了扯唇角，眼底卻沒多少笑意。「當然沒有。」要有，也是很久很久以前的事情了。只可惜，有些人天生不合，明明今生什麼衝突也沒有，兩人還是互看不順眼。

趙芸瞄了寧汐一眼，不再多問。
馬車平穩地停了下來，容府到了。

第二百一十八章　兩美相遇

看守後門的還是許嬤嬤，見了寧汐別提多熱情了，一口一個寧姑娘，親熱得不得了。

趙芸詫異地瞄了寧汐一眼。

寧汐笑著解釋道：「我以前曾在容府借住過半年左右，每天從後門出入，所以和她熟絡一些。」

趙芸了然的點頭。這個許嬤嬤顯然是趨炎附勢之輩，見容瑾對寧汐有好感，便刻意的籠絡結交。

綠竹在前領路，路過那個小院子時，寧汐不由得放慢了腳步。當時借住在容府的時候，她巴不得早一點搬出去。可離開了這麼久，乍然看到那熟悉的院門，卻又覺得無比的親切。

綠竹也跟著放慢了腳步，笑著說道：「寧姑娘，自從你們搬走了之後，這處院子一直空著，每天都有人來打掃收拾。」

寧汐扯了扯唇角，忽地加快了步伐，再也沒有回頭。

又拐了個彎，直直往前走了一盞茶時分，容瑤的院子總算到了。

雖然曾在容府裡借住了半年多，可寧汐從未來過這裡。真沒想到，有朝一日她竟然會踏足這裡，而且是要來為容瑤的生辰宴掌廚。世事難料，果然如此！

到了這裡，綠竹總算定下心來，笑吟吟的領著寧汐往裡走。「小姐交代過了，讓妳一來就去見她。」

寧汐淡淡地一笑，坦然的跟了上去，倒要看看容瑤今天搞的是什麼鬼！

「小姐，寧姑娘來了。」綠竹揚聲稟報，腳步放慢。

「進來吧！」容瑤故作漫不經心的聲音傳了出來。

進了廳子裡，久未見面的容瑤赫然出現在眼前。她今天顯然精心打扮過了，鵝黃配著青綠的華貴衣裙，妝容精緻，梳著斜斜的髮髻，頭上插了一支金步搖，耳環手鐲項鍊等各種飾物都很考究，倒也妝點出了九分顏色，分外嬌美。

寧汐客氣地寒暄。「見過四小姐。」她又不是下人，倒也不必行什麼禮。

容瑤似笑非笑地應道：「寧汐，今天是我生辰，我特地邀了幾位相熟的好友過來。她們對吃都是很挑剔的，妳可千萬別出了岔子。若是丟了本小姐的顏面，我可饒不了妳！」

寧汐笑了笑。「我盡力而為就是。」

容瑤眸光一閃，忽地笑道：「對了，我怕妳一個人忙不過來，特地又請了位大廚過來，妳們倆正好可以切磋一下。」

切磋？寧汐心念電轉，隱隱猜到了今天的「驚喜」會是什麼了……

「小姐，上官姑娘也到了。」一個丫鬟笑著進來稟報。容瑤展顏一笑，竟是親自起身相迎。

珠簾一挑，進來一個少女。長長的鵝蛋臉，水靈靈的眼，皮膚略有些黑，卻身姿窈窕，別有一番嫵媚俏麗。不是上官燕又是誰？

上官燕見寧汐也在，卻並不意外，禮貌地點頭微笑，算是打了招呼。

寧汐心裡暗暗冷笑，面上卻不肯失禮，也朝上官燕笑了笑。

容瑤略有些得意地笑道：「寧汐，這位上官姑娘就是一品樓的大廚，妳們倆雖然並稱京城雙姝，只怕還不認識吧，今天可要好好親熱親熱。」

寧汐抿唇輕笑。「我和上官姑娘有過一面之緣，也算認識。」

容瑤一怔，瞄了上官燕一眼，上官燕淡淡的一笑。「寧姑娘曾光顧過一品樓，我們確實見過一次。沒想到寧姑娘記性如此好，隔了這麼久還記得我。」

寧汐笑著回敬。「上官姑娘的記性也不差，竟然也記得我。」目光在空中遙遙相遇，似快迸出火花一般。

兩人年齡相若，又都以廚藝見長。一個是鼎香樓的當家花旦，一個是一品樓力捧的大廚，雖然互不見面，可早已將彼此視為生平勁敵。寧汐固然極有自信，上官燕更是心高氣傲，誰都不甘心被對方壓下一頭，見了面不碰撞出點火花才是怪事！

容瑤看了這一幕，心裡別提多愉快了，眼珠一轉笑道：「今天我特地把兩位大廚都請來，還請兩位大廚各展所長，讓來客們一飽口福。只要客人們滿意了，賞銀不在話下。」頓了頓，又笑著補充道：「不過，有些醜話我可得說在先。既然是兩位大廚都在，總得有個高低之分。中午的宴席，誰表現得出色，我便賞她二十兩銀子。如果表現得遜色一籌，可就沒賞銀拿了。」

豐厚的賞銀固然讓人眼熱，可最重要的是，這樣的場合下，誰肯做遜色一籌的那個？就算明知容瑤不懷好意，這個局也是非跳不可！

寧汐毫不猶豫地點頭應了。她早就想會會上官燕了，只可惜平時一直沒機會。今天既然來了，當然得好好露一手壓上官燕一頭才是。

上官燕顯然早有心理準備，不慌不忙地笑道：「既是比試，又有豐厚的彩頭，當然得公平公正。四小姐，還請為我們準備兩間廚房，還有各式食材配料一應用具。」

容瑤點點頭，低聲吩咐綠竹一聲，綠竹恭敬地應了，迅速地退下去做準備了。

寧汐閒閒地笑道：「要怎麼比，不妨現在就商定一下。」

容瑤故意沈吟片刻，才笑道：「我下帖子請了幾位相熟的朋友，再加上我哥哥嫂子，分開坐兩席。你們各自擬定菜單，分別做四冷六熱的菜式，合起來正好是二十道。至於評判嘛，就等吃完之後由大家一起評議。」

這規則看似公正，可細細一想，其中分明有些貓膩。若是各自擬定菜單，兩人做的菜餚肯定不一樣。若是某人「提前」知道了上官燕要做哪些菜式，想做些小動作輕而易舉……

「做的菜餚不同，還怎麼評判高下。」寧汐忽地笑道：「各人口味不同，各有喜好，有人愛吃肉，有人愛吃魚蝦，也有人偏好素食。若是菜餚完全不同，很容易有分歧。這樣吧，我和上官姑娘做同樣的菜餚，到時候兩盤一起上桌，連盤子也一模一樣，除了我和她之外，誰也不知道哪一盤菜是誰做的。若是覺得哪一盤菜餚的味道好，就讓丫鬟在旁邊記上一筆。十道菜餚為限，誰勝出得多就算贏了，這樣豈不是最公平？」

容瑤一愣，正待出言反對，就見寧汐笑盈盈的看向上官燕。「上官姑娘有備而來，臨時改一改比試規則，想必妳不會有什麼意見吧！」

上官燕笑容一頓，心裡咯噔一動。寧汐這兩句話看似平常，卻是大有深意。這有備而來四個字，實在是可圈可點。難道，她已經猜到什麼了？

寧汐又笑著說道：「上官姑娘既然不反對，那就這麼定了吧！」

容瑤眸光一閃，試探著問道：「菜單完全一樣，要定哪些菜式？」

上官燕被這麼一提醒，立刻回過神來，張口附和。「是啊，各人拿手菜不同，硬要做一樣的菜餚，總有人吃虧……」

「沒關係，就照著妳準備好的菜單來做。」寧汐乾脆俐落的一句話把上官燕所有的話都堵了回去。

上官燕啞然，愣愣地看著寧汐自信的展顏微笑。「上官姑娘，妳還有什麼意見嗎？」事情到了這個地步，只要不是傻子，都能看出容瑤之前已經和她通過氣了。她不僅預先知道了今天會有比試，而且精心準備好了菜單，信心滿滿的準備壓寧汐一頭。

寧汐明明什麼都看出來了，卻絲毫不懼，不知是對自己太有自信，還是在輕視她……

上官燕暗暗咬牙，擠出笑容應道：「好，就這樣定了！」

容瑤精心佈置的局被寧汐打亂，心裡很是懊惱，卻又找不出合適的理由反對，雖然跟著點頭附和，卻暗暗朝上官燕使了個眼色。

寧汐漫不經心地彷彿什麼也沒留意，隨口笑道：「我要先去廚房看看，上官姑娘，妳要不要留下和四小姐再商議一下？」唇角似翹非翹，眼中滿是揶揄，言下之意在場的人都能聽得出來。

上官燕暗暗咬牙，俏臉陡然脹紅了，心裡的傲氣被徹底激了出來，冷笑一聲，昂然說道：「不用商議，我今天贏妳贏定了！」

菜單上所有的菜式都是她最拿手的，還有一些是用上官家特有的烹飪秘訣才能做出來的，寧汐在這點上已經大大吃了虧，要是這樣自己都贏不過寧汐，以後還有何顏面見人？

寧汐也不動怒，微微一笑。「既然如此，那我們一起過去好了。」說著，和上官燕一起邁步去了廚房。

看著寧汐悠閒的背影，容瑤氣得暗暗咬牙。

這個寧汐果然不是個省油的燈！三言兩語就破了自己的局不說，還用言語擠兌得上官燕離去，看這架勢，想私底下「商議」一番是沒機會了……

一旁的丫鬟綠枝湊了過來，低聲問道：「小姐，要不要奴婢去廚房那邊『看看』？」

容瑤輕哼一聲，悻悻地說道：「不用了。」

上官燕在菜單上占了上風，已經有了五成勝算。寧汐毫無心理準備，又得臨時更改菜單，一定不是上官燕的對手，今天丟臉是丟定了。看她待會兒還能不能笑得出來，哼！

第二百一十九章 一爭高下

容瑤的院子裡本就有廚房，不偏不巧正好有兩間，裡面灶具果然一應俱全。中間有一扇門相連。寧汐轉悠了一圈，扯了扯唇角笑道：「四小姐真是煞費苦心，不知費了多少心思，才將這兩間廚房佈置得差不多。」

容瑤為了讓她出醜，可真算是費盡心思了。

上官燕面色微變，冷冷地說道：「妳說這話是什麼意思？」心裡有鬼的人，分外聽不得別人一語雙關。

寧汐挑了挑眉，故作訝然。「我隨口說說罷了，上官姑娘何必多心。」

上官燕啞然。

寧汐又閒閒笑道：「不管四小姐是什麼打算，既然把我和妳都請了來，今天自然要分個高下。我們被並稱是京城雙姝，我一直很好奇，到底誰做的菜餚味道更好。」

上官燕眸光閃動，不無傲然地笑道：「今天比一比自然就見分曉。」

寧汐笑吟吟地說：「我們私下再加個籌碼吧！誰輸了，以後就要自居第二。」京城雙姝一直是並稱，也該有個先後了。

上官燕毫不示弱地點頭應了。「離中午開席，只有兩個時辰了。時間不多，還是快些動手準備吧！菜單我已經擬定好了，妳重新記一份。」說著，將一張紙遞了過來，上面果然列了十道菜式。寧汐只瞄了一眼，便將菜單還了回去。

上官燕一愣，皺起了眉頭。「妳該不是打算要我將這份菜單給妳吧！」

寧汐含笑應道：「那倒不用，我已經記住了。」

記住了？怎麼可能！寧汐剛才就是隨意瞄了一眼而已，上官燕顯然不相信。

寧汐也不解釋，張口將菜單上的菜式一一報了出來。「蟹黃蹄筋、白扒魚翅、荷葉肉、松蘑燉雞……」十道菜式，一個字都沒報錯。

上官燕錯愕不已，嘴巴張得老大。她居然真的只看了一眼，就將十道菜式都記住了……

寧汐看著上官燕不敢置信的樣子，心裡頗為愉快，又補充了一句。「對了，我帶了一個人來幫忙，妳若是覺得不公平，也可以找人來幫妳。」

上官燕冷哼一聲，傲然的說了聲「不用」，就去了隔壁廚房。

寧汐抿唇一笑，也開始忙碌起來。趙芸一直默默的跟在旁邊打下手做事，雖然滿腹疑問，卻沒有出言打擾寧汐。

等所有的食材配料都準備得差不多了，寧汐才稍稍鬆了口氣，開始動手準備起了冷盤，好在她將慣用的刀具都帶了過來，其中就有雕刻用的刀。

寧汐熟稔地將黃瓜、胡蘿蔔等食材削成各式形狀，在盤子上擺成各式漂亮的花式。不一會兒，四個精緻奪目的冷盤便出現在眼前。造型各異，都是立體的，比起呆板的平面造型要新穎好看得多。

饒是趙芸看慣了寧汐的手藝，也忍不住嘖嘖讚道：「寧汐妹子，妳可真是生了雙巧手！

上官燕做的冷盤一定沒妳做的好。」

寧汐倒沒有驕傲自滿，淡淡地笑道：「這倒不一定。上官燕出身名廚世家，自小就開始苦練廚藝，肯定有些真本事。」她雖然對自己有自信，可絕不會低估了對手。

正說著，ㄚ鬟綠竹笑著走了進來。「寧姑娘，客人已經來得差不多了，小姐讓我來問問，可以開席了嗎？」目光落在做好的四個冷盤上，閃過一絲驚豔。

寧汐笑了笑。「我這邊準備好了，沒問題。要是上官姑娘也沒問題，可以開席了。」話音剛落，隔壁便傳來上官燕清脆的聲音。「我也沒問題。」

果然是個好強的性子，一點都不肯示弱。

寧汐啞然失笑，揮揮手，任由綠竹端了冷盤走了。接著，又忙起了六道熱炒燒菜。這些菜餚並不算太稀奇，大部分都是酒樓裡常見的菜餚。上官燕既然選了這幾道，想來必然有獨到之處。

寧汐曾在一品樓嚐過上官燕的手藝，至今依然記憶猶新。

上官燕對各式調味料的調配把握，十分精準。菜餚味道醇厚香濃，出手十分老練，對於自己的長處，也是顯而易見；對火候的把握很到位，擅長出新，往往能將一道普通菜式做出令人驚豔的味道來。要想壓過上官燕一頭，可得好好動點心思才行……

寧汐聚精會神的盯著爐火，神情無比的專注，散發著驚人的美麗風姿。那種美麗，由內而外悄然煥發，絕不是坐在鏡子前描眉敷粉妝點出來的姿色所能比擬。

趙芸在一旁看著，心裡暗暗驚嘆不已。如果她是個男子，只怕此刻也會被寧汐迷去了魂魄。就在趙芸胡思亂想的空檔，蟹黃蹄筋已經做好了。

白底青花的盤子四周，整齊的擺放著一圈青綠色的青菜根，中間是金黃透亮的蟹黃蹄筋，騰騰的冒著熱氣和香氣，令人垂涎欲滴。

趙芸忍不住嚥了口口水，讚道：「真是太香了！」賣相簡直可以打滿分。

寧汐抿唇一笑，順手將鍋遞給趙芸去刷洗，又準備起了下一道菜式。

白扒魚翅是魚翅做法中比較簡單的一種，將各式配料準備好之後，上鍋清蒸即可。不過，這道菜最難之處就是對清蒸火候的把握。蒸的時間長了，魚翅會失了幾分口感；蒸的時間若是不夠，菜餚的味道還沒完全融合，未免不美。

寧汐先將洗乾淨的油菜心用開水焯一遍，沿著盤子整齊的碼上一圈。再將發好的魚翅洗乾淨，細心地擺放好。上面放上雞塊、鴨塊、豬肘肉塊，還有蔥、薑，再放些調味料，上鍋蒸上片刻之後，將大碗取出，上面的雞塊、鴨塊等都去之不要。最後，再用芡粉在熱油中調湯汁，均勻的澆在晶瑩透亮的魚翅上，白扒魚翅總算是完工了。

再接下來，便是荷葉肉、松蘑燉雞之類的。

等所有菜餚都做完了，寧汐才長長的鬆了口氣，額上早已冒了一層汗珠。今天這場比試對她來說十分重要，她拿出了全副精神，絲毫不敢馬虎。等這幾道菜餚都做完了，只覺得疲倦極了。

一杯水出現在她面前。「寧汐妹子，妳忙到現在一定累了，喝口熱茶休息會兒。」

寧汐笑著道謝，坐在凳子上捧著茶杯小口小口的喝著，腦子裡卻轉個不停。這個時候客人們也該吃得差不多了，不知道反響如何……

過了一會兒，綠竹又笑著過來了。「寧姑娘，四小姐請妳和上官姑娘一起過去呢！」

寧汐輕輕點頭，起身出了廚房。上官燕正巧也走了出來，兩人的目光碰了個正著。寧汐眼眸含笑，輕鬆自然。上官燕也是一臉的勝券在握。

一直針鋒相對的兩個少女到這時候反而客氣了一些。「上官姑娘先請！」「還是寧姑娘先請！」謙讓過後，最終還是並肩走了過去。

越靠近飯廳，寧汐的心跳得越快，心裡有種隱隱的期盼，又有些閃躲退縮的惶惑。容瑾今天也會在嗎？若是看見了他，她該怎麼辦？

上官燕卻誤會了寧汐的忐忑不安，唇角勾起一抹嘲弄的笑意。

說時遲那時快，轉眼便到了飯廳裡。寧汐不自覺的屏住呼吸，抬眼看了過去。

兩桌宴席之間用一個屏風隔開，一眼看到的，便是容家三兄弟。容玨瀟灑倜儻，容琮冷漠剛毅，容瑾俊美不凡，各有各的特色風采，讓人移不開目光。

尤其是容瑾，漫不經心地端著酒杯，那份目中無人的慵懶，把所有丫鬟的目光都吸引了過去。他對這些愛慕的目光卻是視若無睹，逕自喝著酒。

寧汐心裡狠狠一顫。短短幾日，他似乎瘦了一些，臉色也不如往日好看……

容瑾淡淡的瞄了過來，和寧汐的目光微微一觸，便迅速地移了開去。

容玨倒是很和氣，笑著打了招呼。「寧姑娘，今天辛苦妳了。」

寧汐定定神，笑著應道：「大少爺太客氣了，這哪裡算得上辛苦。我該感謝四小姐今天給我這個機會，讓我能夠和上官姑娘一起切磋廚藝才對。」

容玨朗聲一笑。「總之，我們今天是一飽口福了。」故意促狹地抵了抵容瑾。「三弟，你說是不是？」

容瑾不置可否，俊臉上一片漠然，似乎站在他面前的，只是無關緊要的陌生人。

寧汐心狠狠抽痛了一下，臉上的笑容卻越發從容。

容玨頗感興趣的打量上官燕兩眼。「這位就是上官姑娘了吧！早就聽說妳的大名了，今天一見，果然名不虛傳。」

和寧汐的清靈秀美不同，上官燕嫵媚俏麗，帶著些野性的美麗。和寧汐並肩站在一起，竟然並不遜色，果然不愧京城雙姝的美譽。

上官燕落落大方的笑了笑。「多謝大少爺誇讚，只希望小女子的廚藝沒讓大家失望才好。」

容玨咧嘴一笑，正待說什麼，忽然聽到容瑾冷颼颼的來了兩句。「廚藝不過爾爾，口氣倒是不小。」

寧汐早已習慣了容瑾說話的語氣，可上官燕卻是初次領教容三少爺的毒舌，頓時變了臉色，眸光連連閃動。「不知今天的菜餚有哪裡不妥，請三少爺指教。」

第二百二十章　請多指教

容瑾挑了挑眉，慢條斯理地說道：「妳先看看桌子上剩餘的菜餚，再來向我請教也不遲。」

上官燕定睛看了過去，臉色又是一變。

桌子上共有二十道菜餚，有十道是寧汐做的，還有十道是出自她的手筆。雖然做的是同樣的菜式，可她一眼就能看出哪一盤是自己動手做出來的。

宴席已經快結束了，桌上的菜餚吃了十之五六，剩餘的十之三四，竟然一大半都是她做出的菜餚……

「賣相平平，勾不起食客的食慾。」容瑾的聲音清晰的響了起來。「這是其一。其二，每道菜裡都放了一種特殊的調味料。這調味料大概是你們上官世家的獨特秘方，香味倒是突出了，卻也喧賓奪主，掩蓋了食材本身的味道。第三，做菜中規中矩，沒有新意……」

隨意的瞄了臉色蒼白難看的上官燕一眼，似笑非笑的問道：「怎麼樣，還要我指教嗎？」

上官燕暗暗咬牙，不服氣地說道：「一模一樣的菜式，不知容少爺是怎麼看出哪些是我做出來的？哪些又是寧汐做出來的？」

容瑾唇角勾起一抹譏諷的笑意。「兩個完全不同的人，就算穿戴得一樣，也不至於分不清哪個是西施哪個是東施。」

上官燕生性高傲，受慣了讚揚誇獎，生平從未受過這般奚落，氣得臉都白了。

容瑾洋洋灑灑說了一大通，卻從頭至尾都沒正眼看寧汐一眼。又斟了杯酒，一飲而盡。

寧汐一直默默的站在一旁，心裡酸酸的。容瑾明明在生她的氣，連看都不肯看她一眼，可字裡行間卻一直在維護她……

溫熱的液體蠢蠢欲動，她死死地忍住，嘴唇都咬得發白了。

上官燕不甘被這般奚落羞辱，硬撐著開口。「多謝三少爺指點。不過，三少爺只點評了我做的幾道菜餚，不知道對寧姑娘的廚藝又是什麼樣的評價？」

容瑾淡淡的挑眉，終於看了寧汐一眼，眼底飛快地閃過一絲什麼，旋即若無其事的收回目光，漫不經心地開口說道：「寧姑娘廚藝進步飛速，刀功和對火候的把握都很出色。敢於出新，勉強算是個不錯的廚子了。不過，今天這幾道菜餚水準都只能算中上，沒有讓人驚豔的菜式，算是敗筆了。」

寧汐擠出一絲笑容，低低地應道：「多謝三少爺指點。」他和她，又變成了三少爺和寧姑娘……

容瑾一臉的漠然，隨意地嗯了一聲，便自顧自地喝酒去了。

容玨冷眼旁觀著兩人的互動，心裡升起一片疑雲。容瑾不是一直喜歡這個小姑娘嗎？以前不管怎麼忙，隔三差五的總要去鼎香樓吃飯，分明是醉翁之意不在酒。上一次在西山的時候，為了寧汐還差點開罪了大皇子。可他今天對寧汐這麼冷淡又是怎麼回事？

「三弟，你今天是怎麼了？」容玨笑著試探。「寧姑娘今天做的飯菜不合你的口味嗎？」

容瑾扯了扯唇角，眼裡卻沒什麼笑意，說出口的話更是冷然。「大哥，你的話太多了。」

容玨碰了個軟釘子，十分沒趣。眼珠一轉，又笑咪咪的看向寧汐。「寧姑娘，妳這些日子怎麼沒來容府走動走動？」

寧汐笑了笑，神色自若地應道：「我天天在鼎香樓裡做事，哪有閒工夫走動。今天是四小姐特地邀請，我才有空過來的呢！」

一番話滴水不漏，說了等於沒說。容玨摸摸鼻子，決定還是閉嘴比較好。

綠枝笑吟吟地走了過來。「上官姑娘、寧姑娘，小姐她們都在那邊等著妳們呢！」

上官燕和寧汐一起點點頭，跟著綠枝繞過屏風，走到了另一桌宴席邊。上官燕收拾心情，率先給各人見禮。

寧汐定定神，也微笑著打了招呼。除了李氏和容瑤之外，還有容瑤的生母陶姨娘。另外還有幾個穿戴華美的少女，看來就是容瑤請來的客人了。其中有一張熟悉的面孔，正是張敏兒。

張敏兒直直的盯著寧汐，眼中閃過一絲不善的光芒。自從那一次在鼎香樓一別苗頭之後，張敏兒再也沒踏足過鼎香樓一步。時隔幾個月，這丫頭竟然又出落得水靈了幾分……

寧汐已經鎮定下來，朝張敏兒有禮的笑了笑。

張敏兒輕哼一聲，故意抬高了音量。「瑤妹妹，今天是妳的生辰，這麼重要的日子，怎麼請了這麼個礙眼的人來了。」

容瑤巴不得有人一起配合著羞辱寧汐一番，假意笑道：「我本打算只請上官姑娘過來掌廚的。後來想了想，又覺得少了分熱鬧，便將寧姑娘也請來了。」

「虧得妳有閒情逸致，換了是我，才沒這個閒心。」張敏兒撇了撇嘴，一臉的不屑一顧。

她們兩個自顧自的說得熱鬧，壓根兒沒把寧汐放在眼底。

寧汐早料到會有這樣的局面，並不動怒，只淡淡地笑道：「四小姐，之前定好了比試的規則，每道菜上了桌，品嚐之後若覺得哪一盤更好些，便讓人在一旁記下一筆。不知現在結果如何？」

容瑤眸光一閃，朝身旁的綠枝使了個眼色。

綠枝笑吟吟的站了出來。「我一直在旁邊伺候，眾位小姐們覺得好一些的菜餚我都一一記住了，這就指給兩位大廚看看。」纖細的手指指向第一道菜餚。「經過眾人評議，這一盤蟹黃蹄筋味道更鮮美。」

上官燕和寧汐一起凝神看了過去，待看清楚之後，上官燕眼中露出一絲歡喜。寧汐略有些失望，打起精神往下聽。

「至於白扒魚翅，這一盤做得更好些。」綠枝口齒伶俐，又指向另一盤。

這一次，寧汐微微一笑，上官燕卻皺起了眉頭。

再接下來，便是其他幾道菜餚的評議結果。上官燕凝神傾聽，寧汐則在心裡默默計算著。等綠枝說完之後，寧汐一愣，上官燕也是一臉的詫異。

兩人面面相覷，竟然都沒有出聲。

每盤菜到底出自誰的手筆，眾人根本不清楚。見她們兩人都一臉的怪異，心裡暗暗奇怪。容瑤忍不住問道：「怎麼樣？到底誰贏了？」

寧汐定定神，鎮定的開口。「剛才綠枝姑娘說的菜餚裡，有五道是我做的。還有另五道應該是上官姑娘做出來的。」

竟然有這麼巧的事，五五平局了！

容瑤啞然，忍不住瞄了上官燕一眼。心裡暗暗嘀咕不已，這個上官燕也太沒用了，占了這麼多優勢，竟然只和寧汐鬥了個平手。

上官燕神色陰晴不定，憋了半天，終於硬邦邦的擠出了一句。「是我輸了！」

她之前有所準備，擬定的菜單裡都是她最拿手的菜餚，寧汐卻是毫無準備匆忙上陣。在這樣的情況下，卻能贏了五盤菜餚。表面看似平分秋色，其實，她已經輸了。

此言一出，眾人都是一驚。張敏兒第一個發話了。「明明是平局，怎麼能算妳輸了？」

其他幾位小姐一聽這話音，連連出言附和。

容瑤咳嗽一聲，也笑著打圓場。「是啊，分明是平手。兩位大廚今天辛苦了，通通有賞。」一邊連連朝上官燕使眼色。這個時候一定要咬定平局才行，怎麼可以當眾認輸？這丟的可不僅僅是上官燕的臉……

寧汐卻不置一詞，靜靜地看著上官燕。

上官燕被這麼多雙眼睛盯著，手心早已冒出了冷汗。腦子裡一片紛亂。平局還是認輸？她該怎麼辦？

只短短的一剎那，上官燕的腦海中不知掠過了多少念頭。最終暗暗咬牙，重重地呼出了一口氣。「多謝四小姐好意，不過，輸了就是輸了，這賞銀我不能要。以後京城雙姝，寧姑娘排首位。」輸了廚藝，以後還可以再找回場子。要是輸了人品，才是真正的輸了！

寧汐的唇角浮起一絲笑意，上官燕總算有點擔當，這樣才配做她的對手。「承讓了！」又微笑著看向容瑤。「多謝四小姐提供了這麼好的一個機會，今天能和上官姑娘切磋廚藝一較高下，是我的榮幸。」

容瑤暗暗咬牙切齒，面上還得擠出笑容來。「寧姑娘廚藝高超，我們今天才是開了眼界。」那笑容別提多難看了。

李氏一直冷眼旁觀，此刻終於笑著插嘴道：「兩位姑娘今日都辛苦了。不管誰輸誰贏，能在一起切磋廚藝，總是件好事。妳們忙了半天還空著肚子吧！不如一同坐下吃一些？」

這樣的客氣話誰也不會當真，寧汐連連笑著推辭。「多謝大少奶奶好意，廚房裡東西都是現成的，我去廚房隨意吃一點，就不打擾諸位雅興了。」

上官燕也擠了個笑容，和寧汐一起退了下去。離開眾人視線之後，兩人不約而同的停住了腳步。

寧汐率先打破沈默。「剛才妳可以咬定是平局的。」

上官燕深呼吸口氣，冷冷地說道：「輸了就是輸了，我上官燕不至於連這點都輸不起。不過，總有一天，我會堂堂正正的贏過妳。」

寧汐挑眉一笑。「好，那我等著！」

——未完，待續，請看文創風096《食全食美》5

天才廚藝美少女遇上天下最挑剔刁嘴的美少年

重生的試煉．穿越的新鮮
人情的溫暖．溫柔的情意
精緻烹煮的美食佳餚，佐以專一的愛情調味，
引得你食指大動、會心一笑……

食全食美 全套八冊

真情流露派寫作大手／尋找失落的愛情

文創風 092 **1**

她對愛的癡傻竟換來寧氏全族遭到滅門之禍。
既然老天爺讓她重生，她定要好好的活一回！
從此，她不再是那個不解世事、爹疼娘寵的嬌嬌女，
她求爹答應教她廚藝，憑著過目不忘及異常靈敏的味覺，
她肯定能成為世上獨一無二的名廚。
她要避開前世所有的禍端，守護所有的親人。
她要看清楚所有人的真面目，不再受人欺瞞。
但容瑾這男人卻是她看不明白的，遇上他，她就上火……

文創風 093 **2**

這個寧汐，是長得像個精緻的娃娃似的，模樣討喜，
但她不饒人的小嘴和倔強的性子，他領教得可多了！
哼！她想山高水遠不必再見，他偏不如她的願，
要知道少了她在眼前晃，他生活可就太平淡無聊了……

文創風 094 **3**

這容瑾自大自傲，說話又毒辣，可實在太俊美了，
他只要淺淺一個微笑，都會令少女心神蕩漾。
不過迷戀他的少女之中可不包括她。
但看著他運用聰明才智地將鼎香樓炒得火紅，
她心生佩服之餘，覺得他的毒辣似乎沒那麼難忍了……

文創風 095 **4**

容瑾的出身、絕美的容貌、睿智才情……
看得愈多，就愈明白他真有高傲狂妄的資格。
她配不上出身高貴的他，可他老是來撩撥她的心，
連夜探香閨這種事他都做得出來，她根本拿他沒轍……

文創風 096 **5**

在他心裡，這寧汐什麼都好，就是太招人喜歡的這點不好！
迷了他就算了，還迷了一堆男人，
惹得他老大不痛快，吃不完的飛醋！
看來他下一步要籌劃的就是怎麼樣儘快娶她進門……

文創風 097 **6**

寧汐知道大皇子想要的是她身上所具有的神奇異能，
她不想嫁入皇室當妾，更不想容瑾為了她衝動惹禍。
如果能平安地度過這次的危難，她願意早點嫁給容瑾……

文創風 098 **7**

不能怪他性子急，娶妻這事他是一天也不想忍了！
心愛的女人遭人覬覦的感覺真是糟透了。
只要寧汐還沒娶進門，他就名不正、言不順，
無法大方地行使他作為丈夫的權益！

文創風 099 **8** 完

這次容瑾真的無法低頭了，瞧他把她寵成什麼樣？
他全然地對她坦白，她卻藏著自己的秘密，
還是關於另一個男人的，這下更是氣極了！
婚後最大的爭執於是展開，冷戰就冷戰吧……

復貴盈門

善良無用，心慈手不軟才是王道！
重生之後，鬥權勢地位更要鬥心！

頂 尖 好 手 **雲霓**

重生／宅鬥／權謀／婚姻經營之道的磅礡大作！

文創風 054 1

記得那晚，
她的洞房花燭夜本該喜氣洋洋，但揭了紅蓋頭之後，
原來是她誤將小人當良人，可憐她至死才省悟，
溫婉單純絕非優點，卻是令別人掐住自己的弱點！

文創風 055 2

文創風 056 3

重生之後，鬥人心算計、
使些手段把戲對她而言應付自如，
怎奈她心思如何機敏剔透，
仍有一個人教她看不清——康郡王；
這男人心思詭譎且深不可測，
她只得謹慎再謹慎，步步退讓只為求全……

對自己的婚事，她不求富貴榮華，只求平凡度日，
誰知康郡王非要橫插一手，竟然使計求得皇上賜婚！
從未想過要當郡王妃，但既然受了周十九「陷害」，她也絕不示弱——

文創風 057 4

她深知自己總是看不透周十九，
便不費心猜他，睜隻眼閉隻眼地過了，
而他，卻時不時透露些自己的小事、喜好，彷彿在引她親近，
彷彿對她說，既然成了親，
便有很長、很長的時間，與她慢慢磨……

文創風 058 5

成親前，從未想過這個狡猾如狐狸、
狠如虎豹的男人能如此呵護自己，
但關於他的事，真真假假、假假真真，
或許有時也要由她「出擊」，
讓他明白，他想讓她心裡有他，
她也想他心中擱著她這個妻子……

文創風 062 6

曾幾何時，
她對周十九的猜疑及不確定淡了，
取而代之的是相信他的許諾，
從前，總覺得相識開始，
他便要將自己掌握在手，
連她的心也要算計，
但如今，
她明白結了婚不是誰拿捏了誰，
誰要主內主外，
卻是累了有個溫暖懷抱可倚靠，
傷心了能放心地落淚……

文創風 072 7 完

人只有一生一世，
真正存在的便是當下；
這一生，他既能為她感情用事，
她也能為他要跟上天拚一次，
搏一個將幸福留在身邊的機會——

文創風 071 4

相公生得俊美無比又腹黑無敵，
她孫錦娘也不差，
宅鬥速速上手，如今更能使計設陷阱，
一步步靠近幸福將來……

文創風 073 5

才剛過一陣子舒心日子，
陰謀詭計又接連而來，
當真是應接不暇，
不過他們小倆口也不能任人欺凌，
如今也要將計就計，反將一軍……

文創風 077 6

王府掩藏了十幾年的秘密，
終於一一水落石出，但傷害依舊，
因此她更堅定地要愛，
愛相公、愛家人，
用愛反擊一切陰謀！

文創風 078 7 完

終於能見到相公站起來，
玉樹臨風、英姿凜凜，
教她這個做妻子的多驕傲，
等了這麼多年，經歷各種離別，
他們總算能看見
最終的幸福日子……

文創風 095

食全食美 4

國家圖書館出版品預行編目資料

食全食美 / 尋找失落的愛情著. --
初版. -- 臺北市 : 狗屋, 民102.06-民102.07
冊 ; 公分. --（文創風）
ISBN 978-986-328-081-1（第4冊：平裝）. --

857.7　　102009599

著作者	尋找失落的愛情
編輯	王佳薇
校對	黃薇霓　黃亭蓁
發行所	狗屋出版社有限公司
地址	台北市104中山區龍江路71巷15號1樓
電話	02-2776-5889～0
發行字號	局版台業字845號
法律顧問	蕭雄淋律師
總經銷	知遠文化事業有限公司
電話	02-2664-8800
初版	102年6月
國際書碼	ISBN-13　978-986-328-081-1
原著書名	《十全食美》，由起點女生網（www.qdmm.com）授權出版

定價250元
狗屋劃撥帳號：19001626
網址：love.doghouse.com.tw　E-mail：love@doghouse.com.tw